EEN UITGEMAAKTE ZAAK

Jelle Tjalsma

Een uitgemaakte zaak

Spiegelserie

 Zomer &Keuning

ISBN 978 90 5977 453 7
NUR 344

www.spiegelserie.nl
Omslagillustratie en -ontwerp: Bas Mazur
©2010 Zomer & Keuning familieromans, Kampen

1

'ZE WAS EEN VRIENDELIJKE VROUW, DIE OOG HAD VOOR DE PROBLEMEN van haar medemensen en bij wie je je hart kon uitstorten,' zei de dominee. 'Ik heb zelf ondervonden hoezeer ze met haar omgeving begaan was. En je deed niet gauw vergeefs een beroep op haar hulp en bijstand.' Hier en daar toonden de kerkgangers hun instemming met zijn woorden door haast onmerkbaar te knikken. Anderen keken elkaar alleen maar even aan op een manier van: precies, zo is het.

De hoge ramen lieten op deze sombere februaridag van 1985 een diffuus licht toe in de kerk, de blank eiken kist glansde licht. Regien zat er met de andere familieleden dichtbij, waardoor ze de overledene door het glas van het deksel nog net kon zien. Af en toe werden haar ogen naar de kist getrokken en viel haar het gave gezicht van haar schoonmoeder op en telkens dacht ze: nu is ze in de eeuwige rust.

De predikant ging dieper in op de tekst die hij voor deze afscheidsdienst gekozen had uit psalm 68: 'Geprezen zij de Heer. Dag aan dag draagt hij ons; die God is ons heil.'

Het was erg, vond Regien. Beter gezegd: het was triest. Drie jaar geleden moest het gezin Bouma afscheid nemen van man en vader Gerlof, nog geen zestig, en nu moesten ze plotseling ma Sjoukje naar haar graf brengen. De dominee had gelijk, haar schoonmoeder was een integere vrouw bij wie je altijd terechtkon als je ergens mee zat. Iets wat ze van haar overleden schoonvader niet kon zeggen...

Ze voelde vanbinnen een knagende pijn, want ze hield van deze vrouw. Ze dacht: als het afscheid nemen van haar mij al zo naar de keel vliegt, hoe zal het dan zijn als ik mijn eigen moeder moet verliezen? Nee, niet aan denken, nu je best doen voor de eigen kinderen van moeder Sjoukje, hield ze zichzelf voor. Ze keek tersluiks naar Fokke, haar man, die naast haar zat. Hij zat roerloos voor zich uit te kijken, nee, niet eens naar de preekstoel of naar de kist, hij keek nergens naar.

Regiens blik dwaalde van hem naar zijn oudere broer Arjen. Ook hij straalde starheid uit. Of nee, toch niet, hij knipperde voortdurend met zijn ogen. Wilde hij daarmee misschien tranen de weg versperren? Hij was anders iemand die niet gauw emoties toonde. Allebei de broers hadden zich trouwens naar het scheen geoefend in het metselen van een muurtje om hun hart.

En de beide zussen dan, Jantina en Ingrid? Die zaten wél hun zakdoekjes te verfrommelen tussen de handen. Ach ja, natuurlijk.

'Amen,' zei de dominee.

Regien schrok op en schaamde zich. Ze had beter naar de preek moeten luisteren, haar bespiegelingen had ze voor een geschikter moment kunnen bewaren.

Het orgel begon met het voorspel van psalm 68 vers 10 en de kerkgangers gingen even verzitten. De dienst was haast afgelopen, maar er zou nog een moeilijke opgave komen: buiten begonnen de kerkklokken alvast bedroefde klanken te verspreiden.

De bode van de begrafenisvereniging liep naar de kist en wenkte de familieleden om nog één keer rondom hun dierbare te komen staan. Toen ze weer zaten schroefde hij het deksel over het venstertje van de kist.

Heel vreemd, maar Regien kon de gedachte van: nu ziet ze niks meer, nu ligt ze in het pikkedonker, niet kwijtraken. Onzin natuurlijk, klare nonsens, maar toch.

De gemeente ging staan en liet de dragers met de kist in eerbiedige stilte voorbijgaan. Ook toen de familie voorbijkwam waren er alleen maar meewarige blikken.

Buiten de kerk vormde zich de stoet. Het waren er veel die hun belangstelling en medeleven toonden. Onder het luiden van de klokken liepen de mensen zwijgend drie keer om de kerk.

Zo hoorde het, wist Regien: een keer voor de Vader, een keer voor de Zoon en een keer voor de Heilige Geest. Of, bedacht ze, was die ommegang slechts een herinnering aan het geloof uit de middeleeuwen, waarbij men veronderstelde dat door zo'n ommegang de boze geesten op een dwaalspoor werden gebracht? En opnieuw betrapte ze zich op gedachten die ze niet wilde.

Het graf was diep en na het uitspreken van de geloofsbelijdenis door de voorganger liet een van de dragers de kist er langzaam in zakken.

'Is er misschien iemand die iets wil zeggen?' vroeg de predikant terwijl hij Arjen en Fokke beurtelings aankeek.

Nee, natuurlijk niet, Regien had het kunnen voorspellen. Zo zijn de Bouma's niet, dacht ze, jammer genoeg niet. Zou dat trouwens goed zijn gegaan? Zou haar Fokke niet bij voorbaat zijn afkeuring hebben laten blijken als zijn oudere broer het woord had genomen? Of andersom? Stilte dus. Regien keek om zich heen en peilde de gedachten. Al was er op de onbewogen gezichten niets te lezen, ze wist zeker wat de toeschouwers dachten: die beste vrouw Sjoukje Bouma had toch wel een waarderend woordje van haar zonen verdiend? De plechtigheid was ten einde, de stoet ontbond zich. Zachtjes mompelend, nu wel, verlieten de mensen het kerkhof. Bij het hek keek Regien nog even om. Een gapend graf naast een hoop aarde vormde in haar geest het beeld dat ze nog lang bij zich zou blijven houden. Ze stelde zich voor hoe de aarde straks op de kist zou worden gegooid en er was een nieuwe gedachte die ze de kop moest indrukken: nu ligt ze helemáál in het aardedonker.

In het verenigingsgebouw stond de koffie klaar. De kostersvrouw liep bedrijvig met schalen, de mensen mochten toetasten. En praten, ja dat ook. Dat gebeurde eerst zachtjes, je kwam tenslotte van een begrafenis, maar de dingen van de dag waren er ook. En had je gezien hoe onaangedaan die beide broers zich getoond hadden? Nee? Nou, het was wél zo, je kon wel zien dat die mannen uit de zakenwereld kwamen. Ja, die Arjen was als aannemer heel goed op zijn plaats, een prima vakman ook, maar hij had in dit geval een beetje meer invoelingsvermogen kunnen tonen, niet? Juist, en met Fokke was het precies zo. Goed, hij werkte op een bank in de stad, op een aardige post ook nog, hij zat dus om zo te zeggen tot zijn ellebogen in het geld, maar betekende dat ook dat hij daarnet een afstandelijke houding moest aannemen? Nee, dan de beide dochters, die schaamden zich in elk geval niet voor hun verdriet. Maar van wie ze het uiteindelijk moesten hebben was Regien, ja precies, die onderwijzeres. Dat was iemand aan wie je wat had.

Het duurde niet lang of het vertrek was vol geroezemoes. Het was alsof de bezoekers zich bevrijd voelden van de beklemmende stilte van het ceremonieel van deze middag. Nieuwtjes van de dag werden vrijuit uitgewisseld en hoor daar nou eens: aan het eind van de tafel klonk plotseling een helder gelach op, waarmee het trouwens meteen afgelopen was. Alsof de lachers zich schaamden voor hun vrolijke uitbarsting – je zat hier tenslotte voor een begrafenis. Dus kwam een volgende lachbui pas een kwartiertje later. Maar intussen was ook het tweede kopje koffie of thee genuttigd en de schaal met eierkoeken stevig uitgedund, reden waarom de aanwezigen aanstalten begonnen te maken om op te staan.

Ze hadden afgesproken na de begrafenis als familie nog even samen te zijn in het huis van ma. Even iets drinken en een paar afspraken maken, want er moesten dingen geregeld worden.

Zwijgend liepen ze de weg naar de bekende plek. De kleinkinderen gingen niet mee, ze werden onder de hoede gelaten van vrienden of goede buren.

Het was nog maar een uur of vier en toch had de schemering de kamer van ma's huis al zo'n beetje veroverd. Iedereen kwam stilletjes binnen en meteen besprong de leegte hen. Niet dat er iets veranderd was aan de opstelling van de meubels, maar die ene stoel daar, de plek waar ma graag zat, die was zo leeg.

Ze gingen stijfjes zitten. Alsof ermee gerekend was, er waren acht stoelen.

Ik moet wat doen, dacht Regien, de geluidloosheid van het verenigingsgebouw is hier nog. En kijk eens naar die bedrukte gezichten.

Ze ging in de deur naar de keuken staan. 'We hebben in het gebouw natuurlijk allemaal al iets gehad, maar zal ik verse koffie of thee zetten? Dat praat wat gezelliger, vind ik, nou ja, gezellig is het goede woord niet, maar toch geloof ik dat ma er meteen vóór zou zijn.'

Even ging er iets van een rilling door het gezelschap, maar dan: 'Ik denk dat Regien gelijk heeft,' reageerde Ingrid, de jongste zus. Een instemmend gemompel volgde.

Vanuit de keuken hoorde Regien dat er nu meer tongen loskwamen, alleen ging het wel voornamelijk om vrouwenstemmen.

Terwijl de koffie pruttelde, liep Regien naar de gang. Even in de spiegel haar haren controleren. Gek eigenlijk, was het niet een beetje misplaatst om bij deze gelegenheid haar uiterlijk te inspecteren? Toch schudde ze haar donkerbruine, golvende kapsel met een korte hoofdbeweging door elkaar en ze haalde er snel een kam door. Ze knikte zichzelf goedkeurend toe en bleef een ogenblikje kijken. Ze zag een leuk ogende jonge vrouw van een jaar of dertig met blauwe ogen die meestal blij de wereld in keken, regelmatige trekken en een aarzelend begin van een onderkin. Dat laatste verfoeide ze, maar ze wist dat er iets tegenover stond wat je niet kon zien maar wel horen: een lieve stem. Over haar figuur was ze tevreden, meer ook niet.

'Koffie,' zei ze even later toen ze met een dienblad vol kopjes binnenkwam. En: 'O, wat is het hier al donker, zullen we wat licht maken?' De schakelaar kon wonderen doen, het zachte licht van een paar schemerlampjes veranderde op slag het stemmige bijeenzijn, de gelaatstrekken werden minder strak. Maar het zwijgen was er nog wel, het had zelfs iets onbehaaglijks.

Wat was er? Opeens zag Regien het. Van de acht zitplaatsen waren er zeven bezet, één was er nog over: de stoel van ma.

Moest zij daarop gaan zitten? Op de plek van de overledene? En zou dat een betekenis hebben? Was het een voorteken? Even aarzelde Regien. Toen ging ze kordaat zitten en vroeg: 'Moet iemand een koekje of zo bij de koffie?'

Nee, niemand. Maar het onaangename zwijgen was er wel mee doorbroken. Het gezelschap liet zich weer horen. Zachtjes nog, dat wel, maar Regien was er tevreden mee.

Ze keek de kring eens rond. Naast haar zat Emine, de vrouw van Arjen. Ze was een van oorsprong Hongaarse, die in 1956 als kind met haar ouders meegekomen was naar Nederland, gevlucht voor de Russen.

Een eindje verderop zag ze Henk zitten, Henk de Groot, de man van Jantina. Echt een politieman, ietwat afstandelijk en tegelijk gedisciplineerd op de mensen om hem heen reagerend. Hij zat nu rustig voor zich uit te kijken. Regien zou zo een dubbeltje geven voor zijn gedachten.

Ma's jongste dochter, Ingrid, zat wat te keuvelen met Regiens man Fokke. Die luisterde geïnteresseerd, maar ondertussen dwaalde zijn blik wel af naar broer Arjen, die schuin tegenover hem zat. Zie je wel, dacht Regien, ik had niet anders verwacht. De beide zonen zoeken elkaar niet op. Was het maar waar! Daar zat hem nou juist de kneep, de twee broers wilden niet veel meer van elkaar weten. Heel jammer. Ze deed er alles aan om een brugje tussen hen te slaan – tot nog toe ijdele pogingen.

Wie zou er nu met een voorstel komen? Er moest toch nog veel geregeld worden? Dit huis zou ontruimd en verkocht moeten worden en om daarvoor tot een afspraak te komen waren ze hier. Regien verzond een vragende blik naar Arjen, wenkbrauwen een ietsje omhoog en een glimlachje om haar mond.

Arjen reageerde niet, hij zette wel zijn lege kopje iets te hard neer. De anderen vatten dat op als een verzoek om stilte, maar Arjen tastte in zijn jaszak naar een pakje sigaretten.

Regien verzond haar onuitgesproken vraag naar haar man Fokke, nu met een fronsje en met uiterst kleine knikjes. Fokkes belangstelling voor Ingrid verdiepte zich, hij keek nu alleen maar naar haar.

Kwam het allemaal weer neer op Regien? Ze ergerde zich eraan dat niemand de teugels in handen nam, maar goed, dan zou zij het wel zeggen. 'We hebben de koffie zo langzaamaan allemaal wel binnen, geloof ik,' begon ze, daarbij gebruikmakend van haar lieve stem, waarvan ze heel goed wist dat ze daarmee veel kon bereiken, vooral bij mannen. 'Zou het niet goed zijn een afspraak te maken om samen dit huis leeg te ruimen? Misschien zouden we dan ook meteen de spullen van ma kunnen verdelen.'

Knikkende hoofden, het ene wat dieper dan het andere. Maar veel mondeling respons kwam er niet, het bleef bij wat gemompel. Regien richtte haar blik weer naar Arjen, maar die tikte langdurig de as van zijn sigaret.

'Het kan wat lastig worden een datum te vinden die iedereen past,' ging Regien verder, 'toch lijkt het me belangrijk dat iedereen er dan is, vooral de eigen kinderen natuurlijk.'

Akkoord, allemaal mee eens, zo bleek uit het instemmend mompelen en knikken, maar niemand kwam met een voorstel.

'Arjen?' vroeg Regien, 'zou jij als oudste zoon het voortouw willen nemen?'

Arjen snoof en ging ongemakkelijk verzitten. 'Ik wil wel proberen een datum en een plan voor de ontruimingsbijeenkomst te verzinnen,' kwam er toen, 'maar ja, je weet maar nooit hoe dat valt, is het niet zo? Ik heb enige ervaring in dat soort dingen.' Subtiel opgetrokken schouders, gesnuif en afkeurende blikken. Zie je wel? Daar had je het weer. Een pijl van Arjen, rechtstreeks gericht op zijn broer Fokke, die zich geërgerd van hem afkeerde.

Regien had het op de lippen om te zeggen: 'Zullen we met ons allen ons best doen alles in vrede te laten verlopen?' Of woorden van die strekking. Ze deed het niet, ze keek alleen maar voor zich. Ruzie maken, dát kunnen ze, wat een familie! dacht ze. Nou, ik hou me er voorlopig buiten, ik heb genoeg gezegd. Ze zoeken het maar uit!

Het was Jantina die de plooi probeerde glad te strijken met: 'Welke datum had je dan in gedachten, Arjen? Zou een zaterdag niet de geschiktste dag zijn?'

'Goed,' zei Arjen, een beetje kortaf, 'dan stel ik de zestiende februari voor. 's Morgens de boel hier leegmaken en verdelen, 's middags de financiën bespreken. Goed? En kan iedereen dan?' Zijn ogen gingen de kring rond, bleven een tel haken bij Fokke. 'Akkoord? Dat is dan afgesproken.' Weer rustte zijn blik even op zijn broer. Die knikte nauwelijks merkbaar.

Buiten had het licht het begeven, de ramen waren zwart geworden, er waren twee families zichtbaar. Eentje binnen en eentje buiten.

Regien stond als eerste op, een beetje hoekig. Wat een familie, dacht ze opnieuw. En dat heeft vanmiddag zijn moeder begraven, hoe kunnen ze zo doen? Fokke krijgt het straks van mij te horen en niet zuinig ook!

Moest er dan altijd ruzie zijn? Hoorde het soms bij het leven? Regien haatte het. Ze wist dat ze zelf niet onfeilbaar was, maar één ding was zeker: twist en gekibbel pasten niet bij haar. En het was opmerkelijk: altijd weer probeerde ze tussen de ruziënde partijen te bemiddelen. Vaak met succes ook nog, het leek soms of de kibbelaars niet anders van haar verwachtten.

Het gebeurde weleens dat ze zich opzettelijk afzijdig hield, maar dan voelde ze ogen op zich gericht op een manier van: Kom op, Regien, waar blijf je nou?' Dan gooide ze haar wapen weer in de strijd – met sussende woorden en met begrip voor de verschillende visies probeerde ze erger te voorkomen, of liever nog: de partijen met elkaar te verzoenen.

Zo was het van jongs af aan geweest. Een bemiddelende rol was haar op het lijf geschreven. Collega's die het op een of andere manier niet konden vinden met ouders kwamen vaak bij haar hun licht opsteken. Het was opmerkelijk dat ze zelf bijzonder weinig met verwikkelingen te maken kreeg en de collega's vroegen zich af hoe ze dat toch deed...

Een groot probleem had zich intussen aangediend. De regering wilde dat er geen scheiding meer zou bestaan tussen het kleuteronderwijs en de lagere school. Eén school moest het worden: de basisschool. Al een jaar of wat hadden de onderwijsbonden gewaarschuwd dat die fusie eraan zat te komen. De onderwijsbladen juichten het initiatief toe. Bij het verlaten van de kleuterschool zouden de kinderen niet meer de sprong naar de lagere school hoeven te maken. Integendeel, ze zouden vrij geruisloos overgaan van groep twee naar groep drie. Het woord klas werd in de prullenmand gegooid, het ging op de basisschool voortaan om de groepen een tot en met acht. 'De doorgaande lijn is zo belangrijk voor het kind!' werd er benadrukt. 'Het kind gaat van de peuterklas regelrecht naar de basisschool!'

De onderwijzer zou voortaan leraar genoemd worden en het hoofd der school werd directeur. Was het een verbetering?

Regien voorzag problemen. Zolang ze bij het onderwijs werkte was het woord onderwijsvernieuwing aan de orde van de dag geweest. Maar straks zou de manier van lesgeven in een stroomversnelling raken, let maar op. En ze had collega's van wie ze wist dat die absoluut geen oude schoenen zouden weggooien voordat ze nieuwe hadden gekocht. Hoe moest dat nog goed komen?

Dan kwam er nog een moeilijkheid om de hoek kijken. De kleuterschool werd bestuurd door een hoofdleidster, op de lagere school was die taak weggelegd voor het hoofd der school. Van een basisschool kon er maar één de directeur zijn. Wie zou dat worden, het huidige hoofd of de hoofdleidster?

'Mij krijgen ze niet van mijn stoel!' riep meneer Beintema haast dagelijks. 'Ik ben nu vijfenvijftig jaar, ik ga de rest van mijn loopbaan niet opzij voor een kleuterleidster! Stel je voor, zeg, veertien jaar hoofd van een school en dan nog weggedrukt worden? Vergeet het!' Zijn collega's knikten instemmend, Regien ook. Maar zij kénde de betreffende leidster van de kleuterschool...

Die zaterdag de zestiende februari was het weer in elk geval goed. Fijn, want de sombere dagen met een grijze hemel en een kille regen hadden hun weerslag op je gemoedsgesteldheid, of je het nu wilde of niet. 's Morgens meteen al waren een vrolijke zon en een helderblauwe lucht veelbelovend.

Om negen uur zijn we present, hadden ze afgesproken. 'Ja,' zei Arjen, 'niet te laat beginnen, want we hebben onze tijd wel nodig. Een huis is niet zomaar ontmanteld, waar of niet?'

Juist, en bovendien was er nog het een en ander te regelen, bedachten de anderen.

'Moeten we het misschien al hebben over een grafsteen?' vroeg Ingrid.

Nee, daar ging het niet om, schudden de anderen, dat was nog te vroeg, maar een andere zaak zou in elk geval wél afgehandeld moeten worden: wat ging er gebeuren met ma's spaartegoeden? En wie zou zich belasten met de verkoop van het huis?

Ja, wie? En wie zou er vandaag de leiding moeten nemen? Arjen waarschijnlijk, hij was tenslotte de oudste zoon. Goed, Arjen?

'Hm, ja,' aarzelde Arjen met een snelle blik op Fokke, 'als niemand van jullie daar iets op tegen heeft?'

Met z'n achten zaten ze weer even om de tafel. Twee absenten waren er: Emine, die er gewoon liever niet bij was en Henk, die als politieman dienst had.

Naast de woning had Arjen zijn bestelwagen geparkeerd. 'Bouma's bouwwerken' stond erop. De sierlijke letters glansden in de morgenzon.

Fokke liet zijn ogen er even over gaan en vertrok zijn gezicht. Regien kende zijn gedachten: vroeger stond er een 'G' voor de naam – de auto was van vader Gerlof. Had Arjen het bij de overname van het bedrijf toch te prikkelend voor zijn broer Fokke gevonden zijn naam, althans de 'A', op de wagen te laten prijken? Het had anders van haar wel gemogen, haar man zat nu eenmaal niet in het bedrijfsleven, hij was een man van de geldhandel. Voor het aannemerswerk zou hij absoluut ongeschikt zijn. Dat was het dan ook niet wat de wrijving tussen de broers veroorzaakt had. Het ging er veel meer om dat Arjen zonder overleg de zaak van vader had overgenomen, compleet met de totale uitrusting, de financiën en... met de goodwill. Over met de neus in de boter vallen gesproken! Mooi voor hem, maar de anderen hadden het nakijken.

Op geen enkele manier had Arjen zich verontschuldigd, hij leek van de prins geen kwaad te weten. Van wrevel bij de anderen was hij zich dan ook niet bewust. Nee? Echt niet? Dat was onzin natuurlijk, hij had drommels goed in de gaten dat zijn broer Fokke de zaak besproken had willen hebben. Daarin was Fokke trouwens niet de enige. Zijn zus Jantina meed eigenlijk ook zo veel mogelijk contact met haar oudste broer. En dus liet haar man Henk zich ook niet vaak positief uit over Arjen.

Een scheidslijn door de familie dus, want Ingrid en haar man Harry namen de zaak lichter op. Die kwamen dus wél geregeld bij Arjen en Emine over de vloer.

En Regien?

Regien steunde uiteraard haar man. Toch remde ze Fokke vrijwel onmiddellijk af als die zich negatief uitliet over 'zijn lieve broertje dat heel goed wist hoe hij naar zichzelf toe moest rekenen'. 'Neem me niet kwalijk, Regien, maar ik ken hem langer dan jij en ik weet dat hij hebberig is. En let maar eens op: wie als kind hebzuchtig is, is dat later ook. Alleen weet hij het dan beter te verbloemen. Nou, zelfs dat ontbreekt er ook nog aan bij mijn lieve broer.'

Regien wist als onderwijzeres maar al te goed dat er inhalige kinderen waren, ze kon er zo een paar uit haar klas opnoemen. En inderdaad, het was een vervelende karaktereigenschap die ze tentoonspreidden. Maar zou Arjen zo zijn?

'Ik denk dat je wat meer oog zou moeten hebben voor Arjens prettige eigenschappen,' verdedigde ze haar zwager. 'Hij heeft dan misschien niet direct een vriendelijke uitstraling, de mensen hebben wel ver-

trouwen in hem en dat is ook wat waard.'
'Bij die mensen hoor ik nu eenmaal niet,' stelde Fokke vast.

'Laten we er maar van uitgaan dat de meeste spullen uit dit huis bestemd zijn voor de stichting De Tweede Hand,' zei Arjen. 'Alleen de dingen van waarde gaan we verdelen. Op een prettige manier, hoop ik. Zullen we de zaken per vertrek afhandelen?'
Inderdaad werden vlot wat meubelstukken apart gezet, de kamer gaf al snel een troosteloze aanblik. 'Iemand belang bij dit bijzettafeltje? Nee?' Een gebiedend gebaar van Arjens duim over zijn schouders naar de deur bezegelde het lot van het tafeltje, compleet met gehaakt kleedje. 'De radio? Ook niemand? Natuurlijk niet, het ding is oud en der dagen zat. Weg ermee!'
De boekenplank. 'Wie nog een boek van ma? Ook al geen belangstelling? Is te begrijpen, volkomen achterhaald. Dus?' Arjens duim was alweer paraat.
'Ik mís nog een boek!' Dat was Jantina, met wat meer volume dan gewoon. 'Waar is ma's bijbel? Ik bedoel: hun trouwbijbel?'
Arjen werd eventjes onzeker. 'Eh... ja... de trouwbijbel. Nou kijk, ik wist dat Emine die bijbel dolgraag wou hebben. Ze is als meisje opgegroeid in Hongarije en...'
'Dat heeft er niks mee te maken! Als zij zo gesteld is op die bijbel, nou, dan weet ik er meer!' viel Jantina uit. 'Ikzelf bijvoorbeeld...'
Met een bezwerend handgebaar kapte Arjen haar af. 'Ik was nog niet uitgesproken. Het is traditie dat de oudste zoon de trouwbijbel van zijn ouders krijgt. Zoals jullie weten is het dan de bedoeling dat hij die bijbel naderhand aan zíjn oudste zoon geeft, enzovoort. Zo blijft het boek met een hoofdletter van geslacht tot geslacht in de familie.'
Het zou wel zo zijn. Maar waarom heeft hij dat van tevoren niet gezegd? En waarom moest in eerste instantie Emine erbij gesleept worden? Praatjes!
Ze gingen door elkaar praten. Verongelijkte uitroepen gingen over en weer. 'Arjen houdt toch een logisch verhaal. Ik snap niet wat jullie nu te mauwen hebben!' De spreekster, Ingrid, had er appelwangen van opgelopen. 'Verder begrijp ik niet wat jullie altijd te katten hebben op Arjen!'

Klopt, dacht Regien. Als de lijn haar nog niet duidelijk was geweest, dan nu wel. Ingrid en haar man Harry aan de kant van Arjen, terwijl Jantina en Henk het met Fokke hielden.

En zijzelf dan? Moeilijk. Uiteraard hoorde ze zich te scharen bij de groep van haar man, ze waren toch man en vrouw? Dat wilde ze dan ook wel, alleen... nee, ze kwam er niet uit.

Goed, ze moesten verder, hoe dan ook. De sieraden waren aan de beurt. Arjen nam de doosjes een voor een in de hand. 'Tja,' zei hij ietwat zwakjes, 'het lijkt me het eerlijkst dat we hier maar om gaan loten, dan krijgt iedereen een kans. Wie wil er even briefjes maken?'

'Wacht even!' gooide Fokke ertussen, 'je wilt toch niet zeggen dat jij dan ook mee gaat doen?'

Arjen keek beduusd voor zich. 'Ik zou niet weten waarom niet,' zei hij toen hard. Dan, wat toegeeflijker: 'Ik vind dat Emine ook de gelegenheid moet hebben op afstand mee te doen.'

Opnieuw was de kamer vol geroezemoes. Emine was een best mens, daar niet van, maar ze had al wel de bijbel verschalkt, moest ze nu ook nog van goud en zilver worden voorzien?

'Weet je, ik denk dat het ook anders kan,' bracht Regien in. 'Als Arjen de sieraden nu op tafel legt en we wijzen allemaal iets aan wat we leuk vinden, dan kunnen we er bij gelijke keuzes altíjd nog om gaan loten. Op die manier kunnen we...' Ze brak af, want ze voelde de tegenzin bij de anderen. Had ik mijn mond maar gehouden, dacht ze, als het erop aankomt heb ik hier niets in te brengen – ik ben maar aangetrouwd.

'Nou?' vroeg Arjen, 'wat doen we? Toch maar het lot laten beslissen?'

Schouders werden opgehaald, hier en daar een zuinig knikje.

Bij de loting kreeg Fokke de eerste keus, die hij direct doorgaf aan Regien. O, wat moest ze nu? Ze deed maar een greep: een gouden broche, die matglanzend op haar open hand lag.

Het werd haar gegund, dat voelde ze. En dat Arjen zich tevreden moest stellen met een zilveren ring met een zwarte steen... nou ja, dat Emine hem maar met veel plezier mocht dragen, ze was tenslotte een goed mens.

De stemming werd iets minder geladen; ze moesten trouwens ook verder, er was nog een hoop te doen. Schilderijtjes, fotoalbums en boeken kwamen als op een lopende band voorbij en eenieder mocht zonder veel strubbelingen zijn of haar voorkeur laten blijken.

Maar toen: 'Ik heb nog altijd niet de trouwringen van pa en ma ontdekt. Waar zijn die?' wilde Fokke weten.

Er viel een dodelijke stilte. De trouwringen! Ja, waar waren die? Alle ogen waren plotseling gericht op Arjen, die met een vermoeid gebaar over zijn voorhoofd streek.

'Nou?' vroeg Jantina.

Arjen keek naar Ingrid en zei met open handen in de lucht: 'Zeg het maar.'

Ingrid begon wat te stamelen over de speciale band die zij als jongste dochter met ma Sjoukje had en dat die haar de ringen zo'n beetje toegezegd had. 'En toen heeft Arjen ze me gegeven,' kwam er wat fermer achteraan.

Tumult! Nooit iets geweten van Ingrids speciale band met haar moeder. Kon je makkelijk zeggen, wie zou dat nagaan? Arjen en Ingrid hadden weer eens onder één hoedje gespeeld.

Boos waren ze en de scheidslijn werd aangescherpt. Waren er soms meer geheimen tussen Arjen en Ingrid?

Regien probeerde Fokke bij wijze van spreken aan de lijn te krijgen om hem in te seinen dat hij zich er verder buiten moest houden, want daar zou alleen maar onheil van komen, ze zag het aan zijn rode voorhoofd. Ze probeerde telkens zijn blik te vangen, maar hij negeerde haar.

'Had ma ook niet een antieke koperen doofpot? Waar zit dat ding? Ergens opgeborgen op de zolder van Arjen of Ingrid?' Fokkes stem was nu keihard, vijandig bijna.

O, maar dan wist Jantina wel meer te noemen. Ze noemde de ets van hun dorp, gemaakt door een bekende kunstenaar. Ook weg? En de zilveren geboortelepels, ma's tasje, de map met oude brieven, pa's antieke inktkoker, waar zaten die dingen allemaal? Ze wond zich al pratende op en eindigde met een schelle uithaal: 'Ik vind dat hier een misselijk spelletje wordt gespeeld!'

Of Arjen al bezwoer dat nog lang niet alle spullen onder de hamer waren geweest en of hij al verzekerde dat hij met een rein geweten hierheen was gekomen, het hielp allemaal niets.

Zelfs om het oude, halfverroeste pannenkoekenmes werd nog strijd geleverd.

Toch kwam er nog enige opluchting. Arjen stelde voor dat Fokke zich maar moest bemoeien met de spaartegoeden van ma. 'Hij is nu eenmaal de man van de centen. Misschien kunnen we over een jaar of zo nog wat tegemoetzien.' Cynisch bedoeld of niet, het ging erom dat Arjen iets uit handen gaf.

Die zaterdagavond stond de bungalow leeg en het busje met Bouma's bouwwerken stond op het erf van Arjen.

's Avonds kwam Arjen nog weer naar het huis van zijn moeder kijken. Even zich ervan overtuigen dat de deur op slot was. Daar trof hij Fokke aan met hetzelfde doel, want hij had ook een sleutel.

De beide broers stonden even woordeloos tegenover elkaar. Toen, als op commando, draaiden ze zich allebei om en gingen ieder huns weegs.

2

AAN HAAR PRILLE JEUGD HAD REGIEN PRETTIGE HERINNERINGEN. ZE WERD geboren in 1956 en woonde met haar ouders in een groot huis, een schoolhuis dat het al zo'n tachtig jaar volgehouden had en dat vol zat met geheime hoekjes. Regien herinnerde zich bijvoorbeeld dat haar vader met haar speelde. Ze zat op zijn rug en hij holde heen en weer op de enorme zolder, van het ene eind naar het andere. Hij was het paard en zij mocht mennen. Ze wist zich ook nog voor de geest te halen hoe haar moeder haar leerde de pop aan te kleden. En de teil met blokken was een wereld op zich. Bouwwerken ontstonden en werden met veel kabaal weer vernietigd.

Als kleuter hoorde ze haar ouders af en toe praten over het bestuur van de school. Ze moest dan meteen denken aan een stuur, zoals dat op haar driewielertje zat. Op een keer hoorde ze dat haar vader naar de oude raven ging. Dat bleek tot hilariteit van haar ouders om de ouderavond te gaan.

Maar Regien had ook een minder plezierig aandenken aan die tijd. Op een zondagmiddag maakte het gezin Doornbos zoals gewoonlijk een wandeling naar een groep bomen en struiken die met een weids woord 'het bos' werden genoemd. De familie bestond toen al uit vijf personen, want na Regien hadden zich ook haar broertje Mark en haar zusje Martie aangemeld. Dat laatste vond Regien niet altijd leuk. Zonder het onder woorden te kunnen brengen had ze wel degelijk het gevoel dat ze het leven in de huishouding van pa en ma Doornbos moest delen met anderen – ze was niet meer nummer één.

In het bos deden ze verstoppertje. Regien was toen vier en haar broertje drie. De regie was in handen van pa, die vanachter de kinderwagen van Martie door ma was vermaand vooral op zijn nette zondagse goed te letten. 'En jullie ook, hè, geen wilde spelletjes, de wastobbe is al vol genoeg!' had ma gewaarschuwd.

Maar Regien móést rennen. Hoe kon ze anders uit het zicht van pa en Mark raken? Ze volgde een slingerpaadje en ontdekte een eind verderop een soort wal waarachter ze prachtig kon verdwijnen. Ze repte zich er met haar dansende, blonde krulletjes heen en hield haar ogen alleen maar gericht op die omwalling. 'Kijken waar je loopt!' had haar vader haar keer op keer voorgehouden, maar dat deed ze nu even niet. De dikke boomwortel kon haar wel opgewacht hebben. Of stak hij heel gemeen nog iets hoger boven het paadje uit? Daar lag Regien, languit en gillend. Met haar ene hand hield ze haar linkerarm vast. Pa kwam met grote stappen aangehold en tilde haar voorzichtig op. 'Waar doet het zeer, Regientje? Och, je arm? Wacht, ik zal even kijken, doe je handje maar weg.'

Maar Regien huilde nog harder en wilde niet dat er iemand aan haar arm kwam, ook ma niet die met kinderwagen en al aan was komen spurten.

'De dokter bellen,' zei pa resoluut, 'er kan iets gebroken zijn.' Hij tilde haar voorzichtig op zijn schouders en samen liepen ze de weg terug.

In het schoolhuis belde pa met hun huisarts, die in de stad woonde. In een in alle haast geleende auto reed pa er met zijn dochtertje binnen een kwartier naar toe.

'Hm,' zei de arts, 'ik geloof niet dat we met een breuk te maken hebben, ik zie het eerder als een zware kneuzing. Nee, ik denk niet dat we het ziekenhuis hoeven te bellen.'

Dat was in elk geval een opluchting, maar Regien bleef erge pijn houden. Van slapen kwam die nacht niet veel. Weken daarna kon ze haar arm moeilijk gebruiken en naar het bos wilde ze niet meer. Later, toen ze groot was, bleef het voorval haar dagelijks bij, want haar arm was een ietsje krom blijven staan. Juist bij balspelletjes viel dat op.

Bij de prettige dingen uit haar leventje hoorde ook het feit dat de school van pa binnendoor vanuit hun huis te bereiken was. Pa was schoolhoofd en dat had zo zijn voordelen. Op zaterdagmiddag en op zondag kon Regien, toen ze een paar jaartjes ouder was, zich makkelijk even terugtrekken, in school een eigen hoekje zoeken, een tekening maken op een vel papier of op het bord. Dan kon ze zich heel lang alleen vermaken, net zo lang tot pa's bekende knipgeluid van duim en vingers haar maande weer naar de drukte terug te keren.

De drukte? Ja, want na Martie kwamen met tussenpozen van ongeveer anderhalf jaar nieuwe broertjes en zusjes. Regien bekeek de nieuwelingen elke keer met ongeveinsde belangstelling, maar toen ze met z'n achten waren – met hun ouders erbij dus met z'n tienen – was zij nog maar veertien. Dat was op zich niet erg, maar van een blije, onbezorgde jeugd was voor haar toen allang geen sprake meer. Ze had geen ruimte voor zichzelf, geen eigen hoekje. Ook het slapen leverde vaak moeilijkheden op – met z'n vieren op één kamer, met z'n tweeën in één bed, het leverde de ene na de andere ruzie op. En juist dát was nu waar ze zo'n hekel aan had; altijd maar gekrakeel, altijd maar lawaai, als ze wilde lezen moest dat met haar vingers in de oren. En waarom moest er zo dikwijls gekijf en gekibbel zijn?

Ze had zich een houding aangewend van kalmeren van verhitte gemoederen. Het sussen werd haar tot een tweede natuur. Bovendien had ze de gave ontwikkeld om een dreigende ruzie voor te zijn.

'Weet je wat jij later moet worden?' vroeg haar vader. 'Onderwijzeres. Daar ben je geknipt voor. Je kunt uitstekend met kinderen omgaan, dat heb ik allang in de gaten.' Een prijzend woord van haar pa! Het deed haar geweldig goed, juist omdat het vrij weinig voorkwam.

Toch had ze er vaak behoefte aan om even de boel de boel te laten en zich terug te trekken. Binnendoor naar school gaan was allang geen optie meer, het gangetje tussen school en huis was algauw ontdekt door haar opvolgers.

'Regien, doe jij Miranda even een schone luier om? En dek dan ook de tafel maar, ik ga nu de groente snijden.' Ma regelde en zorgde zo'n beetje de hele dag.

'Regien, doe niet zo raar tegen Mark.' Dat was pa.

'Ja maar...'

'Jij bent de oudste, dus moet je ook de wijste wezen.'

Dat zinnetje! Wat had Regien dat vaak moeten aanhoren. Langzaamaan sloop er een idee bij haar naar binnen. Ze had het voorbeeld dat ze níét wilde volgen duidelijk voor ogen: een vader die thuis even streng was als in zijn klassen vijf en zes en die er niet meer aan toe kwam om eens met zijn kroost te dollen of zelfs maar te spelen. Een vader ook, die 's avonds vaak de deur uit moest voor vergaderingen van allerlei verenigingen. Je kon het zo gek niet bedenken of hij was ergens voorzitter van, of in elk geval bestuurslid. Daar kwam dan ook nog zijn ouderlingschap bij. En kerkenraadsvergaderingen waren berucht vanwege hun lange duur. Zo jong als ze was had Regien al het ondeugende vermoeden dat haar pa al die bijeenkomsten wel leuk vond – dan kon hij de drukte thuis even achter zich laten. Jawel, maar wie draaide er dan voor op? Opnieuw zag Regien het tekortschieten van hun gezin: haar moeder kon het niet aan. Niet dat ze er als een sloofje bij liep, dat niet, maar Regien zag op straat moeders die er veel kwieker bij liepen, netter ook, in elk geval aantrekkelijker. Neem nou alleen haar kapsel. Welke vrouw liep er met zo'n stijf pruikje bij? En van lippenstift of rouge scheen ma nooit gehoord te hebben.

Dus nam Regiens idee almaar vastere vormen aan. Eén ding wist ze zeker: ze wilde later zelf absoluut geen groot gezin hebben!

Gelukkig maar dat Afke er was, haar vriendinnetje en enig kind. Het was een verademing om bij haar thuis te zijn. Toen Regien nog maar een jaar of zeven was, wist ze al de weg naar Afkes huis te vinden. Veel te goed zelfs, vonden haar ouders. Ze vroegen zich trouwens af waarom hun dochtertje zo graag naar de familie Brinkman ging. Wat wisten ze van de voorraad poppen en wagentjes, de tekenboeken en de enorme doos met viltstiften die daar voor het grijpen lagen? En van de aandacht die Afke voortdurend kreeg? Hoe konden ze weten dat hun Regientje het leven daar als ideaal ervoer? 'Huize Brinkman lijkt wel Regiens toevluchtsoord te zijn,' stelden ze vast, 'nou, laat maar mooi zo, ze komt er op een keer vanzelf van terug.'

Maar zo was het niet, Regien bleef er komen, ook toen ze al op de mavo in het nabijgelegen stadje zat, terwijl Afke daar een plek had gevonden op de huishoudschool.

Regien beleefde haar puberjaren zonder al te veel problemen. Goed, ze stelde zich behoorlijk kritisch op ten opzichte van haar ouders en af en toe ook wel onbehoorlijk, maar dat deed Afke ook. Het verschil was wel dat Afkes ouders er niet opstandig onder werden, zo te zien leden ze in stilte. Heel bijzonder en heel aardig volgens Regien, maar ergens in haar hart vond ze dat het zó ook weer niet hoefde.

Echt brutaal was ze niet tegen pa en ma, wel scherp soms. Vooral als ze het reilen en zeilen van hun huishouding aan de kaak stelde, kon haar vader haar er bulderend op wijzen dat ze haar wijze praatjes voor zich diende te houden. 'Wie denk je wel dat je bent! Net veertien en dan al zo'n instelling van: "Jullie doen alles fout, luister eens wat meer naar mij!" En hou eens op met ons gezin te vergelijken met die familie Brinkman. Het is daar ook niet de hemel op aarde, al komt dat zo wel bij jou over. Die mensen hebben een stil verdriet omdat ze maar één kind konden krijgen.' Regien deed er het zwijgen toe, maar voelde dat haar idee voor later verder aan het groeien was. Ze fantaseerde een leven zoals zij het graag wilde beleven en daarin was geen plaats voor een groot gezin.

Met de tijd dat ze ouder en rijper werd, kreeg ze ook beter zicht op zichzelf. Ze wist dat ze een mooie meid aan het worden was en dat velen haar graag binnen hun kring wilden hebben. Daarbij ging het niet alleen om meisjes, nee, juist niet. Haar vriendinnen deden nogal eens nukkig tegen haar en zeiden: 'Wil je je nog wel met ons bemoeien, hoogheid?' Of: 'Jij kreeg natuurlijk weer een negen voor Engels. Ja, ja, we weten wel hoe dat komt, meneer Van der Beek vindt jou zó aardig!'
Regien besefte dat het om pure jaloezie ging. Daarom haalde ze haar schouders op en draaide zich om, ze wist dat de meiden haar toch wel weer zouden opzoeken.
Jongens deden veel aardiger tegen haar. Ze vonden het een eer op de fiets naar huis of school als windbreker te fungeren. 'Kom maar achter mij fietsen, Regien, en als het te hard gaat roep je maar.' Vaak waren er vele windbrekers paraat.
Regien genoot ervan. Al die aandacht, al die zorgzaamheid, het kon niet op! Zie je? Dát was pas leven!

Maar Regien had zelfkennis genoeg om te onderkennen dat er ook een minder mooi kantje aan haar persoontje zat. Een kwalijk minpuntje zelfs, waar ze helemaal niet tevreden over was, sterker nog, waar ze een hekel aan had. Goed, ze stond bekend als een vrolijk en knap meisje, dat het in zich had om plooien glad te strijken – dat wisten zowel de jongens als de meiden. Toch gebeurde het weleens dat ze plotseling hard en fel uitschoot tegen haar omgeving. Zomaar ineens kon ze woedend worden, om een kleinigheid vaak. Iets heel onnozels kon de aanleiding zijn: een situatie of een persoon die meestal helemaal geen kwaad in de zin had. Dan viel er soms ineens een lont in het kruitvat. Het vreemde was dat ze dat helemaal niet wilde – het overkwam haar, zomaar, van het ene ogenblik op het andere. Gelukkig kwam het niet vaak voor, maar elke keer had ze achteraf wel spijt van de dingen die ze gezegd of gedaan had. Telkens nam ze zich voor het zover niet weer te laten komen.

'Tel eerst even tot tien,' had haar vader haar ettelijke keren geïnstrueerd. Dat had ze serieus in praktijk proberen te brengen, maar als het zover was...

'Je moet met de ogen van een ander naar jezelf trachten te kijken,' hield haar moeder haar voor.

Regien deed het, maar dat gebeurde op rustige ogenblikken. Maar op het moment suprême...

Toch liet die moederlijke raad haar niet los. Ze oefende zich in het bekijken van zichzelf in letterlijke zin – voor de spiegel met een tweede spiegeltje in de hand. Ze stelde zich voor dat ze een ander was en bekeek zich van alle kanten en zag opnieuw dat ze het aanzien waard was. Uit dankbaarheid nam ze zich voor haar woeste uitschieters uit alle macht af te remmen en nog liever: voor te zijn. Een paar keer lukte haar dat.

Maar toen de verjaardag van hun vader in zicht kwam, hadden zij en haar broer Mark afgesproken dat ze samen een mooie collage voor hem zouden maken, met foto's, strips en een persoonlijke wens. Ze hadden er echt hun best voor gedaan en het resultaat mocht er zijn. Het was een A4'tje geworden om in te lijsten en dat zou pa ook vast gedaan hebben, als...

'Je had beter voor pa's naam een andere kleur kunnen gebruiken, dan was het opvallender geworden,' merkte Mark op.

Regien explodeerde. 'Als jij het beter kunt, waarom laat je mij dan de hele tijd ploeteren?' schreeuwde ze. Woedend griste ze het vel van de tafel, scheurde het in tweeën en gooide hem de vernielde collage toe.

De geschrokken jongen raapte met een bleek gezicht de restanten van het werkstuk bij elkaar en schudde zijn hoofd.

In de derde klas van de mavo overkwam het haar ook eens. Ze wist zeker dat ze het proefwerk Engels goed had gemaakt, maar wat zei haar leraar? 'Het was deze keer niet wat ik ervan verwacht had, Regien, ik had er niet meer dan een zes voor over. Volgende keer beter?' En hij legde het vel papier op haar tafel. Regien smeet het proefwerk naast zich op de vloer en verfrommelde het met haar schoen. Daarna legde ze haar hoofd op de armen op het tafelblad.

'Nou, nou, zo hoef je je het ook weer niet aan te trekken,' probeerde de man haar te sussen. Het hielp niet, ze kon de afgang niet verdragen.

Na schooltijd zocht ze hem met verdrietige ogen op om te zeggen dat het haar speet. Ze besefte dat ze een echte nederlaag had geleden.

Na de mavo kwam de Pedagogische Academie Basisonderwijs, de pabo, in beeld. Pa beweerde: 'Je bent er geschikt voor, ik weet het zeker. Alleen kun je voor de klas last krijgen van, hoe zal ik het noemen... nou, zeg maar opvliegingen. Die zouden er eigenlijk...'

'Ik weet precies wat je bedoelt,' antwoordde Regien kortaf.

'Misschien dat met verloop van tijd...' ging pa Doornbos door, maar ze sneed hem de pas af met: 'Ik doe mijn best.' Opnieuw afgemeten, ze wilde het er niet meer over hebben. Hadden haar ouders zelf geen minder prettige kanten? Deden ze zelf alle dingen volgens het boekje? Ze konden beter maar eens nagaan of ze haar, Regien, niet een te zware last op de schouders hadden gelegd als oudste van een heel stel kinderen!

De opleiding op de pabo werd een prettige tijd. Vooral toen ze na een paar jaar als stagiaire voor een klas mocht oefenen in het lesgeven, leefde ze zich uit. Haar lessen bereidde ze prima voor, ze deed het met plezier en de begeleiders waren positief over haar manier van doen. Ook over haar persoontje trouwens: 'Die Regien Doornbos is een aardige meid, die het nog ver kan schoppen in het onderwijs. Haar uiterlijk heeft ze trouwens ook mee.'

Op een morgen stapte de directeur van de pabo hun lokaal binnen.

'Tja,' zei hij wat aarzelend, 'een vreemde boel. Ik werd gebeld door de Jan van Nassauschool, hier in onze stad, er is daar een van de leerkrachten onwel geworden. Ze is te ziek om verder les te geven. Of ik misschien een van mijn leerlingen voor een invalbeurt kon sturen. We zijn dat niet gewend, maar ja, als er zo dringend om wordt gevraagd...' Al pratende keek hij de klas rond, met een trek op zijn gezicht van: eigenlijk deugt zo'n vraag niet, maar toe maar, ik wil die lui wel behulpzaam zijn. Zijn zoekende ogen bleven hangen bij Regien, en, net of hij haar nu pas opmerkte, vroeg hij: 'Iets voor jou, misschien?' Regien had al een tijdje onbewust heel rechtop gezeten, ze knikte dan ook heftig. 'Ik wil het wel proberen.' Ze dwong zich het zo bescheiden mogelijk te zeggen, niemand hoefde te weten dat ze er wel heen wilde rénnen.

Het was geen rennen wat ze deed, maar ze fietste wel sneller dan gewoon. Bij de Jan van Nassauschool aangekomen klopte haar het hart toch in de keel. Ik weet niet eens voor welke klas het is, bedacht ze, stel je voor dat het om de zesde gaat, o wee!

Ze stond in een hoge gang – rijen kapstokken en het aparte luchtje van een lagere school. Vanuit de lokalen klonken volwassen stemmen boven een zacht geroezemoes uit. In een lokaal verderop werd gezongen, ze beoefenden de canon 'Dona nobis pacem', Regien zou het zo mee kunnen zingen.

'Aha, een leerling van de pabo misschien?' Achter haar stond opeens een rijzige man. Een veertiger zo ongeveer, schatte Regien snel in, misschien even in de vijftig want zijn bruine haar vertoonde bij de slapen grijze streepjes. Vriendelijke ogen wel, die haar benieuwd opnamen. 'Ja, meneer.' Regien zorgde ervoor dat haar stem lief overkwam. 'Ik moest me van de directeur hier melden, want er is iemand ziek geworden.'

Haar verschijning beviel de man duidelijk wel, hij werd op slag heel aardig. Heel fijn dat ze gekomen was, een sterk vermoeden dat ze wel een klas kon overnemen en dapper dat ze er zomaar voor durfde te springen, het kon niet op. 'Zal ik je maar voorgaan naar het lokaal?' Met een joviale zwaai nam hij haar zogezegd op sleeptouw.

'Om welke klas gaat het?' vroeg Regien zachtjes.

'O, dat weet je nog niet? Nou, om de vierde. Een stel aardige kinderen en een niet al te grote klas. Nou ja,' kwam er iets minder fors achteraan, 'er zitten wel een paar rekels tussen, hoor, maar ik denk dat je daar wel raad mee weet.' Het was alsof ze haar vader hoorde spreken.

'Ah, de vierde,' zei Regien een beetje geschrokken, en: 'Bent u het hoofd van de school?' Daar had je het weer, de vraag floepte er zomaar uit. Stom, zou die man haar niet vrijpostig vinden?

'Mijn naam is Van den Bosch en inderdaad, je vermoeden was juist,' was het nu wat afgemeten antwoord. 'Ik zal je introduceren.'

Hij deed zonder te kloppen een deur voor haar open. Ze stapte naar binnen en zag zo'n dertig paar ogen op zich gericht. Ze herkende de aanblik uit haar stageweken. Naast haar verdween een jongeman door een tussendeur naar zijn eigen lokaal.

'Jongelui,' nam de heer Van den Bosch het woord, 'jullie weten dat je juf zich niet lekker voelt. Nu krijgen jullie les van deze juf... o wee, nu ben ik haar naam vergeten, u bent...?'

'Regien.' Het klonk verlegen.

'Ja, ja, maar...'

'Doornbos,' vulde Regien aan. Ze begreep zijn bedoeling.

'Goed, jullie luisteren vandaag naar juf Doornbos,' instrueerde het hoofd de klas, met een nadruk op haar achternaam. 'We smijten hier niet met voornamen en ze mogen je ook niet met je en jij aanspreken,' wendde hij zich zachtjes tot Regien. 'Het lijkt me het beste maar met een leesles te beginnen,' stelde hij voor, nu weer op krachtige toon. 'Ik zal me bezighouden met het in elkaar draaien van een programma.' Dat laatste was weer bestemd voor Regien.

Even later was de klas aan het lezen, ieder een beurt. Regien las zelf ook een eindje en lette op de reacties van de kinderen. De vierde klas! Hoe lang zou het duren voor ze eraan toe waren om haar uit te proberen? Het viel mee, de leerlingen lazen op hun beurt netjes hun stukje dat Regien aangaf en luisterden naar haar correcties en aanwijzingen. Gaandeweg kreeg de nieuwbakken onderwijzeres het gevoel alsof ze al jaren voor de klas stond. Het ging haar makkelijker af dan ze verwacht had. Alleen stuitte ze wel op een probleempje waar ze zelf in haar lagereschooltijd ook mee te maken had gehad.

Ze stond achter het klassenbureau en raadpleegde de lijst met namen. 'Sjoerdje, ga jij eens verder,' zei ze. Ze zag meteen wie Sjoerdje was, want er zat een meisje geschrokken met haar ogen de bladzij af te zoeken.

'Je weet niet waar we gebleven zijn?' vroeg Regien vriendelijk. 'Had je misschien vooruitgelezen?' Ja, inderdaad, en Regien kon zich er alles bij voorstellen. 'Was je al op de volgende bladzij? O, bijna. Nou, dan wil ik je iets vertellen: dat had ik vroeger ook nogal vaak. Ik wist dat ik erbij moest blijven, maar als er iemand helemaal niet opschoot ging ik voor mezelf verder. Vooral als het om een spannend verhaal ging. Ik zal het je dus niet kwalijk nemen, maar ik zeg wel: probeer het tóch. Laat je buurvrouw maar even wijzen waar we zijn.'

Terwijl Sjoerdje las dwaalden Regiens gedachten af. Want zie je wel, daar had je nou de nadelen van het klassikale systeem. De hele klas kreeg hetzelfde lesvoer voorgeschoteld, terwijl zo'n groep bestond uit dertig individuen, elk met zijn eigen aanleg en tempo. De leraren op de pabo hadden gelijk: je zou eigenlijk les moeten geven per kind. Of per groepje.

'Stop maar,' zei ze tegen een lezer die wat zat te hakkelen, 'ik wil jullie wat vragen. Hebben jullie weleens groepslezen? Of niveau lezen? Ja?' Het was Sjoerdje die haar de stand van zaken uitlegde: 'Dat krijgen we eens per week, maar dan worden de klassen door elkaar gegooid.' Ach, dat dus wel. Maar: één keer per week? Was dat niet wat weinig? Regien nam zich voor om later, als ze een eigen klas had, het individuele kind recht te doen. Zo noemden ze dat op de pabo. Een heel goede benaming!

Het luiden van een bel in de gang betekende dat er pauze was, de klas mocht naar buiten.

Plotseling rumoerig ruimden 'haar' leerlingen het veld. Regien bleef achter in een stil, zeg maar uitgestorven lokaal.

Meneer Van den Bosch kwam bij haar staan. 'En? Ging het?' Regien kon met genoegen vaststellen dat ze met plezier les had gegeven. 'Het ging van een leien dakje,' deelde ze mee.

Waarom was de reactie van die man nu een scheve glimlach? Regien vond het niet prettig, hij had beter kunnen zeggen: 'Nou, dat hoor ik graag.' Of zoiets.

Ze mocht mee naar de personeelskamer. Koffie. En een praatje. De dames en heren leerkrachten buitten de gelegenheid goed uit, ze praatten over van alles en nog wat. Iemand was het lang niet eens met premier Lubbers, een ander oordeelde dat de scheids zijn favoriete voetbalclub onterecht een strafschop had onthouden en een van de dames had een nieuwe bril.

Intussen ontging het Regien niet dat er af en toe een oogje aan haar gewaagd werd en het duurde niet lang of een van de mannelijke collega's vroeg: 'En? Lukte het een beetje?'

'O ja,' antwoordde Regien gretig, 'ik heb leesles gegeven en ik heb het gevoel dat het mij goed afging, ja, ik vond het prettig.'

De knikkende hoofden van de aanwezigen kon ze begrijpen, maar wat moest ze met die meewarige blikken van een paar aanstaande collega's? Waarom keken een paar anderen haar met een soort barmhartige glimlach aan? En stond de mond van meneer Van den Bosch niet weer wat scheef?

Goed, dan zou ze zich op de vlakte houden, ze zou zich niet weer laten verleiden tot uitspraken. Ze bestudeerde haar intussen lege kopje.

Niet meer laten verleiden? Toch begonnen er een paar gedachten door haar hoofd te tollen. Ik ben op een ouderwetse school terechtgekomen, vond ze, ze weten hier niets van de nieuwste onderwijsmethoden af.

'Geven jullie altijd klassikaal les?' vroeg ze de onderwijzeres die naast haar zat.

Ze had haar vraag zachtjes gesteld, maar het was wel een steen in een vijver. Dat wilde zeggen, er viel plotseling een stilte en meteen daarna werd het wat rumoerig. Regien begreep dat ze haar allemaal gehoord hadden en op hetzelfde moment drong het tot haar door dat haar belangstelling ongepast was. Waar bemoeide ze zich mee! Ze durfde niet meer op te kijken want één blik had haar hun antwoord duidelijk gemaakt: wat komt dit kuikentje ons vertellen? Ze komt immers pas kijken!

'Ik... eh...' begon ze, maar de bel redde haar uit de benarde situatie.

'Ik loop even met je mee,' zei meneer Van den Bosch. In 'haar' lokaal wees hij haar terecht met: 'Ik zal je maar opnieuw een makkelijke taak geven, kijk, hier zijn vellen papier, laat ze maar een opstel maken. Wel graag even een uitleg over het begrip opstel en klassikaal' – het laatste woord sprak hij met nadruk uit – 'de bedoeling bespreken; welke onderwerpen wel en welke niet geschikt zijn. Goed?'

Ze had er opnieuw zin in, maar bedacht dat ze er na schooltijd met niemand over zou spreken.

Van den Bosch verdween en de klas kwam rustig binnen. Heel rustig, eigenlijk té bedaard, vond Regien. Ze kreeg een ietwat ongerust gevoel.

'Goed, jongens en meisjes, dat was zopas een aardige leesles. We gaan het nu hebben over het schrijven van een opstel.'

Een zacht gemurmel steeg op. Kinderogen met een benieuwde, onge-interesseerde, teleurgestelde en onverschillige uitdrukking keken haar aan. Een stuk of wat leerlingen zakten wat onderuit.

'Wat is de bedoeling van een opstel? Ik zal het jullie vertellen. Het gaat dus om het omzetten van gedachten in woorden, maar dan op papier. Mensen hebben altijd wel gedachten, kinderen ook, alleen als je slaapt heb je ze niet. Of ja, toch wel, want je droomt ook weleens. Bij een opstel is het de kunst een verhaal te maken...' Regien had zich naar het bord gedraaid om er een schema op te schrijven. 'Kijk,' zei ze, 'je moet om één belangrijk ding denken...'

Er floepte opeens iets langs haar oren. Het ketste tegen het bord en viel in het krijtbakje.

Wat was dat? Ze deed een greep in het bakje en meteen was er weer een tik tegen het bord. Een papieren vliegtuigje. Aha! Zat het zo!

'Ik was aan het uitleggen en dan wil ik dat jullie niet...' Ze stokte, want de klas zat haar opeens ondoorgrondelijk aan te kijken. Stalen gezich-ten, opmerkelijk stil.

'Een opstel moet aan verschillende voorwaarden voldoen,' stelde Regien en besefte meteen dat zo'n zin-uit-een-boekje niet kon. 'Ik bedoel, je moet er natuurlijk wel wat van maken.' Wat de bedoeling van die laatste zin was had de klas al van tevoren kunnen inschatten.

'Ik zal een voorbeeldzin op het bord schrijven,' zei Regien. Ze schreef: Ik wil het in dit opstel hebben over...

Flits, flats, daar kwamen weer vliegtuigjes over, nu een heleboel. Ze draaide zich snel om en zag dat bijna de hele klas bezig was met vlieg-oefeningen. Sommige luchtvaartuigjes kwamen zelfs met een hoge boog langs het plafond voor het bord terecht.

'Ja, luister eens even, zo kan het niet, hè?' maakte Regien zich kwaad. 'Ik probeer jullie wat te leren en daar passen geen grapjes met vlieg-tuigjes bij. Dus opnieuw: wat is de bedoeling van een opstel? Sjoerdje, kun jij dat zeggen?'

Nee, dat wist Sjoerdje niet, ze wendde snel haar ogen af. 'Jij dan, Afke?' Afke. Ineens zag Regien haar vriendinnetje van vroeger voor zich. Als deze Afke nu eens met een goed antwoord kwam, wat zou dat mooi zijn. Dan zou de les nog gered kunnen worden.

Afke probeerde stamelend haar ter wille te zijn, maar er kwam weinig uit.

'Dan zal ik zelf het antwoord geven,' zei Regien, een andere stem ge-bruikend, waaraan geen lievigheid te vernemen viel, 'een opstel moet een onderwerp hebben! Zullen we eens een paar bedenken? Goed, ga je gang.'

Ze durfde zich niet meer naar het bord te draaien.

'Nou? Wie van jullie?'

Niemand wist een onderwerp en het gekke was: Regien zelf ook niet. Het was alsof haar hoofd leeg raakte – waar waren ze ook alweer mee bezig? Ze voelde dat er tranen op komst waren en draaide zich om. De vliegtuigjes meldden zich ogenblikkelijk weer. Radeloos keek ze naar de deur van het lokaal, het leek haar een heerlijkheid om daardoor te verdwijnen. Ze was mislukt, het leek nergens naar, wat deed ze hier nog?

De deur ging inderdaad open, meneer Van den Bosch kwam binnen. Hij keek haar niet eens aan, hij richtte zich naar de klas: 'Er gebeurt hier iets wat mij helemaal niet zint,' stelde hij vast. Niet bepaald streng, ook niet gemaakt leuk, nee, hij zéí het gewoon.

'En dat is nu afgelopen,' ging hij op dezelfde toon verder. 'Is er iemand die dat niet begrepen heeft? Steek dan op die vinger. Niemand? Goed, dan weten we dat.' Zonder nog een woord of een blik verdween hij naar de gang.

Regien stond versteld. Hoe bestond dit? Die man had aan een paar zinnetjes genoeg om zijn boodschap te brengen. En hij deed helemaal niet boos!

'Wie heeft een onderwerp bedacht?' vroeg ze bedeesd. 'Sjoerdje? Nee? Afke dan?'

Afke had wel wat. 'Wat ik zou doen als ik de baas was op school.' 'Prima! Over dat onderwerp schrijven we allemaal een opstel,' zei juf Regien. Ze schreef de titel op het bord. Geen vliegtuigje landde meer. De klas schreef. Dat wilde zeggen, de meeste kinderen zetten hun gedachten op papier. Een paar praatten zachtjes met elkaar. 'Doorwerken!' gebood Regien. 'Wie niet doet wat ik zeg, krijgt straks met meneer Van den Bosch te maken!' Ze had haar woorden wel aan een touwtje willen terugtrekken. Het was immers een teken van zwakte! Zich bij voorbaat verschuilen achter het hoofd der school!

Aan het eind van de morgenschooltijd kwam Van den Bosch haar bedanken voor het bijspringen. Hij had voor de middag intussen een ander gevonden en het was beter dat zij de lessen op de pabo maar weer ging volgen. 'Maar hartelijk bedankt, en wie weet: tot ziens!'

Regien fietste langzaam terug naar haar school, een ervaring rijker en een illusie armer.

3

Vreemd, vond Regien, dat ze het pas in de vierde klas van de pabo ontdekte. Waarom was het niet eerder tot haar doorgedrongen? Bijna vier jaar in dezelfde klas zitten en dan pas tegen het eindexamen van 1976 inzien dat het eigenlijk een prima vent was, die Simon Kremer. Ze zat in hun leslokaal meestal schuin achter hem en de laatste tijd viel het haar telkens weer op: hij was een aardige, goedhartige jongen, met een open oogopslag en met een haarlok die voortdurend dwarslag. Leuk om te zien hoe hij om de paar minuten een hand door zijn haar streek om die lok zijn plaats te wijzen, ze moest erom glimlachen. Hij zag er trouwens ook nog leuk uit. Hij had een fijnbesneden gezicht, donkerbruine ogen, een guitige lach af en toe en een kleur haar die bij zijn ogen paste. Ook zijn kapsel mocht er zijn: halflang en golvend. Zo nu en dan had ze de neiging om eens flink in die haardos te woelen. Maar of hij dat op prijs zou stellen?

O, hij zou niet ruw tegen haar uitvallen, daar was hij veel te goedig voor. Hij zou haar veel eerder verbaasd aankijken met die donkere ogen van hem. Toch moest ze het er maar niet op wagen. Stel je voor zeg, wat zou de klas wel zeggen?

Vooral onder de godsdienstles en dan speciaal bij het onderdeel dogmatiek kon ze de laatste tijd haar ogen niet van hem afhouden. Nu ook weer, ze moest zich dwingen haar aandacht te richten op de dominee voor de klas, die het verschil tussen het infra- en het supralapsarisme uit de doeken deed.

'Het infralapsarisme stelt dat God eerst heeft besloten de wereld te scheppen. Pas na de zondeval nam Hij een nieuw besluit: de verlossing in Christus. De tweede stroming leert dat God een nieuwe wereld in Christus voor ogen had. En om zover te komen besloot Hij tot de eerste schepping en haar val,' doceerde de predikant.

De aanstaande leerkrachten luisterden gedwee, sommigen maakten aantekeningen. Regien vroeg zich af welk 'isme' het bij het rechte eind had. Stond daar ook maar iets van in de Bijbel? Nee toch? Wat voor nut had het dan om je in zulk soort vragen te verdiepen? Dan was je toch gauw uitgepraat?

De dominee niet, hij scheen er maar niet genoeg van te kunnen krijgen. Aan het eind van de les stelde hij vergenoegd vast dat zijn leerlingen er heel wat kennis bij gekregen hadden. Waren er misschien nog vragen. Nee? Dan was hij duidelijk geweest, stelde hij voldaan vast.

Regien was allang niet meer bij de les, haar ogen dwaalden telkens in de richting van Simon. Ze vroeg zich af hoe hij het klaarspeelde om onafgebroken naar de dominee te kijken. Hij moest wel een sterk concentratievermogen hebben.

Of zou het zijn goedhartigheid zijn? Volgzaam was hij wel, hij zou niet gauw sputteren als hem iets niet naar de zin ging, hij was gewoon een goeierd.

Ja maar, zou die trouwhartigheid hem niet kunnen opbreken als hij straks voor de klas stond? Regien had op dat punt haar lesje geleerd: het was de kunst om de klas aan je te binden door een vriendelijke en gezellige sfeer te creëren, maar daarbij moest je vooral niet te lief optreden. Haar invalbeurt op de Jan van Nassauschool had een vaste plek in haar geheugen. Die tweede les was een puinhoop geworden, maar daar had ze later als stagiaire haar voordeel mee gedaan. Haar stelregel was geworden: beginnen met je duidelijk te manifesteren; heb je het gevoel dat je de klas in de hand hebt, dan kun je de teugels iets laten vieren. Ze had daarbij flink gebruikgemaakt van haar vermogen om haar stem wel of niet strak óf lief te laten klinken.

Kon Simon dat? Was hij niet eerder iemand die te gauw over zich heen liet lopen? Maar nee, bij de stagerapporten, die veelal in de klas afgehandeld werden, kwam hij tot nu toe wel aardig uit de bus.

Ze gingen les verwisselen, naar een ander lokaal dus, en hij keek naar haar. Kijk nou! Glimlachte hij? Jazéker, zijn open lippen lieten een gaaf gebit zien. En die ogen! Straalden ze haar niet tegemoet? Meteen was zijn rug er weer.

In de gang zorgde ze ervoor vlak achter hem te lopen.

'Saai, hè?' stelden een paar medeleerlingen naast haar vast.

'Saai? Nee, dat vind ik niet!' reageerde Regien verontwaardigd. Meteen drong er iets tot haar door. 'O, je bedoelt de dogmatiekles! O ja, wat een duffe boel!'

Simon keek heel even om.

Een tijdje daarna stond de bevolking van de pabo op een middag te wachten op het beginsignaal voor de middaglessen. Het was mooi weer, echt begin mei, de bomen pronkten met hun jonge groen, vogels kwinkeleerden, zwaluwen scheerden snerpend over de hoofden van de studenten. Een lome stemming had zich van de groep meester gemaakt, hun bewegingen waren traag en sommigen hadden zich neergevlijd op de intussen warme tegels voor de ingang van de pabo. Loom? Regien niet. Althans op dit ogenblik niet meer. Ze zag opeens dat zich een groepje gevormd had om Simon heen, voornamelijk meisjes. Ze praatten druk met elkaar, maar Regien kon niet horen waar het over ging. Ze moest de neiging onderdrukken om erheen te lopen, het zou te opvallend kunnen zijn. Toch schuifelde ze na een paar minuten zijn kant op. Hé, ze hadden het over politiek, buitenlandse politiek nog wel en verstond ze het goed? Viel daar niet de naam van Carter? Ze keek snel even om naar de anderen. Nee, die babbelden maar wat, het ging nergens over. Regien nam een besluit, ze stapte op de groep van Simon af en zorgde ervoor dat hij haar in het vizier moest kunnen krijgen.

'Ik vind het belangrijk dat er weer eens een Democraat president van de USA wordt,' zei Simon. 'Kijk nou eens wat president Ford ervan terecht heeft gebracht. De Verenigde Staten hebben te worstelen met een economische én een morele crisis. De oorlog in Vietnam mogen ze als verloren beschouwen en...'

'Hebben de Republikeinen dat dan zelf niet in de gaten?' vroeg een meisje uit zijn gehoor. Met haar hoofd een beetje scheef keek ze hem lief aan.

O, maar dat kon Regien ook! Ongemerkt scharrelde ze iets naar voren en stak half en half een vinger op.

'Het is in Amerika van bijzonder groot belang hoe de kandidaten hun campagne voeren,' legde Simon uit, terwijl hij zijn ogen over zijn publiek liet gaan. Ze bleven steken bij Regien.

Het leek wel alsof hij zelf eveneens campagne voor Carter wilde voeren. Of dat hij gewoon aan het lesgeven was, dat kon ook. In het laatste geval had hij een erg oplettende klas. Hij had in elk geval overwicht. Dat kwam waarschijnlijk doordat hij wat ouder was dan de rest van de klas, hij had na de middelbare school een paar jaar ergens gewerkt, voordat hij naar de pabo ging.

'Ze noemen hem daar in Amerika pindaboer, is het niet?' vroeg Regien belangstellend en lief.

'Je moet je daarbij niet zomaar een boerderij voorstellen,' antwoordde Simon terwijl hij Regien recht aankeek. Lieve oogopslag, mooi gebit. Het kon Regien geen zier schelen wie die Jimmy Carter was. O, was hij de leider van de Democratische Partij? Goed zo, ze hoopte dat hij straks in het najaar de verkiezingen won. Simon beantwoordde haar vraag verder: 'Het gaat daar om plantages en niet zulke kleintjes ook!' Op dat moment kreeg Regien een idee.

Toen de middaglessen afgelopen waren treuzelde Regien in het fietsenhok net zo lang tot ze hem om de hoek zag komen. Ze wist dat hij in een dorp in de buurt woonde, ze kende ook zijn fiets. Ze hérkende zelfs de bedachtzame bewegingen waarmee hij zijn schooltas op de bagagedrager bond. De fietsenbergplaats was intussen aardig bevolkt. Het kon Regien niets schelen, ze stiefelde op hem af, laat iedereen maar kijken waar hij wou.

'Ha, Simon,' zei ze vrolijk.

'Hoi,' gaf de jongen terug.

'Simon, ik wil je wat vragen. Ik ben bezig met een scriptie over de februariramp van 1953 en nu weet ik dat jij...'

'Jazeker,' lachte Simon, 'ik ben erbij geweest, alleen was ik toen nog maar één jaar.'

'Maar je hebt er vast wel een heleboel over gehoord,' veronderstelde Regien. 'Heb je misschien nog familie in Zeeland?'

Ja, dat had hij. En hij kon meteen ook vermelden dat hij daar nog weleens kwam. Onder andere om de graven te bekijken van familieleden die omgekomen waren bij de watervloed. Simons stem was ernstig geworden. 'Het is wel meer dan twintig jaar geleden,' zei hij, 'maar het verdriet van de betrokkenen is er niet minder om. Maar wat was je vraag?'

Ja, nu kwam het. Regien moest haar best doen om goed voor de dag te komen met haar verzoek. Ze maakte inderdaad een werkstuk over de ramp, dat wel, maar haar werkelijke bedoeling lag dieper.

'Ik zou graag willen dat wij samen ergens een praatje maakten over die ramp,' zei ze wat onzeker. En, om zich een houding te geven: 'Je kunt heel goed iets duidelijk maken, dat heb ik voor schooltijd wel gehoord.' Ze schudde even haar krullen los en hield daarna haar hoofd wat scheef.

Zag Simon dat niet? Had hij alleen maar naar haar vraag geluisterd? Hij dacht een ogenblikje na en zei toen: 'Ik wil je daar best wat over vertellen, Regien, maar pas maar op, als ik over dat onderwerp begin, ben je nog niet klaar.'

'Hoeft ook niet,' giechelde ze.

'Het mag een tijdje duren, begrijp ik?'

'O, zeker!' Regien werd er haast opgewonden van. Ze zag hen al aan een tafeltje in een restaurant zitten, tegenover elkaar, hij onder zijn verhaal af en toe in zijn handen wrijvend, een gebaar dat hij onbewust maakte, en zij met een blocnote voor zich. Ze genoot bij voorbaat.

'Wanneer zullen we dat doen en waar?' Simon keek weifelend naar de kale muren van de pabo. 'Zoeken we een leeg lokaal in school op?'

'Welnee joh, we zoeken een rustige plek in een restaurant op. Samen aan een tafeltje. Jij vertelt en ik schrijf.'

Plotseling lachte hij vrolijk, uitbundig bijna. 'Dat heb je mooi bedacht, Regien. En dat je dat zo gauw voor mekaar hebt!' Hij had een bijzonder gaaf gebit. 'Of had je er al over nagedacht?'

'Nou, eh...'

'Zeg maar ja, hoor,' lachte hij.

'Een beetje,' antwoordde ze quasi verlegen. Vanbinnen had ze het blije gevoel dat ze een grote vis gevangen had. 'Morgen om deze tijd?' stelde ze voor.

Hij nam weer een paar ogenblikken de tijd. 'Morgenmiddag, ja, goed. Samen naar Het Volle Vat?'

Gelukkig, hij kwam nu ook met een suggestie. Het moest ook niet allemaal van haar kant komen, zo was het leuker.

Op de terugweg was Regien wat stilletjes, er kwamen in de fietsgroep niet veel woorden over haar lippen. Des te meer gedachten tolden door haar hoofd. Deze bijvoorbeeld: had ze nu wel of niet tegen Simon gelogen? Dat ze bezig was met een scriptie was waar, maar dat had niets met haar opleiding te maken. Er was nu immers geen tijd voor werkstukken, nu ze regelrecht op het examen afkoersten? Had hij dat niet door? Het werkstuk was veel meer bedoeld voor een studieclub waar ze lid van was, maar die al een tijdje stil lag en in september pas weer zou beginnen.

Goed, ze zou het hem morgen zeggen. Ze was er zeker van dat hij zou antwoorden dat dat helemaal niet erg was en dat hij het juist leuk vond met haar te praten over dit onderwerp.

Ze kon hem uittekenen zoals hij dat allemaal tegen haar zei. Zie je wel, het was weer zijn linkerhand die de weerbarstige lok terechtwees.

De volgende dag zaten ze op tijd in Het Volle Vat. Hun fietsen stonden buiten in de standers, goed op slot en dicht tegen elkaar aan, duidelijk zichtbaar vanaf hun tafeltje bij het raam.

'Gezellig, hè?' stelde Regien vast en legde zich meteen een verbod op om meer van zulke uitspraken te ventileren – te veel openhartigheid zou hem kunnen afschrikken.

Een ober informeerde naar hun wensen.

'Twee koffie met koek? Oké!' Hij verborg onhandig een glimlachje, had vermoedelijk door dat die twee een eerste-keer-afspraakje hadden.

Ze vroegen zich af hoe ze het interview het best konden aanpakken. Zij vragen stellen en hij antwoorden? Of gewoon wat met elkaar praten over die ramp?

Regien vond het allemaal best, maar had eerst wat anders.

'Simon, ik wil je zeggen dat dit gesprek eigenlijk helemaal geen haast heeft, ik behandel dit thema voor een studieclub en die ligt op het ogenblik stil...'

'O, helemaal niet erg, hoor, ik vind het juist leuk om met jou hierover te praten,' onderbrak hij haar hartelijk.

Regien bloeide vanbinnen op. Wat een fijne vent! Ze wist het wel! Ze schudde heel even haar kapsel los. 'Je kunt maar het beste bij het begin beginnen,' stelde ze opgewekt voor.

Hij glimlachte maar eens en zette zich in postuur, beide ellebogen op de tafel geplant, kin rustend op zijn gevouwen handen. 'Natuurlijk herinner ik me niets van het onheil,' begon hij, 'ik was nog maar een jaar. Wat ik je nu allemaal ga vertellen heb ik van mijn ouders gehoord. Ook van anderen, ja, familieleden vooral en bovendien heb ik er heel veel over gelezen.'

'Vertel me alles wat je weet,' zei ze gretig en wendde haar bovenlichaam dichter naar hem toe.

Rustig schilderde hij haar een tafereel voor ogen van een woedende storm en van aangolvend water dat niet tegen te houden was, van mensen die probeerden te vluchten met wat kostbare spullen inderhaast bijeengeraapt en in een kussensloop gepropt bengelend op hun rug. Van anderen, die hun huis niet durfden te verlaten en hun geldkistje en fotoalbums naar boven brachten en daar binnen een uur ook zelf moesten bivakkeren.

Regien ging met hem mee. Ze zag de ingestorte huizen voor zich, ze hoorde het loeien van de wind, ze voelde de angst die de mensen in zijn greep hield. Ze zag ook hoe haar verteller zich gaandeweg verder verdiepte in zijn relaas, de ellebogen waren van tafel en zijn handen onderstreepten zijn geëmotioneerde woorden.

'Nee, ikzelf ben niet onmiddellijk in gevaar gekomen, mijn ouders trouwens ook niet. We hadden het geluk dat we de volgende morgen uit een dakraam konden klimmen om in het bootje te stappen waarmee helpers naar ons toe waren gekomen.'

Simon zuchtte even en onderbrak zijn verhaal voor een paar ogenblikken. 'Het is allemaal wel heel persoonlijk, hè?' polste hij. 'Kun je er eigenlijk wel wat mee voor je scriptie?'

'Ga door,' drong ze aan, 'ga alsjeblieft door!'

'Eerst nog een keer koffie?' stelde hij voor.

Het hoefde voor haar niet. 'Kan straks wel,' zei ze.

Hij vervolgde zijn verslag met: 'Goed, Regien, maar dan komt er nu wat verdrietigs.' Hij nam zijn vingers erbij en telde het aantal familieleden erop af. 'Opa en oma, twee ooms, een tante, drie neven en twee nichten. Je raadt het zeker al, hè?'

'Tien mensen uit je familie omgekomen,' antwoordde ze snel.

'En dan heb ik vrienden en kennissen niet eens genoemd,' zei hij triest. Ze zag dat hij opnieuw door zijn eigen verhaal gegrepen werd. Waren zijn ogen niet ietwat vochtig geworden? Ze kreeg opeens vreselijk medelijden met hem. Hij leed er nog altijd onder, dat was duidelijk. Wat voor haar ook glashelder was: ze besefte nu eens te meer dat er een rechtschapen mens tegenover haar zat. Iemand die met het leed van anderen begaan was. Na drieëntwintig jaar nog steeds. Iemand die zich kon inleven in de gevoelens van de medemens. O? Als dat zo was zou hij ook oog moeten hebben voor haar gevoelens voor hem! Maar nee, daarvoor werd hij te veel in beslag genomen door het treurige relaas waar hij mee bezig was.

Zijn ouders waren voorlopig met hun jongetje, Simon dus, in een kerk ondergebracht en daarna, na een lange zwerftocht, hier terechtgekomen. Zijn vader had in Zeeland een bakkerij gehad, maar een eigen bedrijf zat er hier niet in, hij had een betrekking gevonden in een broodfabriek in de stad.

'Schrijf je eigenlijk wel?' vroeg hij opeens.

Regien keek verschrikt op haar blocnote: een paar krabbels maar, het witte vel papier deed haast pijn aan haar ogen.

'Ik heb geen woord gemist, hoor,' stelde ze hem gerust, 'en ik weet heel zeker dat ik alles wat je gezegd hebt onthoud! Ja, echt hoor, ik heb aan je lippen gehangen!'

Hij had weer zijn oorspronkelijke houding aangenomen en keek haar nu lang en indringend aan. Wat zou hij daarmee bedoelen? vroeg ze zich af. Zou er nu een vraag van zíjn kant komen? Iets van: zou je wel vaker met mij ergens iets willen drinken? Ze begon vanbinnen een beetje te rillen. Toe maar, Simon!

'Nu nóg een kop koffie? Of liever iets fris?' stelde hij voor zonder van houding te veranderen.

Ze kon er niks aan doen, maar ze vond die vraag op dit moment ongepast. Had hij dan helemaal geen empathie ten opzichte van haar? Als hij ook maar een beetje gedachten kon lezen had hij het nu over een andere boeg gegooid. Wat zat hij haar nou afstandelijk op te nemen? Waar waren nu die trouwe, lieve ogen?

Hij lichtte de kin van zijn handen, ging rechtop zitten, hing zelfs wat achterover. 'Je zegt niks,' constateerde hij, 'ik vroeg of je nog wat wou hebben.'

'Eh, o, eh... jawel,' stamelde ze.

'Wat heb je opeens?' Hij keek haar nu anders aan.

'Eh... niks, denk ik... ik was een beetje in verwarring. Komt door jou, denk ik.'

'Door mij?'

'Door je verhaal natuurlijk,' antwoordde ze nu ferm.

Stilte.

'Het heeft je ontroerd, begrijp ik.'

Ze knikte en keek naar buiten. Er hingen druppels aan de beide fietssturen en de zadels glommen. En er was leegte in Regiens hart. Ze keek weer naar hem en merkte dat hij met haar houding verlegen was. Ineens werd ze wat nijdig, heel gek maar wel waar. Zijn linkerhand ruimde een scheefhangende lok op. Dat gebaar! Ze kende het zo goed. En ze voelde dat het haar verontwaardiging aantastte. Want ze wist immers dat hij een goede vent was, een prima kerel zelfs. O, hij hoefde ook maar even iets liefs of desnoods aardigs tegen haar te zeggen of ze was alweer als was. Toe dan, Simon, zeg dan alleen maar dat jij ook op míj gesteld bent, of zoiets... o, ik zou je om de hals willen vliegen.

Er kwam koffie voor hem en cola voor haar. Hij constateerde dat hun fietsen nat waren geregend, hij hoopte dat het maar gauw droog werd, hij moest nog een kilometer of drie, vier fietsen. 'En jij, Regien?'

'Dertien.'

Hij wist nog een goed boek voor haar, ook over de ramp, ja, hij wilde de titel wel even voor haar opschrijven, het was vast wel in de bibliotheek te krijgen. Zou hij...?

'Hoeft niet,' antwoordde Regien haast kortaf.

'Je weet genoeg voor je werkstuk?'

Ze knikte.

Het gesprek ging als een nachtkaars uit. Bij de fietsen lieten ze allebei de klik van het slot horen en ze zetten de voeten op de trappers.
'Bedankt,' zei Regien droog.
'Ja, hoi!' zei hij.
Ze fietsten elk een kant uit.

Thuis zaten ze al aan tafel.
'Wat ben je laat,' zei haar moeder, 'was er iets bijzonders? Martie eet trouwens helemaal niet mee, ze heeft gebeld dat ze ergens anders nodig was.'
'Een bespreking gehad,' was het bescheid van Regien.
'Een bespreking? Waarover? En moest dat zo lang...' Moeder kon haar zin niet afmaken, haar aandacht werd alweer opgeëist door iemand. Meestal had Regien een hekel aan het niet-aflatende lawaai in dit huis, nu had ze er ten volle vrede mee. Liever geen pijnlijke vragen! Haar vader legde zijn vork even neer en keek haar nadenkend aan. Toen hun blikken elkaar kruisten, verzond hij een vette knipoog naar zijn oudste dochter. Hij heeft me door, wist Regien.
Ook onder de afwas stonden de helpende handen en de rebbelende monden niet stil. Regien deelde zoals gewoonlijk de lakens uit, maar had daarvoor deze keer niet veel woorden nodig. 'Mark, je moet beter afdrogen. Miranda, voorzichtig met die borden!' De supervisie berustte echter bij moeder, die een alziend oog en een luisterend oor had.
Regien verdween naar boven, maar in de gang, bij de trap, kreeg ze van haar vader een tikje op haar schouder: 'Alles in orde?'
Ze deed iets wat het midden hield tussen een knikje en hoofdschudden. 'Oké,' zei hij, 'als ik je ergens bij kan helpen...'
Een warm gevoel kroop bij Regien omhoog. Papa! Zo was hij ook wel weer. Soms had hij iets ongenaakbaars, andere keren was hij vol begrip. 'Dan zeg ik het wel,' liet ze weten. Het kwam wel vaker voor dat zij tweeën iets samenzweerderigs hadden, merkte Regien voor de zoveelste keer. Ze wist dat, als ze ergens mee zat, ze altijd bij hem terechtkon. Alleen op dit moment even niet, hij moest over een kwartiertje naar de kerkenraadsvergadering...

Ze had boven geen eigen kamertje, stel je voor zeg, wat een weelde zou dat zijn. Wel een tafeltje en stoel voor zichzelf, met daarnaast een kastje. Beneden was nog steeds het gedruis van een groot gezin te horen, dat kon nog wel een tijdje duren ook. Regiens beproefde middel was dan vaak het stoppen van vingers in de oren.

Het eerste wat ze deed was het verfrommelen van haar papier met aantekeningen. Het waren er maar weinig trouwens en verder: waarvoor had ze ze nog nodig? Haar gesprek met Simon was intussen een gepasseerd station. Niks meer mee te maken! Ze moest zich nodig aan andere zaken wijden. Echte huiswerkopgaven had ze niet meer, die tijd was allang voorbij. De examenklas moest zich nu zelfstandig prepareren op de eindspurt. Juist! Daarmee zou ze zich bezighouden en nergens anders mee!

Het werd niks. Het pedagogiekboek lag open voor haar, maar ze kwam niet verder dan wat geblader en het lezen van notities in de marge. Alsof er een scherm werd geplaatst tussen de leerstof en haarzelf. Op dat scherm verscheen Simon. Soms ernstig, andere keren monter. Hoewel? Was hij weleens echt opgewekt? Had ze hem ooit daverend horen lachen? Dat niet misschien, maar lief was hij wel! En hij kon ook zomaar met een grapje voor de dag komen.

Die avond zweefde Regien tussen de plussen en minnen van Simon. Zijn positieve punten kregen de overhand, heel duidelijk zelfs. Zo glashelder dat er van studeren niet veel meer kwam.

Toen ze eenmaal goed en wel in bed lag kwam er van slapen niet veel, het was meer dommelen wat ze deed. Telkens wakker worden met de gedachte: wat is er ook alweer? was vermoeiend. Maar om een uur of drie ontwaakte ze opeens met een bevrijdend blije gedachte. Ze zag plotseling in dat het logisch was dat Simon niet zomaar sjoege had van haar manier van doen. Zij was naar het restaurant gekomen met een kant-en-klaar idee; hij niet, hij had zich voorbereid op het vertellen van het onheil dat zijn provincie had getroffen. Hoe had ze dan kunnen verwachten dat hij op haar avances – want zo mocht je het toch wel noemen – zou ingaan? Misschien sliep ook hij wel slecht en dacht hij na over hen beidjes. Morgen zou hij er wel op terugkomen, o ja, vast wel! Met die gedachte nestelde ze zich in Morpheus' armen.

De volgende dag keken ze allebei wat schichtig naar elkaar. Zo op een manier van: eigenlijk wil ik je niet zien, er moet eerst maar eens een van ons tweeën met een reactie komen. Regien was in elk geval niet van plan als eerste over de brug te komen.

Het ging de hele dag zo door. Maar 's middags, aan het eind van de lessen, was Simon als eerste van de klas verdwenen. Regien kreeg stellig de indruk dat hij haar ontliep. Ze nam dus ook maar de boekentas op en liep een beetje hoekig naar buiten, naar haar fiets. Daar stond Simon, kalm en rechtop, haar op te wachten. Haar hart bonkte.

'Regien, ben je niet helemaal tevreden over mijn verhaal van gisteren?' vroeg hij op de vrouw af. 'Ik kreeg de indruk...'

'O, zeker wel,' onderbrak ze hem, 'ik... eh...' Ineens had ze geen gedachten meer. Beter gezegd, ze kon haar dwarrelende opwellingen niet in het gelid krijgen. Ze probeerde opnieuw te verklaren dat ze alleen al het zitten met hem aan dat tafeltje heerlijk had gevonden, maar ze vond de juiste woorden niet. Want wie stond daar tegenover haar? Dat was niet zomaar iemand, dat was de fijnste vent die ze ooit ontmoet had. Werkelijk een prachtkerel, iemand op wie je aankon en aan wie je je hartsgeheimen kwijt zou willen raken. Regien voelde zich weer de Regien van de vorige middag, toen ze aan zijn lippen hing. En ze wist het weer: ik ben verliefd!

'Nou, gelukkig maar,' zei Simon, 'ik was er wat ongerust over. Ik ben blij dat je je voor mijn verhaal interesseerde.'

Regien keek hem met grote ogen aan, maar er kwam geen woord over haar lippen.

Hij streek zijn dwarse haarlok weg en legde zijn tas onder de snelbinder. 'Nou, hoi hè,' was zijn afscheidsgroet. Hij slingerde zijn been over het zadel en trapte zich weg.

Regien keek hem sprakeloos na.

4

'IK HEB GEMERKT DAT JULLIE NIET ALLEMAAL HET VERSCHIL TUSSEN TELLER en noemer van een breuk weten,' zei juf Regien Doornbos. 'Let op, dan zal ik het nóg een keer uitleggen.' Ze stond voor haar vierde klas en schreef op het bord: $1/4$. 'Daar staat één vierde. Daarbij heet de vier de noemer, want zo wordt de breuk genoemd, het gaat om vierde delen. Boven de streep staat de teller, die telt het aantal vierden. Gesnapt? Mooi zo. Dat is nou een breuk. Nu kun je breuken ook bij elkaar optellen. Zal ik eens wat opschrijven?'

De klas vond het prima, maar sommige kinderen zakten wat onderuit. Ze hadden de uitleg gisteren al begrepen, waarom moesten ze nu opnieuw luisteren?

Regien begreep het zelf ook. Opnieuw twijfelde ze aan het klassikale systeem. Ze zou de klas in groepjes willen verdelen en dan ook de leerstof per groep willen aanbieden. Maar ja, hoe deed je dat?

'Nee, allemáál even opletten!' Ze zei het vrij scherp, want er was wat geroezemoes in de klas ontstaan. 'Het duurt niet zo lang meer, hoor, over een minuut of tien is het pauze,' kwam er vergoelijkend achteraan. 'Nou, iedereen weer met zijn gedachten bij de les?'

Rekenles in klas 4. Het was de eerste keer dat ze die groep had. Tot nog toe was ze alleen maar in de laagste klassen onderwijzeres geweest. Heel leuk had ze dat gevonden, maar toen het hoofd, de heer Beintema, haar voor de nieuwe cursus vroeg voor de vierde was ze na lang aarzelen de uitdaging aangegaan. En ze had het plezierige gevoel dat het haar wel aardig afging.

Er was stilte in de klas. IJverige kinderen zo te zien. Maar wat ging er in die hoofdjes om?

Regien had begrepen dat ze haar leerlingen voor moest blijven. Ze zou moeten proberen in die hoofdjes te kijken en te ontdekken of er plannetjes gesmeed werden. Soms lukte het haar, soms ook niet. Maar intrigerend was het wel.

Toegegeven, het gebeurde nogal eens dat ze na schooltijd moe naar huis fietste. Toch zou ze dit werk niet willen missen, want tegenover die vermoeidheid stond het gevoel van voldoening als ze weer eens voelde hoe de kinderen zich aan haar hechtten. Boze kopjes met ondeugende ideeën konden ook heel aandoenlijk uit de hoek komen.

Toch was ze blij dat ze een parttime betrekking had – ze ging alleen maar op maandag, dinsdag en woensdag naar school. Voor de rest van de week had ze dus alle gelegenheid de accu weer op te laden. 'Maandag hoop ik opgekalefaterd weer hier te zijn,' zei ze vaak op woensdag tegen haar collega's, die haar uitspraak dan wat meesmuilend aanhoorden.

Het was trouwens nog een hele toer geweest om het zover te krijgen dat ze twee dagen per week thuis kon zijn. Ten eerste was de heer Beintema er niet voor geporteerd. 'Kinderen hebben een constante leiding nodig,' stelde hij. 'Als dán deze en dán die leerkracht voor de klas staat kunnen ze onzeker worden, want iedereen heeft uiteraard zijn eigen manier van doen. Als de ene juf zus zegt en de andere zo, tja, dan weten ze niet meer waaraan ze zich te houden hebben. Nee, om eerlijk te zijn ben ik er niet voor.'

'Toch schrijven de onderwijsbladen dat de voordelen groter zijn dan de nadelen,' bracht Regien ertegen in. 'Volgens hen heeft de praktijk bewezen dat het met die onzekerheid wel meevalt.'

'Kan best wezen,' was de respons van het hoofd geweest, 'maar ik zie de binding tussen leerkracht en leerling in het gedrang komen. Maar goed, we zullen zien wat het bestuur ervan zegt.'

Dat was punt twee. Het bestuur zat vrij ver weg, ze hadden wel zes lagere scholen in de stad onder hun beheer. Bij hen ging het dus om algemeen beleid, vaak kenden ze de werkers in de scholen niet eens. Wel had elke school een commissie van ouders. Die wisten meer van de dagelijkse praktijk.

Tja, en toen bleek dat ook niet alle commissieleden ingenomen waren met Regiens verzoek. Ze kwamen met dezelfde argumenten als de heer Beintema. Kwam natuurlijk doordat hij op hun vergaderingen erbij zat, oordeelde Regien in stilte.

Toch was het ervan gekomen. Bij de meesten was het inzicht doorgebroken dat het lager onderwijs op de drempel van een nieuwe tijd stond. Zo kwam het dat Regien vlak voor de zomervakantie te horen had gekregen dat ze in deeltijd mocht werken.

'Laten we vooral genieten van de tijd dat we nog een zelfstandige school zijn,' zei Gerard Vegter, de collega uit klas 5 onder de pauze. 'Voor je het weet is het augustus en dan begint de ellende van de basisschool.'

Maarten Beintema moest er hartelijk om lachen. 'Van mij ging die hele basisbeweging niet door,' baste hij en nam een gulzige slok uit zijn koffiekopje. 'Wat is er eigenlijk mis met onze lagere school? Maar ik weet wel hoe het gegaan is: op een bureau in Den Haag hebben mensen zich zitten vervelen en dus maar eens wat nieuws bedacht.'

Regien moest op haar beurt om hem lachen, maar dan in stilte. Die Maarten Beintema, zie hem daar nou zitten, rijzige gestalte, zware hoornen bril, een wat grof gezicht en kalend, en een bollende buik onder zijn trui. Een man van rechttoe rechtaan. Geen poespas en geen kapsones alsjeblieft! Ook de man die zeker wist dat je geen oude schoenen moest weggooien voor je nieuwe had gekocht. Bovendien iemand die zijn manier van leidinggeven aan zijn collega's en de school zo niet onberispelijk dan toch wel van goede kwaliteit achtte. 'En dat we na 1 augustus geen klassen meer hebben, maar groepen, dat vind ik bespottelijk.'

Daar was Marco Post van klas 3 het mee eens.

'Ik begrijp niet waarom we moeten fuseren met de kleuterschool. Waar is dat goed voor?'

Daar had Margreet Hofman uit klas 2 een antwoord op.

'Dat is het hem nou juist. Ze willen de breuk tussen de kleuterschool en het lager onderwijs opheffen. Geen drempel meer voor schoolrijpe kleuters. Volgens mij is dáár niks mis mee!' viel ze nogal fel uit.

Miranda ten Hove knikte haast onmerkbaar, maar ze zei er geen woord over. Hoefde ook niet, alle collega's waren ervan op de hoogte dat ze in haar klas 1 al een stuk onderwijsvernieuwing aan het uitproberen was. Alleen vertelde ze er nooit wat over, want ze wist dat dat heftige gesprekken uitlokte.

En Regien? Voor het eerst werken in klas 4 was al nieuw genoeg voor haar, ze hoefde er voorlopig geen vernieuwing meer bij. Toch was ze het in haar hart eens met Margreet. 'Een ononderbroken lijn in het leven van vier- tot twaalfjarigen, daar is wat voor te zeggen, natuurlijk.

Kleuters hoeven dan geen sprong naar een totaal andere leervorm meer te maken.'

'Jij hebt de onderwijsbladen nauwkeurig gelezen, geloof ik, hè? Je spreekt precies de taal van die lui!' zei Marco ietwat bijtend.
Daar had je hem weer. 'Iedereen mag toch zeggen hoe hij erover denkt?' verdedigde Regien zich. Ze had moeten zeggen: 'Bemoei jij je voorlopig maar met je klas 3!' Maar waarom de zaak op de spits drijven? Het werd na Regiens uitspraak al stil genoeg in de personeelskamer.
Oud zeer was het. En allemaal wisten ze ervan.

De fout lag bij het hoofd der school, Maarten Beintema. Er was voor het begin van de cursus plotseling een vacature. Dat was geen ramp, want er waren sollicitanten genoeg. In overvloed zelfs. Pas geslaagden van de pabo zochten wanhopig naar een betrekking, ze schreven brief na brief naar de scholen waar een plaatsje open was. Velen lukte het niet voet aan de grond te krijgen en zochten uiteindelijk een baan buiten het onderwijs.
Ook bij Beintema stroomden de sollicitaties binnen, tientallen. Hij nam er een avond voor om naar de referentieadressen te bellen – hoe geschikt was de betrokken sollicitant?
Uiteindelijk had hij drie namen op zijn lijstje. Die wilde hij graag in hun klas aan het werk zien óf, als ze nog geen klas hadden, een proefles laten geven bij hem op school.
Samen met een paar commissieleden wilde hij op korte termijn tot een benoeming komen.
En – heel bijzonder voor hem – bovendien leek het hem goed een van zijn personeelsleden te vragen mee op bezoek te gaan, want daar hoorde men de laatste tijd steeds meer van: je moest de werkers aan je school ook een stem geven.
Wie zou het dan worden? Beintema bedacht dat het de leerkracht moest zijn van de klas die de nieuweling zou krijgen, klas 3 in dit geval.
Dat was Regien.
'Wil je er wel een dagje met mij op uit, Regien?' vroeg hij met onverholen plezier.

Ze schrok. 'Eropuit?' vroeg ze bedremmeld. 'Waarheen dan?'
'Zeg ik lekker niet,' gniffelde hij.
Ze was met de zaak verlegen. Wat had dit te betekenen? 'Er gaan ook een paar leden van de schoolcommissie mee, hoor,' stelde Beintema haar gerust, maar hij kon het ginnegappen nog altijd niet laten. Eindelijk had ze zijn bedoeling door. 'O, jawel hoor, ik wil wel mee,' antwoordde ze met een toegevende glimlach.

Het was wel leuk, zo'n dag. Met z'n vieren zouden ze drie proeflessen bijwonen. Eén thuis, op de eigen school dus, en twee buiten de stad. De eerste 'proefpersoon', zoals Beintema haar noemde, was een juf die nog eindexamen moest doen voor de pabo, maar die een loffelijk getuigenis – weer een benaming van Beintema – van de directeur van de pabo had gekregen. Ze mocht een paar lessen geven in de klas van Regien.

Regien zelf opende de schooltijd met gebed en liet de klas een lied zingen. Toen vertelde ze dat niet zij, maar een andere juffrouw een bijbelverhaal zou vertellen. 'Nu moeten jullie dus goed luisteren, want we hebben nog meer bezoek: meester Beintema en nog een meneer en een mevrouw zitten achter in de klas. Dat hadden jullie al gezien, hè?'
Nou en of! Het was de klas zéker niet ontgaan.

De aanstaande onderwijzeres stapte energiek naar voren.
'Jullie hebben het gehoord, je moet goed luisteren. Want ik ga je een verhaal vertellen, een verhaal uit de Bijbel. Het is een gelijkenis. Het lijkt dus ergens op, ik bedoel, er zit een betekenis achter. Er was eens een man, die liep van Jeruzalem naar Jericho. Erg gemakkelijk ging het niet, want de weg was slecht. Allemaal losse stenen en zo...'
Een kordate tante, dacht Regien. Kijk nou, hoe ze onder het vertellen de klas als het ware in beslag neemt, ze dwingt de kinderen met haar ogen bij het verhaal te blijven. Soms heeft ze een waarschuwende blik voor een jongetje dat toch even achterom kijkt. Verder heeft ze zich het onderwijzeressentoontje al aangemeten, een beetje hoger dan normaal en af en toe wat kraaiend. Bovendien had ze wel wat aan haar kapsel mogen doen, wie komt er nu zo proefles geven?
Regien wist dat ze haar overwegingen niet in deze bewoordingen prijs

zou geven aan commissie en schoolhoofd. Maar als haar stem gevraagd werd over deze juf? Dan zou ze voorzichtig duidelijk maken dat deze juf niet direct haar voorkeur had.

Ook onder de volgende taak, een rekenles, bleef Regien bij haar besluit. Ze kon ergens begrijpen dat de mensen van de opleiding onder de indruk waren van dit meisje, maar paste ze ook bij deze school en bij de andere personeelsleden? Nee.

Na afloop van de les vertelde Beintema de kersverse juf dat hij met genoegen naar haar had geluisterd, maar dat ze nog meer pijlen op hun boog hadden. Ze zou nog van hem horen. Was de onderwijzeres in spe een beetje beledigd? Of deed ze haar best niet te laten merken dat ze gekrenkt was? Ze stapte in elk geval nogal kittig de deur uit.

Even later zat het gezelschap in de auto van Beintema. Hijzelf achter het stuur, het mannelijk commissielid naast hem. De beide dames had hij een plaats achterin gewezen. Dat was weer typisch Beintema. Onderweg, rijdend langs grazige weiden waarop hier en daar dartele koeien zich uitleefden in malle sprongen, blij als ze waren na een half-jaar op stal en aan de ketting te hebben gestaan nu van de volle vrijheid te kunnen genieten, gaf Beintema wat achtergrondinformatie over het volgende slachtoffer, van wie hij ook een goed verhaal kon vertellen. Een prima jongeman, die het vak in zijn vingers had, die wist hoe hij met kinderen moest omgaan en die een beschaafde indruk maakte, kortom, ze moesten allen hun oor maar goed te luisteren leggen en de ogen niet in de zak hebben.

'Waarom hij gesolliciteerd heeft? Dat komt doordat hij daar een tijde-lijke betrekking heeft, na de vakantie moet hij weg. En omdat de onderwijsbanen niet voor het oprapen liggen... nou ja, we weten er alles van. Hebben jullie gehoord dat minister-president Lubbers heeft gezegd dat hij aftreedt als er meer dan een miljoen werklozen in Nederland zijn? Het is dus niet alleen in het onderwijs schrijnend.'

Het was een vrij grote school met een bovenverdieping, die ze binnen-gingen. Het hoofd verwelkomde hen met een brede armzwaai.

'Het gaat waarschijnlijk om de heer Post, hè? Dacht ik wel, kom maar mee.'

Hij leidde hen de trap op, klopte kort op een deur en stapte zonder reactie af te wachten het lokaal binnen. 'Bezoek voor jou, Post.'

Een aardig uitziende jongeman, leuke blonde lange kuif, leeftijd tussen twintig en vijfentwintig, schatte Regien. Zo op het eerste gezicht een dikke plus. Benieuwd wat hij ervan terecht zou brengen.

'Marco Post,' stelde de jongeman zich voor, 'wat mag ik voor u doen?' Een aangename stem had hij ook nog.

Beintema gaf hem als eerste opdracht een bijbelvertelling. 'U hebt u vast wel op ons bezoek geprepareerd, neem ik aan.'

Ze bleken in het lokaal van de vierde klas terecht te zijn gekomen. Aha, de vierde! Nu was het voor Regien in het bijzonder opletten geblazen. De baas had haar immers voor de volgende cursus gevraagd voor klas 4! Ze ging er eens echt voor zitten.

'Nu krijgen jullie vandaag voor de tweede keer een vertelling uit de bijbel te horen,' begon meester Post, 'maar dat is omdat we bezoek hebben. En jullie vinden het niet erg, denk ik.'

Nee, dat vond de klas echt niet, een verhaal was altijd beter dan taal! Kijken hoe hij het aanpakt, dacht Regien. Haar ogen gleden over rechte, tienjarige ruggen. De klas was alvast gespannen.

'Er was eens een man die liep van Jeruzalem naar Jericho,' begon de meester.

Achter in de klas vonden ogen elkaar, voorzichtige glimlachjes werden uitgewisseld.

'Het was een slechte weg, eigenlijk gewoon een voetpad dat bezaaid lag met stenen.' Marco Post schopte een denkbeeldig keitje weg en bezeerde zich er ook nog aan, hij bleef een paar ogenblikken trekkebenen. Intussen was hij wel bezig met het maken van een schilderijtje, de leerlingen zagen het slechte pad voor zich. 'Gelukkig maar dat zijn route wat naar beneden afliep, dat maakte de reis lichter,' ging de verteller verder.

Volgens Regien deed hij het prima. Ze bekeek hem nog eens een keertje – hij zou het heus wel redden op hun school. Sterker nog, hij paste bij hen.

Zijn tweede taak was het geven van een taalles. Ook dat was hem wel toevertrouwd. In het kort vertelde hij dat hij het over een boom wilde hebben. Vlug toverde hij een boom op het bord – een dikke stam met een omvangrijke kruin. Meteen nam hij een bordenwisser in de hand. 'Eigenlijk heb ik alleen maar de stam nodig. Dus wat doe ik?' Rap veegde hij de bovenste helft van de boom weg. 'Wat hou ik nu over? Juist, de stam. En dáár wilde ik jullie iets over zeggen.'

Met korte, duidelijke zinnetjes legde hij de kwestie van 'stam + t' uit. De klas had het meteen in de gaten. Ze vonden het nog leuk ook. Hij schreef op het bord: Hij vind het niet moeilijk. 'Wie van jullie ziet nu een fout? Steek dan eens op!' nodigde de meester.

Daar kwamen de vingers, sommige enthousiast recht omhoog, andere weifelend – een arm in een hoek van negentig graden in de lucht. 'Jij, Sietske? Zeg het maar. Goed zo, 'vind' moet in dit geval met dt, hè? Stam plus t. Je zegt toch ook niet: hij loop?'

Het verliep allemaal goed en er zat voldoende vaart in zijn lesgeven. En, heel belangrijk, het ging prettig.

Na afloop hoefden de bezoekers zich niet lang terug te trekken. Het was immers wel duidelijk. Alleen hadden ze nog wel een nieuwe visite op hun programma staan.

'Toch maar afwerken, hè? Je weet maar nooit,' stelde Beintema voor. Er was trouwens al een afspraak gemaakt met de betreffende school.

Maar eerst wilden ze graag een praatje maken met deze onderwijzer Post.

Dat kon. Hij zat rustig tegenover hen, luisterde met een glimlach toen Beintema hem meedeelde dat ze met genoegen zijn lessen hadden bijgewoond en dat hij vanavond nog gebeld zou worden.

Hij knikte alvast dankbaar en stond bereidwillig in de deur afscheid van hen te nemen.

'Ik heb eigenlijk nog wel een vraag,' zei hij op de valreep. 'Om welke klas gaat het bij u?'

'Om de vierde,' stelde Beintema vast.

'Aha, dat zou prettig zijn,' constateerde Post.

Regien stond paf. Wat zei de baas daar? De vierde?

Ze keek hem met grote vraagogen aan, maar hij was alweer in gesprek met de sollicitant. Het ging plotseling over op kamers wonen in de stad of een kosthuis niet ver van de school.

Weer in de auto was Regien wat stilletjes. Het viel Beintema niet op. Hij praatte druk met het commissielid naast hem. Over de landelijke onderwijssituatie, over de aanstaande basisschool die alleen maar voor problemen zorgde en over die jongeman Post, in wie hij wel het een en ander zag. Ze aten ergens in een wegrestaurant. Gezellig wel, maar voor Regien was de aardigheid eraf. Ze kon maar niet loskomen van de toezegging van Beintema aan Post. Hoe was hij daar in vredesnaam bij gekomen? Ging het om onnadenkendheid of was er iets anders in het spel? Regien vreesde het laatste. Een mannelijke leerkracht in klas 3 en een vrouwelijke in klas 4, kon dat wel? Kon hij, die zo op tradities leunde, het maken deze conventie te negeren? Nee? Dan had hij wel zijn mond voorbijgepraat. Volgende vraag: moest ze deze woordbreuk – gespierde taal, dat wel – maar over zich heen laten komen?

Het derde bezoek, aan een onderwijzeres die ouder leek dan Regien, leverde niet veel op. Bijna plichtmatig rondde de benoemingscommissie zijn aanwezigheid af met de intussen geijkte termen van Beintema – met genoegen geluisterd en u hoort nog van ons.

'Je ziet wat bleek, heb je hoofdpijn?' vroeg Regiens medepassagier op de achterbank. Ze waren intussen al bijna weer thuis. 'Je zegt ook niet zoveel.'
Nee, Regien had nergens pijn. Ze had wel ergens last van, maar dat wilde ze niet kwijt aan deze mevrouw. Misschien wel aan Beintema. Daar moest ze nog over denken. Misschien hoorde hij deze dag nog wel van haar. Maar of dat tot zijn genoegen zou zijn?
Terug op haar eigen school keek ze even om een hoekje en constateerde dat haar vervangster het prima gedaan had. Alles was in goede orde verlopen en twee stapels schriften lagen klaar om gecorrigeerd te worden. Nee, Regien hoefde zich nergens meer mee te bemoeien, ze mocht wel gaan.

Op de fiets naar huis overwoog Regien wat ze het beste kon doen. Het makkelijkst zou zijn niets van zich te laten horen. Daarmee kon ze problemen voorkomen en Beintema zou haar net zo aardig vinden als altijd. Ja, maar dan had ze wel een slag verloren, want ze had al weken naar die vierde klas toegeleefd. Nou en? vroeg ze zich af, is het zo erg in augustus weer rustig voor klas 3 te stappen? Nee, dat niet, hield ze zich voor, er zijn inderdaad erger dingen. Toch wilde het maar geen vrede worden in haar hart. Een knagende gedachte bleef zich vasthaken onder haar schedeldak: kom nu eindelijk eens een keer voor jezelf op. Dat heb je in je leven al veel te weinig gedaan. Almaar aan andermans belang toegeven, dat is zowat je levenshouding geworden, je hebt voortdurend de ander voorrang gegeven, ja goed, iedereen vindt jou een heel beste meid en dat is aardig, maar wat koop je ervoor? Weleens van een vuist op tafel gehoord? Cijfer jezelf toch niet altijd weg!

Achter haar werd er getoeterd. Meteen reed er een auto zachtjes naast haar. Hé, dat was Beintema. Hij gebaarde dat ze stoppen moest en hij parkeerde zijn wagen in de berm. Vrolijk lachend stapte hij uit. Aan zijn schouder bungelde een tasje. Onmiddellijk had Regien de situatie door: hij had dus gezien dat ze haar tasje vergeten had en dat bracht hij haar nu achterna. Wat aardig!

'Alsjeblieft!' Zwierig nam hij op damesmanier haar bezit van zijn schouder. 'Nu kun je eens zien hoe zwaar het leven van een schoolhoofd is, hij moet zijn personeel hun waardevolle spullen achterna slepen. Wat een bestaan!'

'Heel attent van je, Maarten. Ik bedank je hartelijk voor de moeite en ik heb geen greintje medelijden met je.'

Hij grijnsde zijn geelachtige tanden bloot en knikte instemmend op een manier van: wij verstaan elkaar! 'Maar nu in ernst, we hebben besloten de heer Post te benoemen. Ik had je erbij willen betrekken, maar je was al weg. Begreep ik het goed dat jij die keuze ook had gemaakt? Ja hè, dacht ik wel. Ik ga hem zometeen bellen.' Hij reed weg, keerde de auto een eindje verderop en kwam haar weer tegen. Met opgestoken hand. Of was het een vuist? Ze vond het beide goed. Ze glimlachte terug.

'Wij verstaan elkaar?' Het begon bij Regien vanbinnen te stormen. Vrolijk lachen? Hij wel! Maar zij? Stomme meid! foeterde ze zichzelf uit, waarom heb je je mond dan ook niet opengedaan? Je had moeten zeggen: ho, wacht even, hoe zit dat met de vierde klas? Wie zou die ook alweer krijgen na de vakantie? Weet je nog wel wat je mij beloofd hebt, Maarten? Ik had nergens om gevraagd, hoor, jíj zei het! Nee kerel, dit deugt niet en je mag Marco Post niet bellen. Eerst ben ik aan de beurt! Bij die laatste gedachte sprong ze op haar fiets en stoof zo'n beetje naar huis. Daar gooide ze haar karretje in de heg, grabbelde in haar tasje naar haar huissleutel en toetste in de kamer snel een nummer in. Zíjn huisnummer.

'Met Beintema.' Zijn diepe stem kwam in weerwil van haar rebelse gevoelens sympathiek bij haar over. 'Ah, Regien! Opnieuw wat vergeten?' Ook zijn lach had iets onweerstaanbaars.

Nog nahijgend spreidde ze als het ware haar gedachten en zienswijze voor hem uit. 'En daarom, Maarten,' besloot ze, 'daarom wil ik graag dat je even wacht met die toezegging over klas vier voor hem. Ik had er namelijk...' En droge snik belette haar de zin af te maken. Hoefde ook niet, hij had haar allang begrepen. 'Ja,' zei hij, 'tja, wat zal ik zeggen? Ik herinner me inderdaad dat ik daar met jou over gepraat heb, maar ja...'

'Wat ja?' vroeg ze snel en sloeg meteen een hand voor de mond.

'Usantie is dat de hogere klassen voorbehouden zijn aan mannelijke collega's.' Ze herkende hem opeens, ze zag hem als het ware staan met de telefoon aan zijn oor: als er een probleem opdoemde vluchtte hij vaak in breedsprakigheid of in waardige taal.

'Was je er zo zeker van dat een onderwijzeres de baan zou krijgen?' Nu moet ik ophouden, dacht ze nog, maar het was al te laat. Van de andere kant kwam een donker gebrom.

'Niets is zeker als je op sollicitantenbezoek gaat,' kwam er toen kortaf. 'Maar goed, ik zal me op de kwestie beraden, je hoort nog van me. Misschien vanavond wel.'

Regien zuchtte en keek naar haar open handen. Er stonden miniparel-tjes in – zweet.

Die avond pleegde Beintema twee telefoontjes. Eerst naar de heer Post. Kort en goed deelde hij mee dat de lessen wel zo goed waren geweest dat het bestuur besloten had hem te benoemen. Inderdaad, met ingang van 1 augustus, nadere regelingen zouden Post en hij in overleg treffen. 'Maar,' ging Beintema verder,' ik moet nog iets rechtzetten, beter gezegd, ik moet een correctie aanbrengen. Ik heb namelijk gezegd dat je de vierde klas zou krijgen. Dat was ik ook van plan, maar Regien Doornbos, je weet wel, de onderwijzeres van de huidige derde, maakte me erop attent dat ik haar de vierde zo'n beetje beloofd had.'
'Oei,' kwam er als respons. Verder bleef het stil aan de andere kant van de lijn.
'Wat zeg je ervan?' wilde Beintema weten.
'Jammer, heel jammer.' Marco Post had niet veel woorden nodig om zijn teleurstelling te uiten.
Opnieuw stilte. Toen: 'Als het problematisch wordt...' stelde Beintema voorzichtig.
Hij hoefde zijn zin niet af te maken, want het antwoord was er snel. Nee nee, Marco wilde er zeer zeker in meegaan, hij zou de derde klas wel nemen, maar: 'Die juffrouw Doornbos, is dat... eh...?'
'Regien is een beste meid, maar je weet hoe die onderwijzeressen van tegenwoordig zijn, ze willen niet onderdoen voor heren, hè?' Op hetzelfde moment besefte Beintema dat hij opnieuw in de fout ging – zo was Regien niet!
Marco mompelde zachtjes: 'Een beste meid? Nou, dat zal ik dan maar eens afwachten.' Maar dat hoorde Maarten Beintema niet, ze hadden allebei al opgehangen.

Zijn tweede belletje was voor Regien. Zo te horen goedgeluimd vertelde hij dat er het een en ander rechtgezet was, zodat haar probleem de wereld uit was. 'Moet ik er verder nog iets over zeggen, Regien?'
Nee, dat hoefde niet, helemaal niet! 'Maar ik wil wel even kwijt dat ik er hartstikke blij mee ben, ik begin er haast van te trillen, ik...' Verder kwam ze niet, haar keel zat plotseling dicht.
'Wat heb je opeens?' vroeg Fokke. 'Huil je?'

Ze knikte en schudde tegelijk haar hoofd. 'Laat maar,' zei ze gesmoord. 'Schoolzaken.'

'Nou, nou,' zei Fokke.

5

'ONZE FOKKE IS GEBOREN MET EEN KAATSBAL IN ZIJN HAND,' VERTELDE vader Gerlof Bouma nogal eens lachend tijdens visites. 'Je kunt je niet voorstellen hoe dat jong voor die sport leeft. Als driejarig jongetje was hij niet van het veld te slaan als er gekaatst werd, waar of niet, Sjoukje?' Moeder Sjoukje bevestigde zijn woorden grif. En zij kon het weten, want zij was degene die op zaterdagmiddag met hem als kleuter naar het sportveld liep. Dat was een gewoonte in het dorp. Zaterdagmiddag en mooi weer? Een wandeling naar het sportveld maken en daar de dorpsnieuwtjes te weten komen en bespreken. Dat daar gevoetbald en gekaatst werd, nou, dat was mooi meegenomen.

Het frappante was dat haar kleine Fokke als gebiologeerd naar de kaatsers stond te kijken. Nee, met ma naar huis teruggaan wilde hij niet, absoluut niet.

Kleuter Fokke was geen prater. Hij verwerkte zijn indrukken in stilte. Soms kon hij een tijdlang stilzitten met een nadenkend trekje op zijn gezicht. 'Is er wat, Fokke?' vroeg zijn moeder dan. Nee, er was niks. 'Ik was aan het denken,' antwoordde hij dan vaak. En moeder Sjoukje kwam er maar niet achter wat er zich onder zijn schedeldakje afspeelde. Wat ze wel zag was dat hij opgroeide in de schaduw van zijn broer Arjen en van zijn zus Jantina. Over zijn jongste zusje, Ingrid, die drie jaar jonger was dan hij, wilde hij zich nog weleens ontfermen.

Toen hij een jaar of acht, negen werd mocht hij zelf ook weleens een balletje slaan, samen met leeftijdgenootjes. Meteen sprong hij eruit. De toeschouwers keken verbaasd naar zijn prestaties en zeiden: 'Nou, die heeft er slag van, dat wordt me nog wat!'

Op school – hij ging nog naar het oude gebouw dat naderhand functioneerde als verenigingsgebouw – deed hij het goed. 'Een intelligente knaap,' oordeelde het hoofd, 'prettige leerling ook. Hij is volgzaam en zal niet gauw last veroorzaken.'

Als er dan toch een minpunt aangewezen moest worden, dan ging het om twee kleinigheden: hij was wat te veel een pietje-precies én was niet vrij van een zekere achterdocht. Maar voor het overige: 'Een leer-

ling waarvan ik er wel een klas vol kan hebben.'
'We gaan een opstel maken,' zei de meester op een keer, 'het onderwerp is vrij. Schrijf maar over iets wat je leuk vindt of graag doet.' Dat was aan geen dovemansoren gezegd wat Fokke betrof. Keurig beschreef hij de regels van het kaatsspel, terwijl het toch om een vrij ingewikkelde puntentelling ging. Als slotregel vermeldde hij: 'Later wil ik op de vijfde woensdag na 30 juni meedoen aan de PC van Franeker. Misschien word ik dan wel kaatskoning!' De meester bewaarde het opstel en liet het aan zijn ouders lezen. Moeder Sjoukje schreef het over en legde het in de statenbijbel in leren band, waarin ze alleen maar kostbare stukken bewaarde.

Op 12-jarige leeftijd mocht Fokke uitkomen in een soort dorpscompetitie. Hij stond zijn mannetje. Of hij nu ín het perk stond of daarbuiten – de rollen werden telkens omgekeerd – hij sloeg zijn slag, en hoe! De omstanders beleefden genoegen aan zijn opstelling, zijn houding en zijn vaardigheid. 'Kijk nou die Fokke toch eens. Zie je hoe lenig hij zich beweegt en hoe hij telkens precies op de goede plek staat om de bal terug te slaan?'

Een paar jaar later moest hij eens uitkomen tegen zijn vier jaar oudere broer Arjen. Die kon het balletje ook aardig raken, daar niet van, maar zijn partuur van drie moest het afleggen tegen dat van zijn vier jaar jongere broer.

Gewoonte was ook dat pubermeisjes rondjes om het veld liepen en jongens van hun leeftijd luidkeels aanmoedigden. Bij hun favorieten staakten ze de wandeling en richtten zich verbaal op de jongens waar ze op vielen. Zo ging dat bij het voetballen, zo ging het ook bij het kaatsen.

Fokke glorieerde haast elke zaterdag en kreeg in de gaten dat veel meisjes hem adoreerden. Hij vond dat aardig van die meiden, maar deed er verder niks mee, want Fokke was verlegen.

Thuis vertelde hij weinig over zijn prestaties, hij nam liever een boek. Of het moest zijn dat broer Arjen, met zijn achttien jaar veruit zijn meerdere, hem weer eens uit de tent lokte met bijvoorbeeld: 'Hoe ging het vanmiddag, Fokke, hoeveel meiden heb je aan de haak geslagen?'

Dan kon Fokke hem kalmweg van repliek dienen met: 'Ze zeiden dat ik weer de koning van het veld was.'

De kaatskoning! Dat was de titel die alleen maar bestemd was voor de beste kaatser van het winnende partuur op de PC van Franeker. Arjen wist dat en hield verder zijn mond.

Het nadeel van zijn sport vond Fokke dat het kaatsseizoen maar zo kort duurde. Terwijl de voetballers doorgingen tot diep in de herfst moesten de kaatsers al vrij vlug na de zomer hun spullen opbergen.

Ook in zijn havotijd liet Fokke zijn sport niet sloffen. Met zijn huiswerk was hij in de regel gauw klaar, en dus: 'Zin om even een balletje te slaan, Gerrit?' Gerrit mocht ook Jan heten, of Rients of Cor of desnoods Marijke, het deed er niet toe, er moest iemand zijn die het spelletje met hem speelde, want op je eentje kaatsen gaat niet.

Het dorpsfeest kwam in zicht. Een hele happening waaraan het dorp in zijn totaal meedeed. Dagen van tevoren verscholen de mensen zich in schuren om straks met een pracht van een wagen aan de optocht deel te nemen. Geheimen rolden over de straat, een groene boog met veel oranje hing boven de weg bij de ingang van het dorp. Het korps repeteerde de mars Nieuwe Haring en de schoolkinderen praatten druk en opgewonden.

Traditie was dat het feest in alle vroegte begon met kaatswedstrijden. De deelnemers mochten daarbij als vanouds zelf hun parturen samenstellen. Het nadeel daarvan was dat je van tevoren al wist welk partuur de eerste prijs zou krijgen. De drie besten zochten elkaar immers op!

'Daar moet maar eens een eind aan komen,' verordende het oranjecomité, 'wij zelf maken uit wie bij wie in het perk komt.'

De vlag stond nog maar nauwelijks op de toren, of daar gingen de eerste kaatsers al los. Fokke, Klaas en Henk zagen op de lijst dat ze bij elkaar hoorden.

Kon minder, dacht Fokke, die twee kunnen er wel wat van.

Wij boffen, dachten Klaas en Henk, met Fokke in ons partuur komen we een heel eind.

De andere kaatsers smoesden onderling wat. 'Let op,' zeiden ze, 'als

Fokke vóór in het perk staat moet je de bal over hem heen slaan naar de tweede man, oké?'

Fokke had hen door. 'Zal ik voorin staan? Goed, dan sta ik iets achteruit. Als ik zie dat ik de bal niet hebben kan roep ik: "Voor jou!" Goed?'

Het spel begon. Ballen suisden door de lucht, mannen schreeuwden van gelukzaligheid als ze punten scoorden of van teleurstelling vanwege een misslag.

Fokke genoot. Zijn team was aan de winnende hand, het gras onder hun voeten droogde door de sterke stralen van de klimmende zon snel op en in de dorpsstraat gaven marcherende mannen, vrouwen en meisjes weer Nieuwe Haring ten beste.

Arjen was ook bij een partuur ingedeeld en ook zijn groepje won de eerste partijen. De leiding zag het al aankomen: 'De eerste prijs gaat naar het clubje waar een Bouma in zit.'

Om een uur of elf was de optocht afgelopen en de prijzen van de kinderspelen waren al uitgedeeld, dus was het kaatsveld algauw omzoomd door publiek. Aanmoedigingskreten schalden door de lucht, partijen die afvielen werden getroost met: 'Toch goed gespeeld, hoor!' en: 'Er kan maar één groepje winnen, is het niet zo?'

Voor de eindstrijd waren er nog twee parturen over en ja hoor, daar had je het: twee Bouma's tegenover elkaar.

'Wedden dat de groep van Fokke wint?' veronderstelden de mensen langs de lijn.

'Fokke kan het ook niet op zijn eentje,' wierpen anderen tegen, 'en die Arjen kan er ook wat van!'

Het werd een zinderende pot. Fokke sloeg en mepte wat hij kon en oogstte af en toe applaus. 'Hij is strategisch ook heel goed, hè?' vonden oordeelkundige toeschouwers.

Arjen hoorde dat en zijn opgewondenheid werd er des te groter door. 'Wacht maar, jongetje,' mompelde hij, 'je bent er nog niet!'

De strijd ging gelijk op en het publiek smulde. Nee, liever aangebrande aardappelen dan nu naar huis gaan, dit moesten ze meemaken!

Ze zagen hoe Fokke met in zijn linkerhand de leren bal, die eigenlijk niet meer was dan een wat groot uitgevallen kastanje, lenig een aanloop nam, zijn rug rechtte, de bal opgooide en hem sierlijk maar keihard met rechts opsloeg. Het ding zoefde richting perk waar Arjen voorin stond. Die raakte het balletje wel, het kwam in een scheve baan terug, maar Fokke hád hem. Maar hij had ook wat gezien. 'Dat was áán!' riep hij en stond stokstijf met de bal in zijn hand, niet van plan verder te spelen.

'Aán?' vroegen sommigen uit het publiek. 'Wat betekent dat?'

'Dan heeft de man in het perk de bal op de pols gekregen en dat mag niet. Twee punten kwijt, punt uit,' wisten anderen.

'Nee!' riep Arjen beslist, 'ik had hem op de volle hand!'

'Ik zag het toch zelf?' reageerde zijn broer plotseling woedend. 'Laat je pols zien!'

Dat wilde Arjen niet. 'Je moet mij zo maar geloven!'

Een probleem. Wat moest de wedstrijdleiding die meteen ook jury was hiermee?

Het spel lag stil en dat werd het publiek ook. Benieuwd wie hier gelijk zou krijgen.

De voorzitter van het comité erbij. Hij liep het veld op, naar het perk. 'Niks op de pols gekregen, Arjen?'

'Nee, absoluut niet!' grauwde Arjen. Maar hij toonde zijn pols niet. De voorzitter kon dus geen rode plek ontdekken. Hij weifelde: 'Tja, dan wordt het lastig...'

Maar een beslissing moest er komen. 'Goed dan. Doorspelen!' gebood hij.

Dat gaf rumoer bij het publiek. Stemmen verhieven zich, vóór en tegen Arjen. Tweespalt dus.

Fokke zei niets meer. Met een strak gezicht kaatste hij verder. Maar het leek wel alsof hij het elan van daarnet miste. De toeschouwers zagen het. 'Is te begrijpen,' vonden ze. 'Nee,' oordeelden anderen, 'we kennen Arjen toch? Als die zegt dat het niet zo was, nou, dan wás het niet zo!'

Het partuur van Arjen won de eerste prijs en Arjen zelf werd uitgeroepen tot koning van de dag. Maar bij de prijsuitreiking was Fokke in geen velden of wegen te bekennen.

'Wat was er nu feitelijk aan de hand?' wilde vader Gerlof weten.

'Er was iets aan de pols,' was het gewiekste antwoord van Fokke. En hij verdiepte zich alweer in de krant waarin hij bezig was.

'De pols?' vroeg moeder Sjoukje.

'Ach, laat maar.' Dat was Arjen, die er verder ook het zwijgen toe deed.

'Jullie doen gewoon vervelend!' viel Jantina uit. 'Hoe komen we nu te weten... och, ik vraag het wel op straat. Maar leuk vind ik het hier tegenwoordig niet!'

Ingrid viel haar bij met: 'Tegenwoordig? Hoe lang duurt dat? Ik vind er niks aan. En niemand hier zegt iets over de derde prijs die wij met onze wagen gehaald hebben!'

Bouma senior schudde zijn hoofd naar zijn vrouw. 'Later,' mompelde hij. Maar of de sfeer in huis later zou verbeteren, hij betwijfelde het. Zijn beide zonen lagen elkaar nu eenmaal niet.

Toen het eindexamen havo voor Fokke in zicht kwam, moest er toch eens over zijn toekomst gepraat worden. 'We mogen ervan uitgaan dat je het diploma zult halen,' stelde vader Bouma vast, 'maar wat gebeurt er daarna? Op mijn bedrijf heb ik geen plaats voor je, en...'

'Nee, inderdaad, want daar zit Arjen al,' repliceerde Fokke snel. 'Er is dus voor mij niets te halen. Zullen we het achtuurjournaal bekijken?'

Zulke reacties had Fokke nu eenmaal, als hij iets niet wilde bespreken gooide hij het onmiddellijk over een andere boeg.

Na het journaal bleef het even stil in de kamer van huize Bouma. Akelig stil eigenlijk. Fokke hing languit op zijn stoel en staarde naar het lege scherm. Wat ging er in hem om?

'Ik heb weleens gedacht: is het onderwijs iets voor jou, Fokke?' kwam pa Bouma over de brug. 'Je bent snel van begrip, je weet veel en als onderwijzer ben je verzekerd van een vast inkomen.'

Fokke schudde zijn hoofd. 'Wordt niks,' zei hij.

'Je hebt misschien wat anders in gedachten?' Dat was ma, die zijn denkbeelden het beste van allemaal kon volgen – ook als ze niet eens uitgesproken waren. Ze stond in de deur met een dienblad in haar hand, onderweg naar de keuken.

'Jazeker,' zei Fokke.

'Nou? Wat dan?'

Fokke legde in korte bewoordingen uit dat hij een plek zocht in de

financiële wereld. Een bank of zo. 'En dan cursussen volgen en diploma's halen.'
'Toe maar,' zei Arjen. Cynisch? Fokke keek hem in elk geval vernietigend aan.
'O ja?' vroeg vader Bouma verbaasd.
'Je hebt je weg dus al zo'n beetje uitgestippeld,' stelde ma vast. 'Nou, het lijkt me zo gek nog niet. Verder geloof ik wel dat je voldoende zicht op jezelf hebt om zo'n keuze te kunnen maken.'
'Precies,' zei Fokke.

Fokke durfde het aan om nog vóór zijn examen een paar banken in de stad langs te gaan om te informeren of er misschien binnenkort een plaatsje vrijkwam. Zo liep hij ook langs een bank die in de buurt van de pabo stond. En hoe bestond het, hij mocht warempel een praatje maken met de directeur.
'Tjonge jonge,' zei de man terwijl hij Fokke van top tot teen opnam, 'jij solliciteert al voordat je geslaagd bent. Ben je er zo zeker van dat je je diploma haalt?'
'Ik dacht van wel,' antwoordde Fokke rustig.
'En waarom zoek je een baan juist bij een bank?'
Fokke legde uit dat hij goed was in de exacte vakken en dat hij het werken bij een bank wel zag zitten. 'Ik hou ervan om met getallen om te gaan en alles overzichtelijk op schrift te stellen,' voegde hij er ietwat plechtig aan toe.
De directeur bekeek hem opnieuw. Fokke kreeg het gevoel dat de man probeerde hem te doorgronden, zijn blauwe ogen onder borstelige wenkbrauwen doorboorden hem bijna. 'Zo zo,' zei hij toen, 'nou, nou.'
Dat bood niet veel duidelijkheid, maar Fokke kreeg toch de indruk dat hij een goede beurt had gemaakt – de directeur bleef hem maar aankijken. Met een vleugje bewondering misschien? Wat de man zelf niet in de gaten had zag Fokke wél: zijn hoofd maakte voortdurend haast onmerkbare knikjes.
'Weet je, Fokke,' zei de directeur opeens, 'je moest mij maar eens een brief schrijven met al je gegevens, naam, adres en zo, en nou ja, alles waarvan je denkt dat het voor mij belangrijk is. Die brief stuur je naar

deze bank, maar dan wel naar mij persoonlijk. Mijn naam is Van der Wal. Op de envelop schrijf je bovendien in de linker bovenhoek: sollicitatie. Maar je moet wel wachten tot je je papiertje hebt.'
Fokke mocht gaan, meneer Van der Wal bracht hem tot aan de deur en gaf hem zelfs een hand. 'Misschien tot ziens, wie weet,' zei hij.
Bij Fokke groeide het idee dat de directeur wel wat in hem zag. Hij kreeg er een fijn gevoel van, maar waarschuwde zichzelf niet blij te worden met een mogelijk dooie mus. Thuis dus nog maar niks vertellen.

Fokke slaagde met vlag en wimpel voor zijn examen. Vooral bij de exacte vakken kwam hij uitstekend voor de dag. Thuis hing de vlag uit, met zijn boekentas, de zogeheten pukkel, eraan. Het hele dorp mocht weten dat Fokke een periode met goed gevolg had afgesloten. Felicitaties en gebak! Goede woorden en beste wensen! De mensen putten zich uit, want Fokke was in ieders ogen een beste vent, die bovendien een kei was op het kaatsveld. 'En dat je nog maar vaak koning mag worden!'
Fokke knikte en lachte en liet slechts op verzoek zijn cijferlijst zien. Ermee pronken wilde hij niet. Wel vergeleek hij hem met die van Arjen, die vier jaar terug hetzelfde succes had. Ze zaten ongeveer op dezelfde lijn. Het moest allemaal via zijn moeder gebeuren, die maar even een greep achter in de statenbijbel hoefde te doen.
De volgende dag gooide Fokke zijn sollicitatie in de brievenbus van de bank. Aan de Weledele heer Van der Wal, had hij hem geadresseerd, want je wist maar nooit...
Een week later zat Fokke, korter geknipt dan normaal en netjes gekleed, tegenover de directeur. Een rijk vertrek vond hij het. Een indrukwekkend bureau, met leer beklede stoelen, dure schilderijen aan de wand en een vloerbedekking waarin hij zowat wegzakte. Maar belangrijker dan dat alles was de meneer áchter dat bureau: een beetje vriendelijk, een beetje streng, een beetje ernstig en... ja, toch ook aardig. Wat er kwam was een soort mondeling examen. 'Je hebt me een poosje geleden al verteld dat je graag in het bankwezen wilde werken, Fokke, maar toch wil ik dat opnieuw horen. Wat stel je je voor bij een

betrekking bij onze bank? Wat voor werk denk je eventueel te moeten doen? Heb je je misschien verdiept in de geldhandel?'

Een gladde prater was Fokke niet en hij ervoer de vragen die op hem afgevuurd werden als pijlen die recht op hem af kwamen. Maar hij deed zijn best en spuide al zijn kennis op dit gebied. Soms ging het haperend, af en toe moest hij zoeken naar de juiste woorden, maar de bemoedigende knikjes van de directeur hielpen hem over drempeltjes heen.

Het onderhoud op zijn kamer duurde niet eens lang. 'Ik merk dat je doordacht gesolliciteerd hebt,' kwam er ten slotte als reactie, 'en het is heel apart: je kon wel geroken hebben dat er bij ons straks een plaats openvalt. Frappant, niet?'

Fokke zei maar niet dat hij ook bij andere banken langs was geweest. Hij stemde graag in met het opmerkelijke van zijn bezoek. 'Bijzonder treffend,' vond ook hij. Maar... wilde meneer Van der Wal misschien nóg wat zeggen? Hij voelde zijn hart bonzen.

De directeur rekte de stilte die tussen hen gevallen was nog even. Toen: 'Ik zou zeggen, we moesten het maar eens met jou proberen. Ja, dat staat je aan, zie ik, heel mooi. Nu nog even de ingangsdatum van je nieuwe baan. Eerst wat vakantie vieren, neem ik aan, of niet soms?'

Fokke was overeind gesprongen. Hij wilde wat zeggen, maar moest eerst een paar keer slikken. Want wat was dit prachtig! 'Ik... eh... wil heel graag...'

Zijn toekomstige baas lachte vergenoegd. 'Zullen we zeggen: per 1 september?'

Fokke wilde alles wel. Als de directeur de dag van morgen genoemd had was het hem ook best geweest.

'O ja, dit nog even,' kwam er van achter het bureau, 'we hebben het niet over je salaris gehad, maar dat gaat gewoon volgens de regels. Als je wilt weten om hoeveel het gaat, loop je een van deze dagen maar even binnen. Goed?'

De nieuw benoemde was al onderweg naar de deur, maar deed een paar stappen terug. 'Ik had er niet eens aan gedacht,' zei hij lachend, 'maar ik kom gauw eens terug.' Uit dankbaarheid liep hij terug naar het zware bureau en stak stralend de eigenaar zijn hand toe. 'Dank u wel, meneer!' Verbouwereerd nam de man zijn hand aan, drukte die losjes en zei een beetje plagend: 'Je had vergeten naar je loon te vragen? Dat wijst anders niet op een instelling die bij een bankmedewerker past. Adieu!'

Met een heerlijk gevoel fietste hij naar huis om het grote nieuws te vertellen.
Blijdschap in huize Bouma?
Ja, bij de ouders wel, zéker wel. En ook Jantina feliciteerde hem van harte. Hij kreeg van haar zelfs een kus.
Arjen en Ingrid deden het koeltjes af met: 'Nou, mooi voor jou,' en: 'Maak er wat van.'
Fokke reageerde met een licht schouderophalen. Hij had hen wel willen voorspellen dat hij daar echt op zijn plaats zou blijken te zijn, maar haalde dat wat uit? Hij ging liever nog even naar buiten, kijken of er iemand was met wie hij een balletje hoog kon houden.

Had hij zijn voorspelling wél uitgesproken, dan had hij gelijk gekregen. Fokke deed het van meet af aan heel goed. Hij werkte hard en kreeg al gauw het verschil tussen hoofd- en bijzaken in de gaten. Van meneer Van der Wal kreeg hij af en toe een complimentje en de mensen op zijn kantoor hadden schik om zijn inzet.
'Laat hem maar even betijen,' stelden ze voor, 'het gaat vanzelf over.'
Maar dat was niet zo. Fokke meldde zich aan voor een cursus Financieel Beheer en slaagde binnen de kortst mogelijke tijd. Meteen wierp hij zich op een nieuwe opleiding en toen dat papiertje binnen was volgde er weer een andere. Hij deed het allemaal met genoegen en gunde zich haast geen tijd voor andere zaken... behalve voor het kaatsen dan. Niks en niemand kon hem daarvan weerhouden.

Na een paar jaar had hij zich volledig ingewerkt in het bankwezen. Van zijn eerste functie van jongste bediende was hij intussen opgeklommen tot een gewaardeerde medewerker.
Op een keer moest hij rond het middaguur bij meneer Van der Wal op zijn kamer komen.

'Ga zitten, Fokke, ik wil wat met je bespreken. Luister, je hebt zelf ook wel in de gaten dat je hier op je plaats bent, is het niet?'
Fokke knikte en probeerde zijn friemelende handen stil te houden. 'Bovendien lever je een goed product af,' stelde de directeur vast. Een goed product, dacht Fokke, ja, zo noemen ze het hier als je jezelf waar hebt gemaakt. Hij glunderde.
'Daarom wil ik je wat voorstellen. Je zult je voortaan alleen maar bezig houden met de afdeling hypotheken. Daarbij heb je de vrije hand, in zoverre, dat je wekelijks verslag uitbrengt bij het hoofd van die afdeling, de heer Jansma. Als je daarmee akkoord gaat krijg je vanaf de eerste dag een hoger salaris én je krijgt de beschikking over een eigen vertrek. Daar kun je bezoekers ontvangen, met hen praten en hun advies geven. Nou, wat vind je ervan?'
Fokke was sprakeloos. Nog maar een jaar of wat hier in dienst en dan toch al zo'n verantwoordelijke baan! In één woord schitterend! Wat een promotie!
Opeens bleek hij wél woordenrijk te zijn. Er kwam een stroom van dankbetuigingen uit zijn mond. Bij de deur zwaaide hij zijn directeur even heel amicaal toe. De man grijnsde hem vriendelijk toe.
Omdat het tegen twaalven liep en het dus tijd was voor zijn dagelijkse wandelingetje, stapte hij de hoofdingang uit, heel vrolijk deze keer. Hij moest zich inhouden om niet van pure blijdschap een paar hupjes te maken. Maar bij het oversteken van de straat deed hij het toch.
Meteen hoorde hij gelach. Hij keek snel om zich heen en zag een groepje meisjes, iets jonger dan hij, een eindje verderop aan de overkant. Ze vermaakten zich duidelijk om zijn huppelpasjes. Hij vond het best en lachte ook maar eens, hij durfde het zelfs aan om op het groepje af te komen en 'Hoi!' te zeggen.
'Jij bent vast in een goede bui, hè?' vroeg een van de meiden.
'Ja, ja,' giebelden de anderen, 'nou, maak ons ook eens vrolijk!'
Fokke snoof en haalde zijn schouders op.
'Waar blijf je nou?' vroeg de eerste weer. 'Wij willen best wat meer van je weten, hoor!' Een beetje uitdagend klonk het wel.
Fokke nam de vragensteller eens goed op. Aardige meid, blauwe ogen, donkerblond golvend haar, leuk figuur wel.

Zij, op haar beurt, schatte hem ook in. 'Nou?' drong ze aan.

'Zeg ik lekker niet,' zei Fokke. Doordat hij zussen had wist hij dat je zoiets nooit tegen meiden moet zeggen, ze worden er des te nieuwsgieriger van.

'Hè bah,' reageerde het meisje teleurgesteld, 'wat flauw!' En toen: 'Waarom niet?' Fokke grinnikte. Zie je wel, daar had je het al, ze vroeg al verder. 'Waarom ik huppelde? Nou, ik kreeg opeens een stekende pijn in mijn linkervoet,' zei Fokke met een uitgestreken gezicht. Dat was te veel. 'Kom op, jongens, wij gaan naar school,' zei de woordvoerster. Zonder hem nog een keer aan te kijken draaiden ze zich als op commando om en stapten verontwaardigd weg. Zich door de eerste de beste knul voor de gek laten houden? Kom nou!

Fokke bleef staan waar hij stond en keek het groepje na. Zijn ogen werden opnieuw getrokken naar dat meisje met dat leuke gezicht en die golvende lokken. Zou ze misschien nog even omkijken? Nee, dat deed ze niet. Of? Ja toch! Op het eind van de straat, waar ze linksaf zouden slaan, kreeg hij een seconde een glimp van haar gezicht te zien. Hij stak snel een hand op. En ziedaar! Ze zwaaide terug – een haastig gebaar, alsof ze het eigenlijk niet wilde. En weg was ze, de hoek om.

Bij Fokke zette zich vooral dat laatste beeld vast. Dat wuivende meisje met haar snelle handje, hij wist dat hij het niet zomaar vergeten zou. Hij verzon er een milde glimlach bij. Een glimlach voor hém!

De dagen erna volgde Fokke in zijn eentje nogal frequent dezelfde wandelroute en hij kon het niet laten elke keer de omgeving af te speuren. Nergens een groepje meiden te zien? Jammer.

Ook de weken daarna liep zijn speurtocht op een mislukking uit. Spijtig.

Maar had dat meisje het niet over hun school? Ja toch? Maar welke school dan? En... hoe oud zou ze ongeveer zijn? Van zijn leeftijd? Nee... een ietsje jonger, niet veel trouwens. Hijzelf was nu bijna tweeëntwintig, zij zou zo'n negentien zijn. Of twintig, ja, bij nader inzien schatte hij haar op twintig.

Hij liep langs een school waar ze mogelijk op kon zitten. Daar was alleen maar stilte. Nou ja, hij hoorde af en toe wel wat stemmen in een lokaal, maar daar kon hij niets mee. Hij kon wel ophouden met zijn opsporing. Triest.

Waar Fokke wekelijks naartoe leefde waren de kaatspartijen op zaterdagmiddag in verschillende dorpen. Daar leefde hij zich uit, daar vertoonde hij zijn kunsten en eerlijk is eerlijk, daar voelde hij zich ook gelauwerd. Die middagen kon en wilde hij niet missen, regen of geen regen, glibberige grasvelden of keiharde kleigrond. Op zo'n middag was Fokke met zijn maatjes naar een dorp gefietst aan de andere kant van de stad. Ze waren er wel eerder geweest en wisten dus waar ze wezen moesten. Het ging weer lekker. Na het warm slaan van hun handen konden de leren wanten uit en Fokke was goed in vorm. Het was zelfs zo dat hij na elke partij zo'n beetje stond te springen om een nieuwe confrontatie aan te gaan. Wat hij echter miste was het publiek, het was met een tiental lieden bekeken. Hadden de mensen van dit dorp niet veel op met de kaatssport? Maar halverwege de middag, ja hoor, daar kwamen ze aandrentelen en stelden zich gewoontegetrouw op langs de lijn, vooral vrouwen en meisjes. Veel belangstelling voor de sporters hadden ze trouwens niet, ze kletsten maar wat. Waar bleven de aanmoedigingen? Er deden toch ook jongens uit hun dorp mee?

Fokke liet bij zijn volgende opslag even de ogen dwalen over het vrouwvolk en nam een aanloop. Na twee, drie passen stond hij opeens stil, verstard bijna, met zijn neus opzij richting publiek. Want daar wás ze! Ja, absoluut, hij wist het zeker! Hoe bestond het! Hier woonde ze dus, in dit dorp.

'Nou Fokke, kom op!' riepen zijn maatjes. 'Waarom sta je daar zo? Is er wat?'

'Eh, nee, ik... dacht even...' hakkelde Fokke.

'Niet denken. Doen!' werd hem geboden. 'Toe joh, sla op die bal!'

Fokke sloeg op. Naast. De bal kwam meer dan een meter buiten het perk terecht. Een misser! Twee punten kwijt.

Hij maande zichzelf zijn kop bij het spel te houden. Het lukte niet, telkens werd zijn blik naar de zijlijn getrokken. Ze stond er nog. Ze praatte met een of andere vriendin en had weinig oog voor het spel. Ze verruilden van positie, het partuur van Fokke stond nu in het perk. De ballen kwamen op hem af en hij kaatste ze terug. Maar een of andere verlamming scheen zich van hem meester te hebben gemaakt. De bal kwam vaak niet ver genoeg en was een gemakkelijke prooi voor de tegenstander. 'Toe joh, máák er eens wat van!' snauwde hij zichzelf af. Zijn maatjes zeiden niks, ze keken hem alleen maar bevreemd aan.

Fokke kaatste. En keek. Ze stond er nog en had haar aandacht nu ook bij het spel. Fokke probeerde vóór zich te kijken. Zijn groepje verloor de partij. Teleurgesteld en stilletjes dropen de jongens af naar de kant. 'Hij had zijn dag niet,' zei een van hen met een zijdelingse hoofdknik naar Fokke.

De jongen die zijn dag niet had liet hen voor een tijdje in de steek. Waar hij zat? O, daar! Hij praatte met een paar kinderen. Vreemd. Inderdaad had Fokke een jongen van een jaar of tien aangeschoten. 'Hé, jij daar, weet jij ook hoe zij heet? Die met dat rode jack aan?'

Ja, dat wist het jongetje.

'Dat is Regien,' antwoordde hij.

'Regien.' Fokke proefde de naam op zijn lippen. Mooie naam!

'En hoe nog meer?' vroeg Fokke.

'Regien van de meester,' was het bescheid.

'Ja, maar haar achternaam?'

Zijn informant haalde de schouders op. Toen wist hij het weer: 'Van meester Doornbos, natuurlijk.'

'En waar woont ze?'

'In het schoolhuis, natuurlijk. Bij de school,' voegde het jongetje er voor de duidelijkheid aan toe. 'En ze wordt later zelf ook juf.'

Fokke wist genoeg. Hij overlegde bij zichzelf hoe hij zijn plan moest uitvoeren. Meteen zag hij ook hoe zijn jeugdige zegsman dwars over het veld naar het meisje met het rode jack holde en Regien aansprak. Die boog zich luisterend naar hem toe en keek Fokkes kant uit. Even was er duidelijk verbazing bij haar, hij zag het aan haar houding. Toen kwam haar hand omhoog. Kort en snel, net als toen, daar bij die straathoek. Daarna bemoeide ze zich weer met haar vriendinnen.

'Kom op, Fokke, we moeten zometeen weer aan de slag!' riep een van zijn maten.

Een nieuwe partij, jawel, maar zou ze na afloop daar nog staan? Fokke besefte dat het nú tijd was om zijn slag te slaan, maar dan anders dan bij het kaatsen.

'Ik kom zo,' zei hij tegen zijn kompanen en stapte regelrecht op Regien af. Ze zag hem aankomen, haar gesprekspartners trouwens ook en het groepje viel stil. Op een afstandje van zo'n anderhalve meter bleef Fokke staan en ontmoette vreselijk nieuwsgierige ogen, die zeiden: we zijn erg benieuwd!

'Hoi,' opende Fokke het gesprek.

'Ja, hoi,' kwam er als tegengroet. De meiden schuifelden een paar voetstapjes in zijn richting en lieten hem met hun ogen niet los. 'Jij kwam met ons een praatje maken?' hielp een van hen.

Fokke trok opeens de stoute schoenen aan. 'Jij bent Regien?' vroeg hij op de vrouw af.

Dat kon ze niet ontkennen. Er volgde een zuinig knikje.

'Ga jij misschien in de stad naar school?'

Weer een knikje. Maar Fokke ontdekte ook dat ze mooie ogen had. Nog mooier dan hij in herinnering had. 'Ik heb je daar weleens zien lopen,' bekende hij.

'O ja?' Het waren de eerste woorden die hij van haar hoorde. Leuke stem. Lief eigenlijk.

'Ja, en ik heb je later een paar keer lopen zoeken,' zei Fokke.

Haar reactie was een snelle glimlach.

Fokke negeerde het gegiechel van haar vriendinnen en ging tegenover Regien staan. 'Wil je straks na de partij wel even met me praten?'

Ze kwam een beetje dichter bij hem staan. 'Jawel hoor, dat wil ik best.' Haar toon hield het midden tussen vriendelijk en afstandelijk.

'Bij onze fietsen als alles afgelopen is?' stelde Fokke gretig voor. Hij kreeg als respons weer een kort knikje.

'Graag!' riep Fokke. Te luid, want op het veld draaiden verschillende hoofden in zijn richting. In looppas haastte hij zich naar zijn kornuiten, die naarstig informeerden wat zijn absentie te betekenen had.

'Kom op, jongens, kaatsen!' maande Fokke zijn makkers, alsof zíj het waren die voor vertraging hadden gezorgd.

Ze stond op tijd bij de fietsen.

'Hoi,' zei Fokke, 'daar ben je al.'

Ze kon schijnbaar niets anders dan knikken.

Hij zag de meiden van haar groep op een afstandje belangstellend de afloop van de ontmoeting in de gaten houden en snapte onmiddellijk dat hun nieuwsgierigheid bijna niet meer te houden was.

'Fokke!' riepen de jongens van zijn dorpsploeg plagerig, 'we gaan zometeen naar huis. Jij gaat ook mee, hè?'

Fokke maakte verlegen een zwaaiend gebaar, zo van: Ga maar, jongens, ik kom wat later.

'Regien, ik wilde je wat vragen,' zei hij bedeesd. 'Mag dat?'

Haar losse krullen golfden weer. 'Ja,' betekende dat.

Het was reusachtig vervelend dat hij opeens niet meer wist wát hij haar zeggen wilde, vooral niet omdat er zich een glimlachje om haar mond plooide. Toen ineens zei hij: 'Ik wou je wat vragen. Mag ik wel een afspraakje met je maken?'

'Wat voor afspraakje?' wilde ze weten. Haar ogen glimlachten nu ook.

'Ik zou graag samen met jou ergens iets willen drinken. Wil je dat wel?'

'Jawel hoor,' zei ze toegeeflijk.

'O, prachtig!' riep hij. Zijn opluchting was op afstand te horen.

'Wanneer zou het kunnen?'

'Volgende week zaterdag?' opperde ze.

Er trok even een wolkje over zijn gezicht. 'Zaterdags kaatsen we meestal,' zei hij wat bedrukt.

'O,' zei ze, 'nou ja, dan...' Ze keek even over de weilanden.

'Maar ik kan best een wedstrijd overslaan, hoor,' zei hij, ineens inschikkelijk.

'Je zegt het maar,' zei ze. Toonhoogte iets lager?

'Volgende week zaterdag in de stad. Om drie uur? Ken je Het Volle Vat?'

Dat kende ze. Ze had plotseling een nadenkende trek op haar gezicht.

'Graag,' zei hij, 'in Het Volle Vat, hè? Tot dan!'

'Mag ik weten hoe je heet?' grinnikte ze.

'O, wat stom, wat verschrikkelijk stóm!' Fokke gaf zichzelf een mep tegen zijn voorhoofd. 'Ik heet Fokke Bouma,' zei hij toen.

'Fokke,' zei ze zacht.

'Dan... dan ga ik nu maar.' Hij werd opeens weer schuchter. 'Die jongens staan al een tijdje op me te wachten.'

'Tot ziens,' zei ze, maar ze verzette geen voet.

Fokke wel, hij zette koers naar de fietsen. Halverwege keerde hij zich om en zag dat zij daar nog stond. Hij aarzelde. Had ze iets anders verwacht? Maar zijn vrienden stonden te wachten, alle ogen keken zijn kant uit.

Fokke sprong op zijn rijwiel. 'Kom op, jongens, fietsen!'

6

EEN WEEK LATER STOND ZIJ PRECIES OM DRIE UUR BIJ DE INGANG VAN HET
Volle Vat. Fokke zag al van verre haar rode jack en zette volkomen
onnodig een tandje bij. Wat stond ze daar leuk! Hij zwaaide en als reac-
tie ging ook haar hand even omhoog.
Zijn begroeting ging wat stumperig, hij kon weer eens geen woorden
vinden.
Ze lachte maar wat en wachtte af.
'Naar binnen?' stelde hij voor.
'Ja, laten we dát doen!' grinnikte ze. In haar hart voelde ze iets van
medelijden met hem, net zoals de week daarvoor trouwens. Eén ding
wist ze alvast: hij is een beste vent!
Fokke liep voor haar uit en koos een tafeltje. 'Hier maar?'
Ze schrok even, want hoe lang was het geleden dat ze bij precies het-
zelfde tafeltje vlak voor het raam zat met Simon Kremer? Dat Fokke
nou net dáár wilde zitten.
Toen de koffie voor hem en de cola voor haar geserveerd was, had
Regien intussen begrepen dat de onderwerpen voor een gesprek van
haar kant zouden moeten komen. Hinderde niet, helemaal niet erg,
misschien was het juist wel goed zo.
'We willen allebei graag iets van elkaar weten, denk ik, hè?' opende ze.
'Begin jij?'
Dat wilde hij best. Alleen kwam er vaak een pauze van een paar seconden tussen zijn zinnen.
Maar ze vernam dat hij havo had gehaald, cursussen volgde en nu een
leuke baan op een bank had. Op het laatste punt aangekomen praatte
hij met meer geestdrift, ze begreep dat hij het daar erg naar zijn zin
had, onder het vertellen begon hij te stralen.
'Je houdt van je werk,' constateerde zij.
Hij vertelde over het gezin: vader aannemer, moeder bestuurster van de
huishouding en nog veel meer, broer Arjen die binnenkort ging trouwen met Hongaarse Emine, zus Jantina die nog thuis woonde net als
jongste zus Ingrid.
Regien knikte begrijpend. 'Veel verschillen bij jullie thuis, hè?'

Daarover wilde hij wel wat kwijt. 'Ik mis bij ons iets,' zei hij, 'ik vind dat er te weinig samenhang is. Ieder leeft zijn eigen leven, het zijn allemaal losse bootjes die langs elkaar heen varen.'

Dat beeld! Regien zag het voor zich en ze hield speciaal het bootje van Fokke in het oog – een goede jongen, zag ze, die heus wel het beste met de anderen voorhad, maar die slechts wat ronddobberde, zonder hard aan de riemen te trekken om langszij te komen bij een ander bootje. 'Ja,' zei ze nadenkend, 'ik begrijp dat je dat niet leuk vindt, ikzelf zou er helemaal niet tegen kunnen, o nee!'

Fokke zette opeens zijn kopje neer, iets te hard trouwens. Er trok een glans over zijn gezicht. 'Ik vind het prachtig dat je dat zegt, want nu hebben we iets waar we precies hetzelfde over denken.'

Regien keek hem aandachtig aan. Voor haar zat een wat verlegen jongen met een heel goed hart. Er straalde eerlijkheid uit zijn helderblauwe ogen, hij had geen verborgen gedachten, alleen wilden de andere niet erg vlot naar buiten komen.

'Ik was helemaal niet van plan om je meteen al zo in vertrouwen te nemen,' ging hij verder, 'maar nu ik toch bezig ben het doek op te halen vertel ik je ook maar dat er een soort scheidslijn door ons gezin loopt.'

'Ach, nee toch?' schrok ze. 'Echt?'

Fokke legde haar uit hoe er bij hem thuis twee groepen waren die het niet zo goed met elkaar konden vinden. 'Tussen bijvoorbeeld mijn broer Arjen en mij botert het niet erg. Is eigenlijk altijd al zo geweest. Alleen als het over kaatsen gaat kunnen we nog weleens met elkaar praten, maar...' Hij hield plotseling op. 'Vind je het niet vervelend dat ik dit allemaal vertel?' Beschroomd glimlachend kwam erachteraan: 'En dat nog wel de eerste de beste keer dat we echt samen praten.'

Ze lachte hem bemoedigend toe. 'Vertel maar, hoor, zeg maar wat je op je hart hebt,' zei ze lief.

'Nee,' antwoordde hij terwijl hij even haar hand die ze op de tafel had gelegd, beroerde, 'ik zou nu graag wat over jullie gezin horen.'

Ze stak meteen van wal. Nou, bij hen was er wel vrolijkheid, gezellig was het er ook vaak, maar: 'We zijn met z'n tienen en dat vind ik gewoon te veel. Het is altijd druk en lawaaierig bij ons en er is altijd wel

een van ons die een probleem heeft. Of die moeilijkheden máákt!'
Ze zuchtte maar eens. 'En daar komt nog bij dat ik de oudste ben. Nou,
dan snap je het wel...'
'De oudste moet de wijste zijn?' raadde Fokke.
'Precies,' zei Regien snel, 'jij begrijpt het.'
Of ze iets anders wilde drinken, vroeg Fokke. Hijzelf nam graag een
tweede kopje koffie. 'En er moet ook iets bij, vind je niet?'
Het ijs was gebroken, er zaten althans behoorlijke scheuren in en het
werd gezellig. Regien voelde zelfs een vleugje vertrouwelijkheid tussen
hen groeien. Ze gunde hem een kijkje in haar leven, niet alleen dat van
thuis maar ook haar plaats in de dorpsgemeenschap kwam aan bod. 'En
nu heb ik nog niet verteld dat ik dit jaar examen moet doen voor de
pabo. Schrik je daarvan?'
Ja, hij schrok. 'Jij wordt juf,' constateerde hij wat onnozel.
'Als ik slaag wel,' antwoordde ze lachend. En: 'Heb je iets tegen onderwijzers?'
Fokke ging ongemakkelijk verzitten en haalde beurtelings zijn schouders op.
'Nou?' drong ze aan.
Nou nee, dat niet, maar hij had vroeger op de kleuterschool een juf die
hem op een keer van zijn stoeltje had geslagen. Boem! Daar lag hij en
kwam spartelend weer overeind. 'En tot op de huidige dag heb ik nooit
begrepen wat er aan de hand was. En nog, als ik het woord juf hoor
moet ik meteen weer aan dát mens denken.'
Het was haar beurt om hem een vertrouwelijk tikje op zijn hand te
geven. 'Ik beloof je,' zei ze gemaakt plechtig, 'dat ik je nooit maar dan
ook nooit van je stoel zal slaan!'
'Hoe sta je ervoor met je examen?' bracht hij het gesprek weer op het
goede spoor.
Ze deed er redelijk enthousiast over. Goed, het had altijd iets dreigends
of in elk geval wat spannends, maar ze had, dacht ze, reden om die toekomst met vertrouwen tegemoet te zien. Ze liet haar ogen even door
de ruimte dwalen. Er waren intussen meer tafeltjes bezet en er zaten
meer stelletjes zachtjes met elkaar te babbelen. Gezellig wel. Buiten
stonden een jongen en een meisje zo te zien te overleggen of ze ook

naar binnen zouden gaan. 'Ik vind het hier wel knus zitten,' zei ze weer naar buiten kijkend, 'ik had nooit gedacht...'

Ze hield plotseling op, er ging een schokje door haar heen. Meteen keek ze strak voor zich uit naar het bloemetje op de tafel.

'Is er wat?' vroeg Fokke.

'Eh, nee... eh... waar hadden we het ook alweer over?' Ze was even totaal van haar stuk.

'Je zei: Ik had nooit gedacht...' hielp Fokke.

'Ik ben het even kwijt,' zei Regien, rustiger nu. Ze kon hem niet zeggen wat haar een ogenblikje uit haar evenwicht had gebracht. Hoe kon ze hem vertellen dat nét op het moment dat ze naar buiten keek Simon Kremer voorbij fietste? En dat ze ervan overtuigd was dat hij haar had zien zitten?

Ze probeerde de draad weer op te pakken en Fokke de data van haar examen te noemen, maar intussen flitsten er heel andere gedachten door haar hoofd. Want ze wist zeker dat Simon haar áángekeken had, hun blikken hadden elkaar zelfs een fragment van een seconde gekruist. Wat was er met Simon? Had hij hen soms gevolgd? Geschaduwd, om zo te zeggen? En moest zij daaruit afleiden dat hij tóch wel om haar gaf? Had ze hem dan helemaal verkeerd begrepen?

'Ik hoop dat je erdoor komt,' zei Fokke, 'maar als ik het goed begrijp is die kans aardig groot.'

'Waardoor?' vroeg ze ietwat wild.

'Door je examen, natuurlijk! Zullen we een eindje fietsen? Ik ben hier uitgekeken.'

Hij betaalde en ze stapten op.

'Kom maar,' zei hij bij de fietsen, 'die kant op.' Hij nam de leiding en ze voelde zich opeens een klein meisje dat met haar vader mee mag. Toch speurden haar ogen de omgeving af, bij elke straathoek opnieuw.

Hij fietste alleen, bedacht ze, hij heeft dus geen meisje. Maar dat kon je natuurlijk zo niet zeggen, corrigeerde Regien zichzelf.

Buiten de stad kon ze het speuren laten. Ze reden een tijdlang rustig naast elkaar zonder veel te zeggen. Wel had Regien het gevoel dat Fokke af en toe wat ongerust opzij keek. Naar haar.

Ze waren op een stil landweggetje gekomen. Naast hen was een sloot met kikkers en eendenkroos en aan de overkant daarvan vroegen koeien zich dommig af waarom die twee hun fietsen in de berm legden en er zelf naast gingen zitten.

'Mooi is het hier, hè?' zei Fokke.

Hij had een leuke stem, klankvol en warm. En heel gek, Regien voelde behoefte zich tegen hem aan te vlijen. En dat terwijl ze daarnet een heel andere jongen in haar gedachten had. Onbegrijpelijk.

'Regien,' zei hij, 'ik wil je wat zeggen.'

'Ja?'

Hij legde een arm om haar heen. 'Zal ik je eens vertellen wanneer ik voor het eerst op jou viel?' Zijn gezicht was nu dicht bij het hare. 'Toen je dansend de straat overstak?'

'Ja!' riep hij. 'Dat weet je nog? Prachtig! Nou, ik kan je zeggen dat ik daarna nog vaak naar je heb lopen zoeken. Zonder resultaat, jammer genoeg.'

'En op het kaatsveld bij ons zag je me opeens.'

'Precies!' lachte hij glunderend. 'En ik dacht: nu ontkomt ze mij niet nóg een keer! Ik ben meteen naar je toe gegaan.'

'Dat dacht ik al,' zei ze.

Ze werden een poosje stil en keken naar de rimpels in het water die nergens begonnen en nergens ophielden, plakken kroos deinden mee. Regien zou het een serene stilte hebben gevonden als ze niet af en toe zogezegd overvallen zou zijn geweest door het beeld van een fietsende Simon die haar aankeek. Ze zou dat beeld uit haar hoofd weg willen geselen – weg jij! Verdwijn!

'Regien, wil je weten waardoor ik op jou viel?' verbrak Fokke de stilte.

'Ja.'

'Twee dingen. In de eerste plaats viel me jouw vrolijke uitstraling op, je hebt een gezicht dat graag op lachen staat. Verder was er die stem van jou. Die klonk lief en dat is nog zo. Ook als ik je niet zie kan ik je stemgeluid zomaar in mijn oren krijgen. Hoe vind je dat?'

'Leuk, heel leuk, je zegt aardige dingen over mij.' Regien zuchtte gelukzalig. Ze deed haar ogen dicht en legde haar hoofd op zijn schouder. Binnen een seconde was daar zijn hand op haar kapsel, hij verschoof een eindje en zijn mond ging op zoek naar haar lippen en kwam op de goede plek terecht. Ze zoenden, eerst voorzichtig, daarna inniger. Regien voelde dat hij een beetje trilde. Ze deed haar ogen open en zag zijn gezicht van dichtbij. Hij was mooi. In elk geval interessant en zéker lief!

Simon was verdwenen. Verdreven achter haar horizon.

'Regien, zullen wij samen verder?' vroeg Fokke een beetje schor. 'Wil je dat wel? Voel je wat voor mij?'

'Ja,' fluisterde ze.

Toen Fokke voor het eerst bij de familie Doornbos over de vloer kwam, keek hij zijn ogen uit. De entree van het bejaarde schoolhuis was statig; de met bruine tegeltjes bedekte hal en de gebrandschilderde ruiten naast de voordeur hadden al heel wat bezoekers zien komen en gaan. De ganglamp probeerde ook mee te doen met de antieke sfeer. Maar dat was nog lang niet alles. Vanuit de huiskamer kwamen verschillende soorten van lawaai. Kinderstemmen riepen, volwassenen praatten daartussendoor, de metalen stem van een radio voegde er het zijne bij en een deur ging met een klap dicht.

Regien stond zijn verbazing aan te zien en gaf hem gauw een kus. 'Het leven hier betekent lawaai,' zei ze, 'dat had ik je al gezegd, hè? Meestal wel vrolijk lawaai, hoor,' kwam er geruststellend achteraan.

De kamerdeur ging open, een mannengestalte stond op de drempel. Een vrij zware figuur, een jaar of vijfenveertig, schatte Fokke – wat jonger dus dan zijn eigen vader.

'Aha, dat is dus Fokke. Nou jongen, welkom in dit huis, stoor je niet aan de levendigheid hier, want dat is iets wat inherent is aan een groot gezin. Kom binnen en ga zitten. Even kijken of er nog een plekje over is.'

Dat mocht hij wel zeggen, want alle gezinsleden waren op de ceremonie afgekomen, niemand wilde de eerste aanblik van de nieuwkomer missen. En de lawaaikraan was voor een ogenblik dichtgedraaid.

Fokke mocht naast Regien op een bank zitten, maar eerst stelde hij zich netjes met een beleefde handdruk voor: 'Fokke Bouma, Fokke Bouma, Fokke Bouma...,' precies zoals hem op zijn werk geleerd was. Toen hij bij de jongeren aangekomen was trok Regien hem aan zijn mouw met:

'Je hoeft nu niet meer telkens je naam te zeggen, hoor.' Het was een uur of acht in de avond en ma Doornbos vond dat het voor de kleintjes bedtijd werd. Zeer tot ongenoegen van die jongere jeugd, ze wilden wat meer van de nieuwkomer weten dan alleen hoe hij heette. Maar Fokke hield zich voorlopig gedeisd, er waren te veel indrukken in één keer op hem afgekomen.

'Fokke, ben jij onze nieuwe zwager?' vroeg een van de kleintjes op de man af.

'Misschien wel, wie weet,' lachte de aangesprokene met een rood voorhoofd. Regien greep in. 'Fokke wil eerst een tijdje om zich heen kijken, het is hier allemaal nieuw voor hem, snap je wel?' Fokke keek haar dankbaar aan, maar hoorde wel dat ze op een andere toon tegen haar gezinsgenoten praatte dan tegen hem – een onderwijzeressentoontje eigenlijk.

Ma Doornbos gaf Martie, een van de oudere kinderen, opdracht om voor thee te zorgen. 'En Miranda, breng jij de kleinen maar naar boven.'

Het gebeurde onder protest maar toch soepel. Er was hier orde en regelmaat, besefte Fokke.

Én er was sfeer, dat ook ja, hij voelde het duidelijk.

'En Fokke, gaat het wat op je werk?' vroeg pa Doornbos.

'Regien heeft verteld dat je op een bank werkt. Bevalt dat?'

Een mooi onderwerp voor Fokke om los te komen. Hij vertelde over de dingen waar hij dagelijks mee bezig was en kon het niet laten op te merken dat hij intussen eerste assistent op de hypotheekafdeling was.

'Daar maak je vaak leuke maar soms ook nare dingen mee. Een paar weken terug hadden we iemand die niet meer aan zijn afbetalingsregeling kon voldoen. Hij moest zijn huis verkopen en met zijn gezin een ander onderkomen huren,' vertelde hij. 'Op zulke momenten bestaat je werk uit een zwaar karwei.'

Zijn verhaal was waarschijnlijk niet uiterst interessant want het gedruis in de kamer zwol weer aan. Met wat ferm handgeklap bezwoer pa Doornbos het rumoer. 'Fokke vertelt!' vermaande hij, ondersteund door waarschuwende blikken van zijn oudste dochter langs de rij.

Het hielp niet lang, want de verteller dronk thee.

Regien bracht in het midden dat Fokke een eigen vertrek tot zijn beschikking had. 'Nou ja, hij heeft niet voor niets verschillende cursussen gevolgd!'

Pa en ma Doornbos wisselden glimlachend blikken van onderlinge verstandhouding uit – Regien had hun dat al een keer of wat verteld. Intussen hield het merendeel van de familie het voor gezien, ieder ging wat voor zichzelf doen, hier in de huiskamer of ergens anders. Het betekende wel veel meer rust.

Dat gaf de pater familias de gelegenheid Fokke te bevragen op zijn inzichten op het gebied van maatschappij en kerk. 'Voel je je betrokken bij het kerkelijk leven? Doe je er ook wat voor?'

Dat werd ma een beetje te gek. 'Pa, Fokke is hier voor het eerst, hij wil liever niet getest worden. Dat komt later misschien weleens, maar ik heb eerst een andere vraag: hoe gaat het met je kaatssport?'

Raak! Fokke ging er eens recht voor zitten en bracht verslag uit van de partij van vorige week zaterdagmiddag. 'Nee, we bleven niet als winnend partuur over, maar ik kan u wel zeggen dat het tot op de laatste opslag spannend is geweest. En verliezen moet je ook leren, het hoort er nu eenmaal bij, is het niet zo?'

Fokke begon zich hoe langer hoe minder een bezoeker te voelen. Na een uurtje zat hij op zijn gemak een sigaretje te draaien en pa Doornbos leende hem zijn aansteker. Regien lichtte hem in over de geheimen van hun huis, hij moest straks vooral de grote zolder bezichtigen, hij zou er nog van opkijken zo groot als die was.

'En maar niet op de rommel letten,' had Fokke op de lippen, want dat was meestal de gangbare waarschuwing, maar hij hield het binnen – al had hij het gevoel een goede beurt te hebben gemaakt, dat wilde nog niet zeggen dat hij op slag familiair voor de dag mocht komen.

'Goed,' zei pa Doornbos, 'de zolder dus. Maar ik wil je ook uitnodigen om een kijkje te nemen in de school. Het is niet ver, hoor,' lachte hij geheimzinnig.

Regien keek bedenkelijk bij het voorstel van haar vader, maar ze knikte Fokke toe op een manier van: doe maar, hij wil het graag.

De zolder was inderdaad een beetje oneindig en ja, het was er hier en daar ook een rommeltje.

'Zo gaat dat...' begon Regien weer, maar Fokke maakte vlug haar zin af met: '...als je een grote huishouding hebt.' Regien snoof.

'Komen jullie?' klonk de bas van haar vader beneden aan de trap.

Ze daalden af en met z'n drieën zochten ze hun weg via een paar kronkelingen binnendoor naar de school en kwamen terecht in een gang met kapstokhaken. 'Lekker handig met slecht weer,' constateerde Fokke, 'van je huis naar je werk nooit een paraplu nodig.' Het hoofd der school kon deze opmerking waarderen, het was van zijn gezicht af te lezen.

Hij opende de verste deur en verzocht de anderen met een breed gebaar naar binnen te gaan. 'Is dit niet het Babel dat ik gebouwd heb?' Fokke herkende de bijbeltekst en probeerde sfeer te snuiven. 'Tafels en stoelen in groepen opgesteld,' ontdekte hij, 'heel anders dan wat ik me van onze school herinner.'

'Het onderwijs en veranderingen zijn vriendjes van elkaar,' sprak de baas van de school plechtig. 'Ik kan je vertellen dat ik het vanaf het begin van mijn loopbaan nooit anders heb meegemaakt. Alleen is het wél oppassen dat je niet voor de troepen uit gaat lopen, want dan verdwaal je.' De laatste zinnen declameerde hij als het ware.

Regien viel hem bij met: 'Het onderwijs richt zich de laatste tijd veel meer op het individuele kind. En dat is maar goed ook, een klas vol kinderen is een klas met individuen.'

'Ja, jazeker,' zei Fokke, maar het klonk meer berustend dan instemmend. Was dit Regien, die zulke boekenwijsheden debiteerde? Zei ze niet een van buiten geleerd lesje op?

Schoolhoofd Doornbos wilde het onderwerp nog wel wat uitdiepen. Hij gaf zijn visie op de gevaren die de nieuwe inzichten met zich meebrachten. 'Ik weet niet, Fokke, of je belangstelling hebt voor onderwijszaken, maar ik wil je dit wel zeggen: het gaat altijd om een zoektocht. Daarbij kun je ook de weg kwijtraken, hè, en dan kost het je moeite om het juiste spoor terug te vinden en dus is het verstandig...'

'Juist!' onderbrak zijn dochter hem, 'maar wie zei ook alweer: "Onderzoek alle dingen"?'

'Precies! En wat kwam erachteraan? Nou? Dit: "En behoud het goede!" Heeft onze aanstaande onderwijzeres daarvan terug?'

Prachtig! dacht Fokke. Ze zijn het niet met elkaar eens, maar uit de manier waarop ze elkaar aankijken kan ik opmaken dat ze het goed met elkaar kunnen vinden. Wat gaat dát hier mooi! 'Ik zou me wel graag eens in jullie wereld willen verdiepen,' zei hij bescheiden, 'maar of die mogelijkheid bestaat voor een simpele bankbediende?' Regien gaf hem een bestraffend tikje op zijn arm. 'Niet al te nederig, hè? Mijn vader weet allang welke plaats jij voor jezelf veroverd hebt.' Ze keerde zich naar haar vader: 'Hij heeft een eigen kamer tot zijn beschikking!' 'Wist ik,' was het vrolijke bescheid, gevolgd door een knipoog naar Fokke.

Fokke voelde zich al half en half opgenomen in de familie. Toch kreeg hij die avond voordat hij wegging een waarschuwing mee. Ze waren nu met zijn vieren: Regien, haar ouders en hijzelf. 'Luister eens, Fokke, ik vind het aardig dat je bent komen kennismaken en ik hoop je hier nog vaak te zien.' Vader Doornbos laste even een pauze in en ging toen ernstig verder: 'Zoals je weet zit onze Regien voor haar eindexamen. Dat is altijd een spannend gebeuren, daar hoef ik je verder niets over te vertellen want je weet het zelf. Daarom zou ik graag willen, en...' – hij keek even naar zijn vrouw – 'ik vraag het namens ons allebei: zou je niet al te veel beslag op haar willen leggen? Wij weten...' – nu een knikje naar ma Doornbos, – 'dat verliefde mensen soms maar één kant uit kijken: naar elkáár. En dat kan verkeerd aflopen, zie je.'

'Hij spreekt uit ervaring,' zei zijn vrouw, een lachje onderdrukkend.

'Ja, het heeft mij helaas een jaar gekost,' bekende de heer des huizes.

'Wát?! En dat hoor ik nu pas?' Regien sprong overeind. 'Waarom hebben jullie me dat niet verteld?' Ze hijgde van opwinding. 'Een mooie boel, hoor!'

Haar ouders ondergingen haar agitatie rustig. Ze keken elkaar weer aan, nu met een vraag in hun ogen: wie zou het antwoord geven? Ma dus. 'We hebben het verzwegen omdat we ons schaamden, we hadden beter moeten weten. Ja, inderdaad, we gingen voor pa's examen zo in elkaar op dat we de hele wereld om ons heen vergaten, pa kwam niet meer aan leren toe. Nou, we hebben het geweten: pa zakte. Erg hè?'

'Een jaar extra en er véél van geleerd,' vulde haar man aan en keek quasi beschaamd naar de vloerbedekking. 'Om eerlijk te zijn waren we het haast vergeten, maar ja, als je dochter voor haar examen zit...' 'We zullen ons best doen om een herhaling te voorkomen,' beloofde Fokke. En met een arm om zijn meisje heen: 'Ja toch, Regien?'

De tegenstelling met het bezoek dat Regien bracht aan de familie Bouma was groot. Het was op een zomerse zaterdagavond. Het late licht sijpelde door de dichte bladermassa van de lindebomen voor het huis van de Bouma's en toverde vlekken op het kleed van de lage tafel en op de vloerbedekking van de kamer waarin Regien voor het eerst zat.

Het eerste wat haar opviel was de stilte. Seconden lang liet geen mens iets van zich horen. Regien werd er onrustig van. Goed, Fokke had haar gewaarschuwd: het gaat er bij ons heel anders aan toe dan bij jullie, maar dat komt natuurlijk ook doordat er geen jonge kinderen zijn.'

Best, maar waarom doet niemand zijn mond open? dacht Regien. Als je bezoek hebt moet je toch wat zéggen? Al was het alleen maar iets over het mooie weer of zo.

Moeder Bouma vroeg haar dochter Jantina met de theepot rond te gaan.

'Suiker?' vroeg Jantina toen ze bij het kopje van Regien was.

'Nee, dank je. Ik probeer al een hele tijd zo veel mogelijk alle zoetigheid te laten staan, je wordt er alleen maar dik van en als je eenmaal zonder gewend bent, weet je niet meer beter.' Regien maakte er met opzet een verhaaltje van, niet zozeer om wijsheden te verkondigen, maar veel meer om een paar ijsschotsen te breken.

Ze ontmoette verbaasde blikken, zo van: nou, nou, wat een ratel. En dat is hier voor het eerst op bezoek!

Goed, ik hou me voorlopig gedeisd, beloofde Regien zichzelf in stilte. Laat een ander maar eens loskomen. Haar ogen zochten Fokke, maar die hield zich bezig met het draaien van een sigaret.

'Niet te veel roken, Fokke,' vermaande moeder Sjoukje.

Haar zoon vertrok zijn gezicht even en stak op.

Regiens ogen gingen de kring rond. Ja, ieder die verwacht kon worden wás er. Vader en moeder Bouma natuurlijk, vader in duidelijk zijn eigen zware leren stoel, op zijn aparte plek bij de schemerlamp, die nog niet aan was, natuurlijk niet, daar was het nog veel te licht voor; moeder op een lichtere stoel, schrander vrouwtje zo te zien, maar ook zonder veel woorden en naast haar Emine, de aanstaande vrouw van Arjen, die weer naast háár zat.

Die Emine, dacht Regien, lijkt me een aardige meid, een lieve meid zelfs, maar ook zij is wat stilletjes. Geen wonder uiteraard, ze is hier ook gast, net als ik nu. Toch eens op haar letten.

Arjen had even zijn ogen over haar, Regien, laten gaan. Ook hij had weinig te melden.

Dan was Ingrid er nog. Zou zij wat spraakzamer zijn dan de rest?

Een echt gesprek kwam niet van de grond. Het weer was intussen afgehandeld, de oorlog in Vietnam werd veroordeeld, met de Russische kruisraketten was het uitkijken geblazen, het was maar te hopen dat de NAVO-landen op hun qui-vive waren en voor de volgende dag zag het er niet onaardig uit met het weer.

Intussen hadden de beide broers geen woord met elkaar gewisseld. De zussen wel, maar daar waren het dan ook meiden voor, oordeelde Regien, die zich al die tijd niet op haar gemak voelde. Het viel haar trouwens op dat Fokke zich wel richtte tot Jantina en dat het tussen Arjen en Ingrid af en toe ook tot een gesprekje kwam. Het klopte, Fokke had haar immers ingelicht over de scheidslijn in dit gezin?

Ja, maar welke plaats nam Emine daarbij in? Regien kon er niets aan doen, maar ze moest telkens naar Emine kijken, al was het tersluiks. De aanstaande vrouw van Arjen intrigeerde haar vanaf het moment dat ze haar stevige handdruk voelde. Je kon zien dat ze van een ander land afkomstig was: donker, ietwat kroezig haar, klein van gestalte en een goed figuur. Haar ogen spraken Regien nog het meest aan. Die keken haar vriendelijk en tegelijk wat terughoudend aan. Verlegenheid misschien? En welke kleur hadden haar irissen? Bruin? Groen? Of iets daartussenin? Fokke had haar verteld dat ze een Hongaarse was. Dat was aan haar taal niet te horen. Natuurlijk niet, ze was al tijdens de Hongaarse opstand van 1956 tegen de Russen als kleuter met haar ouders naar Nederland gekomen en was hier tussen Nederlandse kinderen opgegroeid.

'Praat je met je ouders nog Hongaars, Emine?' Haar vraag floepte er zomaar uit en Regiens hand maakte al een beweging naar haar mond die ze voorbijgepraat had.

De reactie in de huiskamer was opmerkelijk. Verraste gezichten, blikken die over en weer vlogen en een Fokke die op zijn stoel verschoof. Was haar vraag dan zó opmerkelijk?

'Ik versta mijn ouders heel goed, hoor, en ik kan ook wel een mondjevol Hongaars praten,' antwoordde Emine rustig zonder iets van verbazing te laten merken. Ze had een aangename stem, klankvol en beschaafd – een beetje zangerig ook. 'Ik kan het zó zeggen: mijn vader en moeder kunnen zich beter in het Nederlands uitdrukken dan ik in het Hongaars,' ging ze verder. En toen het na haar woorden een tijdje stil werd in de kring kwam ze met een voorstel: 'Als je zin hebt kun je weleens een bezoekje brengen bij ons thuis.'

Een steen in een stille vijver. Een onuitgesproken vraag hing als het ware boven de lage ronde tafel: wat bezielt Emine? Zomaar een uitnodiging aan een meisje dat ze nog geen anderhalf uur kent! Groeide er tussen die twee iets van 'schoondochters onder elkaar'? Nu al?

De enige die zich een goedkeurend knikje veroorloofde was moeder Bouma. Het klopte alweer, vond Regien; als ze als een echte frik het gezelschap mocht waarderen met een cijfer, dan kregen moeder Sjoukje en Emine allebei een acht. De rest moest het met een zes of zeven doen, met uitzondering van Fokke uiteraard – hij was boven alle lof verheven.

Alsof het afgesproken was kwam er na de rimpeling van de vijver van een algemeen gesprek niets meer terecht, het werd een groepsconversatie. Dat wilde zeggen, het gezelschap werd als door een onzichtbare hand opgedeeld in groepjes. Vader Bouma en Arjen bespraken de afmetingen van de schuur die hun bedrijf aan het bouwen was. Regien was naast Emine gaan zitten en vroeg naar de voorbereidingen van hun trouwpartij, Ingrid en Fokke zaten stijfjes naast elkaar en voerden een stokkend gesprek over onbelangrijke zaken.

Intussen kreeg Regien last van een vervelende opwelling, die ze met moeite binnenboord hield. Deze: waarom vraagt niemand iets over mij? Weten ze niet dat ik voor mijn examen zit? Heeft Fokke daar thuis niets over gezegd? Of willen ze in dit huis niks van onderwijzeressen weten? Ze verbood zichzelf zich erover op te winden, maar keek wel een paar keer naar Fokke. Zou hij haar ogentaal verstaan?

Pas aan het eind van de bijeenkomst, toen iedereen al half in de bocht stond om zijn spullen bij elkaar te rapen, vroeg Fokke luid en duidelijk: 'Zal ik Regien dan maar uit naam van ons allemaal succes toewensen voor haar examen?'

Het was moeder Sjoukje die als eerste op Regien afkwam en zei: 'Ik hoop van harte dat je slaagt, Regien, en veel sterkte!'

Daarna kwamen er meer schapen over de dam.

Een gezellige avond? Nee, dat niet, vond Regien. Maar toen ze in de gang haar jack aan deed, kreeg ze wel een plotselinge inval, een plan eigenlijk. Ze dacht: ik zal die Arjen en die Fokke bij elkaar brengen, hoe dan ook! En daar moet Emine mij bij helpen!

7

HET WAS WARM OP DIE LAATSTE EXAMENDAG VAN REGIEN. HOEWEL HET nog maar midden juni was, had voor Regiens gevoel de kalender eind juli kunnen aanwijzen. Haar dunne jurk plakte op haar rug vast, ze moest telkens in haar kapsel kriebelen vanwege de ministraaltjes zweet die als wormpjes over haar hoofd liepen. Ook haar examinatoren zaten er trouwens niet bepaald fris bij. Stropdassen hingen losjes om hun nek, hier en daar werden colberts over stoelleuningen gehangen, een nette boel was het niet. Vooral niet op de namiddag toen de koperen ploert probeerde door het dak van de school heen te branden. Het ging overigens wel goed met Regien. Ze had niet het gevoel ergens een onvoldoende te hebben opgelopen, haar leraren waren de hele dag vriendelijk en positief tegen haar geweest en ook de heren gecommitteerden hadden haar en haar examinatoren niets in de weg gelegd. Wat de laatsten betrof was dat natuurlijk logisch, zij hoefden zich niet extra in te spannen voor een goed resultaat zoals haar leraren dat wel deden – die stonden immers borg voor de goede naam van de pabo.

Alleen aan het tafeltje van geschiedenis raakte Regien even van slag. De gecommitteerde voelde zich geroepen ook eens een paar vragen te stellen en wilde van haar weten wie 'de tuin van Holland' had gesloten en wanneer dat was.

'De tuin van Holland?' vroeg Regien.

'Dat zei ik,' was het korte antwoord.

'De tuin van Holland,' zei Regien nadenkend met haar ogen naar het plafond gericht.

De man nam een afwachtende houding aan.

'We hadden het over de tachtigjarige oorlog,' hielp haar leraar.

Regien schudde haar hoofd.

'Weet je misschien wanneer het ongeveer was?' hield de man aan.

Regiens hoofd liep op dat ogenblik leeg. Ze zag alleen maar de vlieg die met al zijn pootjes een weg zocht over het theekopje van de gecommitteerde, hij was nu bij het oor, straks zou hij misschien over de rand naarbinnen verdwijnen, zou hij nog een restje thee ontdekken? Hij moest maar oppassen, straks zou hij nog verdrinken...

'Er zit een vlieg op uw kopje.' Regien wees met een vies gezicht naar de bedreigde plek.

Haar leraar schoot in de lach en ook de rijksafgevaardigde krulde even zijn lippen. 'Bedankt,' zei hij terwijl hij met een waaiende hand de vlieg verdreef, 'maar ik wilde weten...'

'U ziet dat ze het antwoord schuldig moet blijven.' Haar geschiedenisleraar werd plotseling wat kortaf. 'Het ging om prins Maurits en het was in 1594, Regien,' ging hij verder, 'en met de tuin van Holland werd bedoeld de cluster van steden die door hem omsingeld en ingenomen was. Ik wil nu graag van je horen wie de vader van Maurits was. Prins Willem, goed zo. Nu iets moeilijker: hoe heette zijn moeder? Ja, denk maar even na, ze stond bekend om haar woede-uitbarstingen en haar depressieve buien. Aha, je weet het al, Anna van Saksen. Prima! Had u nog een vraag willen stellen?' wendde hij zich tot de gecommitteerde. De man had warempel intussen ook een paar zweetdruppeltjes opgelopen, zijn voorhoofd vertoonde iets van een glinstering. Nee, hij voelde voorlopig geen behoefte.

Haar leraar verzond een fijnzinnig knipoogje naar Regien en stapte ineens over naar de Tweede Wereldoorlog. 'Wie hoorden er bij de geallieerden?'

Dat wist Regien. Onder het antwoord geven knikte ze hem toe, meer uit dankbaarheid dan om haar kennis te onderstrepen.

Van de volgende vragen wist ze de meesten goed te beantwoorden. Ze hoopte intussen dat die vervelende kerel niet opnieuw het woord zou nemen, het ging immers op dit ogenblik aardig vlot.

De man kwam inderdaad niet meer aan bod. Wel tikte hij op een gegeven moment op zijn horloge. 'Volgens mij is de tijd om, meneer, u mag haar laten gaan.'

Toch opluchting bij Regien! Met plakkende kleren liep ze naar de deur van het geschiedenislokaal en keerde zich daar even om. Meneer de gecommitteerde zat verdiept in zijn paperassen en haar leraar knikte haar bemoedigend toe op een manier van: 'Alles oké, het zit wel goed met jou!'

Ook met biologie was er eventjes een hapering, maar niks om zich zorgen over te maken.

Aan het eind van de ondervragingen wist ze haast wel zeker dat ze geslaagd was. Na afloop kwam ze in de grote zaal bij haar medekandidaten van die dag staan. Veel verhitte gezichten, zakdoeken die voorhoofden betten en een gegons van stemmen. Echt luidruchtig was de stemming niet. Sommigen stonden gespannen voor zich uit te kijken, anderen praatten aan een stuk door en weer anderen konden maar niet stil blijven staan.

'Hoe hangt de vlag erbij, Regien?' vroegen haar medeslachtoffers.

'Ach, ik dacht van wel goed,' was haar antwoord, 'maar je weet maar nooit, hè? Ik heb een paar keer de plank totaal misgeslagen. Die vervelende vent bij geschiedenis...'

'O, jij ook al? Nou, zo zijn er meer,' vielen een paar haar in de rede. 'Ik geloof vast dat ik daar een onvoldoende heb opgelopen. Akelige kerel!'

Regien was er zeker van dat ze er bij dat tafeltje goed van af was gekomen maar ze hield zich in. Want inderdaad, je wist maar nooit.

'Om vier uur de uitslag, hè, ik wou dat het maar zo ver was,' zei een lotgenoot. 'Wat kan een kwartier toch veel minuten hebben!'

De luie wijzers van de klok boven de deur maakten inderdaad bijzonder weinig haast. Ze werden om zo te zeggen bedolven onder ongeruste blikken. De spanning in de zaal was voelbaar.

Eindelijk was het vier uur. Maar de deur onder de klok bleef onverbiddelijk dicht. Na vijf minuten nog steeds en de onrust nam toe. Toen het tien over vier was waren de gesprekken verstomd. Iedereen wist: er ís wat. Niemand durfde de ander nog voluit aan te kijken. Zou er eentje gezakt zijn? Of meer? En wie?

Om kwart over vier ging eindelijk de deur langzaam open. Op de drempel stond de directeur. Zonder een blije lach. Zijn ogen gleden langs de groep leerlingen en vonden iemand. Hij stapte op de jongen af en vroeg: 'Jan Haanstra, zou jij even mee willen komen?'

Het hoofd van de aangesprokene knikte voorover, hij wist wat er aan de hand was en onder doodse stilte liep hij de directeur achterna.

De deur was opnieuw dicht en een voorzichtig geroezemoes vulde de zaal. 'Jan is gezakt. Arme jongen. Maar ja, hij stond er al lang niet erg goed voor. Wat beroerd voor hem, hè?' De onuitgesproken vraag was nu of de directeur misschien opnieuw iemand kwam halen.

De spanning was dan ook om te snijden toen de grote baas voor de tweede keer in de deuropening verscheen. Deze keer met een opgeruimd gezicht. 'Ik heb een aardig nieuwtje voor jullie. Vertel ik straks pas. Kom maar achter mij aan!' Met een brede zwaai zette hij zijn verzoek kracht bij en liet zijn leerlingen zelfs voorgaan. Die wisten precies waar ze wezen moesten: in de directeurskamer. Dat betekende: geslaagd!

Je zou verwachten, vond Regien, dat nu het gepraat zou losbarsten, maar het vreemde was dat dat niet gebeurde. Nog altijd stilletjes liepen ze alle negen de gangen door en stonden bedeesd voor de omvangrijke tafel waarachter de directeur ging staan. De leraren en gecommitteerden stonden in een rij langs de wand. De geschiedenisman stond helemaal aan het eind. Met een neutraal gezicht. Zou hij Jan Haanstra te pakken hebben genomen? vroeg Regien zich af. Misselijke kerel!

'Ik ga bevestigen wat jullie vast al geraden hebben,' begon de directeur opgewekt, 'ik zie het aan jullie blije gezichten. Inderdaad! Jullie zijn geslaagd! Van harte, van harte! Een prestatie geleverd. Prachtig! Dat wordt feestvieren vandaag. En niet alleen nu, maar ook volgende week woensdag, als we met alle geslaagden hier bijeenkomen om je behaalde onderwijzersakte in ontvangst te nemen. Zoals jullie weten komen er nog twee examendagen, we zijn er dus nog niet. Jullie boften omdat je aardig voorin het alfabet zit.'

Op dat moment kwamen de eerste tongen los, samen met zuchten van opluchting.

De directeur stak zijn hand op. 'Nog even dit,' zei hij, 'ik moet iets verdrietigs zeggen. Jullie moeten wel gemerkt hebben dat het voor één van jullie geen prettige dag is geworden.'

Ja, ja, knikten de hoofden meewarig, die arme Jan Haanstra. Erg voor hem. Je zult maar voortijdig naar binnen worden geroepen.

'Toch moeten jullie je feestje wél vieren,' ging de grote baas verder.

'Daar heb je recht op. En jullie niet alleen trouwens, je moest eens weten hoe vol de straat staat met vrienden en bekenden van jullie. Ze weten nog nergens van, jullie moeten het hun maar gauw gaan vertellen. Ik deel nu alvast de cijferlijsten uit en ik zeg: Tot volgende week woensdag!'

Als op commando steeg er ineens een gejuich op. Vergeten was de hitte, zakdoeken bleven waar ze zaten, geen spoortje meer van vervelende straaltjes. Een loden last, voor sommigen althans, was van verschillende schouders genomen. Snelle ogen gingen over de behaalde resultaten en blij lachend liep de groep wapperend met cijferlijsten naar buiten, waar immers op hen gewacht werd.

Regien had in één oogopslag gezien dat haar cijfers er mochten wezen. Heel goed, zelfs nog een zeven voor geschiedenis!

Waarom ze het deed wist ze zelf niet, maar ze nam niet de kortste weg naar de hoofdpoort. Ze ging een zijgang in en kwam langs een lokaal waarin drie mensen stonden. Door de open deur nam ze een beeld haarscherp in zich op: een verslagen Jan Haanstra, met afgezakte schouders en nog steeds met dat voorovergeknakte hoofd voor een leraar en een lerares die hem troostten en bemoedigden. Een paar seconden bleef Regien staan. Toen haastte ze zich naar buiten.

Ze wist niet wat ze zag. De straat was inderdaad bijzonder dicht bevolkt. Allemaal opgetogen mensen, handen die geschud werden, schouders waarop geslagen werd, uitroepen van blijdschap.

De eerste bekende die Regien zag was Fokke. Ze vloog op hem af en hield plotseling haar vaart in. Want naast de duidelijk blije Fokke stond nóg een bekende: Simon Kremer.

'Hoi, Regien!' riep Fokke. 'Het is gelukt, hè? Prachtig, joh, reuze fijn, van harte gelukgewenst!' Hij gaf haar netjes een hand, maar vond dat op hetzelfde moment gek – zo feliciteerde je je meisje niet. 'Regien, ik eh, wens...' Hij was op slag weer de verlegen jongen, maar oversteeg zichzelf en gaf haar een snelle kus.

'Nou Regien, van mij ook hartelijke gelukwensen, ik wou dat ik ook zo ver maar was, maar ik moet morgen de strijd aangaan.' Dat was de klankvolle stem van Simon, die meteen haar smalle hand tussen zijn beide knuisten nam. Hij glimlachte haar breed toe.

Het deed Regien wat. Die Simon. Wat een prachtvent toch. Ze wilde hem vriendelijk toelachen, ze wilde zeggen dat ze het bijzonder prettig vond dat hij er ook was en, heel vreemd, ze voelde opnieuw dezelfde trilling in haar lijf als toen, daar in Het Volle Vat.

'Dank je, dank je wel,' was het enige wat ze naar buiten wist te brengen. Hield dat beven vanbinnen nu maar eens op, maar nee...

'En voor jou morgen veel sterkte, hoor.' Het kwam er wat zwakjes uit. Ze vermande zich en gaf te kennen dat ze wel zéker wist dat hij zou slagen. 'Zo'n supergoede leerling!'

Simon lachte haar ietwat vaderlijk toe. 'Ik heb nog heel wat te doen,' merkte hij op, 'kijk eens wie ik allemaal nog de hand moet drukken!' Voor Regien had hij nog een goede raad: 'Vier geweldig feest, hè, en tot ziens! En jij ook, Fokke, het beste maar weer en ook tot kijk!'

Hij verdween in de menigte. Het laatste wat ze van hem zag waren zijn brede schouders.

'Zijn wij nu aan de beurt, Regien?' Dat was haar moeder, ze had haar warempel niet eens opgemerkt in het gedrang. 'O,' riep Regien, 'wat erg dat ik je niet eerder zag. Dat kwam zeker doordat ik zo blij met mijn papiertje ben. Maar ik vind het heel fijn dat je er bent. O, en daar is Martie ook, wat prachtig! Willen jullie mijn lijstje zien?'

Het werd een feliciteren over en weer en het feestelijke gevoel kreeg nu ook bij Regien de overhand. Maar gek genoeg moest ze toch telkens haar ogen spiedend laten gaan over de groep. Was hij er nog? Ja. Met wie stond hij zo vrolijk te praten? Ze kon het zo gauw niet zien.

'Jij kent Simon?' vroeg Regien even later zo onbewogen mogelijk. 'Zeker,' antwoordde Fokke, 'hij woont bij ons op het dorp, niet eens zo ver van mij af. We zitten allebei op de schaakclub, hij is goed, hoor.' 'Dat zal wel,' zei ze, 'bij ons in de klas is hij ook een van de besten.'

Dat het schoolhuis van haar ouders die avond bol stond van de bezoekers zou te veel gezegd zijn. Toch liepen er gasten in en uit. Duidelijk was wel dat het dorp veel met Regien ophad, de felicitaties waren hartelijk en de gesprekken opgewekt. Pa Doornbos straalde van trots en noemde zijn dochter af en toe quasi arrogant collega, een grapje waar hijzelf het hardst om moest lachen. Intussen had ook hij zijn zakdoek af en toe nodig, want het was nog steeds warm en de open vensters brachten geen verkoeling.

Voor het schoolhuis en op het plein dromden jongelui samen. Natuurlijk, wie had er nog zin om thuis in de warmte te zitten? Het begon erop te lijken dat het hele dorp op straat leefde, flarden van gesprekken zweefden door de open ramen het schoolhuis binnen. Het had eigenlijk iets merkwaardigs, vond Regien, iets onwerkelijks zelfs. Of lag dat aan haarzelf?

Vanaf het moment van de uitslag van haar examen had ze een gevoel van buiten zichzelf te staan. Net of ze vanaf een eenzame, hoge plek de mensen kon beschouwen, hun conversatie kon beluisteren en hun doen en laten kon ervaren. Daarbij had ze het gekke gevoel alsof dat alles haar niet aanging – ze onderging het alleen maar.

'Je moet nog even aan het idee dat je onderwijzeres bent wennen, denk ik, hè?' vroeg Fokke die naast haar zat. Net als haar vader was hij trots op haar en liet dat blijken in woord en gebaar, hij legde af en toe een hete arm over haar schouder. Heel lief van hem, vond ze, maar haar gedachten waren bij twee andere jongens: Jan Haanstra en Simon Kremer.

Ze verbood zichzelf zo te denken, wat mankeerde haar?

'Wees blij met de blijden,' citeerde pa Doornbos een bijbeltekst. 'Wel, dat zijn we dan ook. Ik vind het geweldig dat er zoveel belangstelling is getoond voor onze Regien.' Een beetje geëmotioneerd liet hij erop volgen: 'Kun je eens zien wat een dorpsgemeenschap kan betekenen!' Als bekrachtiging van zijn uitspraak liet zich een donderslag horen, al gauw gevolgd door een serie van rollende, zware slagen. Binnen een minuut werd de hemel inktzwart en was het geratel niet van de lucht. Felle bliksemschichten doorkliefden het zwerk en ineens ruiste een dichte regen.

'Ramen dicht!' gebood vader Doornbos. Zelf rende hij binnendoor naar school, deed daar de deur open en riep de vluchtende omstanders toe dat ze in de school konden schuilen. 'Kom maar gauw binnen!'

De bui had verkoeling gebracht, de ramen konden weer open en de late zon deed bleekjes zijn best de dag vriendelijk te laten eindigen. In het schoolhuis, waar anders zo weinig stilte werd betracht, was nu een weldadige rust te bespeuren.

Fokke was per brommer huiswaarts gegaan, pa en ma Doornbos maakten zich klaar voor de nacht en ook Regien ging naar bed. Alleen wist ze van tevoren dat het met het slapen niet veel zou worden. Ze vroeg zich namelijk af of ze te maken had gehad met een anticlimax. Had ze hogere cijfers verwacht? Nee toch? Waarom was ze dan niet echt blij? Die vraag kon ze niet beantwoorden.

Of toch wel? Dat beeld van die verslagen Jan Haanstra, had dat haar zo aangegrepen? Misschien wel, ze had een diepgevoeld medelijden met hem gehad. Maar was dat een reden om zich geremd te voelen in haar blijheid? Nee... Om eerlijk te zijn wist ze wel beter: het was Simon die vanaf het moment dat ze hem zag haar denken doorkruiste. Zoals hij daar bij school stond en zich tussen de mensen bewoog! Er ging iets rustgevends van hem uit, je kon je zomaar aan hem toevertrouwen. En zij, Regien, zou dat onvoorwaardelijk doen, ze kon er zich zelfs een voorstelling van maken. Ze fantaseerde zijn arm om haar heen op een moment dat ze alles even niet zag zitten, een heerlijk gevoel. Ze hoorde zijn stem die zachtjes iets in haar oor fluisterde, ze wilde...

Plotseling gooide ze wild haar dunne dekbed van zich af. Waar was ze in vredesnaam mee bezig? Simon moest het eens weten! En Fokke dan! Hou op, stomme meid! beet ze zichzelf toe, ben je bezig gek te worden? Je hebt iemand die van je houdt, een heel fijne vent, waar je op aankunt, die zijn arm om je heen slaat als je ergens mee zit en die iets liefs in je oor fluistert, kind, wat wil je nog meer! Zou je Fokke soms willen inruilen voor Simon?

Een gevaarlijke gedachte. Ze verbood zichzelf een antwoord te zoeken voor die stompzinnige vraag. Ga weg, Simon! Wat doe je hier? Wat deed je trouwens vanmiddag bij school, wat had je daar te zoeken? Morgen moet je zelf de proef afleggen, bemoei je dus niet meer met mij!

Nee, ik zal er niet staan als jij je uitslag krijgt, ik zie je pas terug bij het officiële afscheid van school. Nog één ding, Simon, ik hoor bij Fokke en bij niemand anders, hoor je dat? Ik sluit me dus nu voor jou af!

Het was een stuk koeler, toen Regien de volgende middag bij school tussen het wachtende publiek stond. 'Ja, ma,' had ze gezegd, 'ik fiets er lekker even heen, het is met dit weer wel een prettig tochtje.'

'En je hebt het heerlijke gevoel dat er voor jou niets meer op het spel staat,' begreep haar moeder, 'dus ga maar gauw.'

Ze stond achteraan, samen met een paar van de gelukkigen van de vorige dag, en hoorde de rusteloze gesprekken van familieleden en vrienden van haar klasgenoten aan. Ze had met zichzelf afgesproken zich absoluut niet op te dringen aan Simon. Als de situatie zich zo voordeed zou ze hem een hand geven, net als de andere geslaagden, hooguit zou ze hem naar zijn cijferlijst vragen, meer niet, beslist niet. En zijn stem hoefde ze niet eens te horen!

De hoofddeur ging open en het tafereel van de vorige dag herhaalde zich: blije gezichten en wapperende lijsten. Dolgelukkig lieten de kandidaten van deze dag zich gelukwensen, ook door de geslaagden van de vorige dag, jawel!

Ze zag hem onmiddellijk. Breed glimlachend stapte hij op een paar omstanders af. Van een vrouw van middelbare leeftijd kreeg hij de eerste kus.

Dat moet zijn moeder zijn, dacht Regien. Maar wie is dat meisje naast haar? Ze lette scherp op de manier waarop het meisje hem feliciteerde. Dat is zijn zus, wist Regien, als het zijn meisje zou zijn had ze hem op een heel andere manier gefeliciteerd. Zoiets merk je zomaar.

Regien zocht haar klasgenoten op en hoorde dat er deze keer niemand gezakt was. Ze keek snel om zich heen. Nee, Jan Haanstra was er niet. Dat was ook niet te verwachten.

'Ha, Regien, vandaag zijn de rollen omgekeerd, hè?' hoorde ze achter zich zeggen. Nog voordat ze het tikje op haar schouder gevoeld had, wist ze al dat híj het was.

Ze keerde zich langzaam om en keek in het vergenoegde gezicht van Simon. Als vanzelf plooide zich een glimlach om haar mond.

'Nou? Zeg je niks?' vroeg hij vrolijk.

'Hartelijk gelukgewenst... Simon,' zei ze wat schuchter.

'Nu zijn we niet langer klasgenoten, maar vakgenoten,' stelde hij monter vast. 'Wie weet komen we elkaar op die manier nog eens tegen.'

'Ja,' zei ze, 'wie weet.'

Hij keek haar aan alsof hij op een vervolg van haar kant wachtte. Toen dat niet kwam, draaide hij zich om en bemoeide hij zich met andere klasgenoten.

Regien zuchtte en was zich niet bewust van het fronsje boven haar neus. Onopvallend bewoog ze zich in de richting van de mevrouw die vast en zeker zijn moeder moest zijn en nam haar nauwkeurig op, net als zijn zusje. Aardig kind wel. Leek wel op hem. Zelfde neus, zelfde kleur haar en een open oogopslag.

Ze schuifelde terug naar haar groep en zei de dingen die van haar verwacht werden.

Opeens was híj er weer. 'Regien, tot woensdag, hè? En zeg Fokke dag van mij.'

Werkelijk dezelfde ogen als zijn zus!

De minimenigte dunde uit. Wat had Regien hier nog te zoeken? Niets toch? Wat dacht ze sowieso hier te vinden? Ook helemaal niets, toch?

Ze stapte op haar fiets en reed de stad in. Langs de bank van Fokke. Niemand te zien. In een vreemde stemming fietste ze naar huis.

'Telefoon voor jou!' De zware stem van pa Doornbos galmde over het tegelterrasje achter het schoolhuis waar Regien in het zomerzonnetje zat te lezen.

Ze repte zich naar binnen en greep de hoorn die los op het dressoir lag.

'Met Regien.'

De stem aan de andere kant van de lijn was bijna identiek aan die van haar vader.

'Met Beintema.'

'Dag, meneer Beintema,' zei Regien verrast en voelde haar hart wat sneller kloppen, want dat was het hoofd van een school in dezelfde stad waar ook de pabo stond en waarheen ze een sollicitatie had gestuurd.

'Ik wilde ingaan op je aanmelding en ik vraag je mede namens het bestuur een proefles te komen geven. Lijkt dat je wat?' Regien hield de telefoon een eindje van haar oor af – wat een bulderstem had die man!

'Graag, heel graag!' zei ze. 'Om welke klas gaat het en wanneer moet ik bij u zijn?'

Ze kreeg te horen dat het de tweede klas van de Willem Lodewijk-school betrof en dat ze komende vrijdagmorgen om negen uur verwacht werd. Opdracht: een bijbelverhaal, het uitleggen van een rekenprobleempje en het aanleren van een lied. 'De keuze van de bijbelvertelling is vrij, evenals de keuze van een lied. Wat het rekenen betreft willen we graag dat je een paar eenvoudige delingen uitlegt. Akkoord? Graag tot vrijdagmorgen.' Toet-toet-toet, het gesprek was afgelopen. Regien stond een beetje verbouwereerd in de hoorn te kijken. Die meneer Beintema was nogal kort van stof. Maar goed, ze zou wel zien, er was tenminste weer spanning in haar leven.

Niet alleen wat zijn stem betrof, ook in zijn optreden leek hij op haar vader. Zelfs zijn forse gestalte deed haar sterk aan haar pa denken. Mochten die twee eens samen een eind voor haar uitlopen, dan zou ze goed moeten kijken wie wie was.

'Je hebt het goed gedaan,' stelde Beintema na afloop van de proefles vast. Bijzonderheden van haar optreden noemde hij niet. Wel keek hij haar trouwhartig aan en vroeg of ze in de personeelskamer wilde gaan zitten, dan kon hij even met de commissieleden, die er ook bij waren geweest, overleggen.

Daar zat Regien. Een beetje verloren in een leeg vertrek. Ze bekeek het prikbord met mededelingen, ze loerde even in het aangrenzende keukentje waar de koffiekopjes voor straks als het pauze was, op een rijtje op het aanrecht stonden, ze bewonderde een globe op het bureau en ontdekte door het raam een leeg schoolplein, compleet met knikkerkuiltjes.

Het schoolgebouw ging zeker verscheidene tientallen jaren mee, het was haast even oud als dat van haar vader en ze kreeg het onberedeneerbare gevoel dat de manier van werken hier ook niet een van de modernste was. De handleiding voor de aardrijkskundemethode, die achteloos op een boekenplank was gelegd, dateerde in elk geval minstens uit de tijd van een jaar of tien, vijftien terug. Een antieke school misschien? Ze wist het nog niet. Hoefde trouwens ook niet. Eerst maar afwachten of ze de benoeming kreeg.

Die kreeg ze. 'Heel goed lesgegeven,' bulderde de heer Beintema vrolijk. 'Bovendien hebben we heel aardige inlichtingen over je gekregen. Een loffelijk getuigenis, noemden ze dat vroeger.'

'O, dank u wel,' zei Regien opgetogen.

Ook de commissieleden zeiden dat ze niet lang hadden hoeven nadenken, en dus: 'Gefeliciteerd met je benoeming, we hopen dat je hier met plezier mag werken.'

Een rondgang door het gebouw bevestigde haar vermoeden dat het functioneren en vooral het beleid hier nogal op de oude leest geschoeid waren.

Alsof hij haar gedachten raadde, zei Beintema dat hij erg voor vernieuwing was, maar dat het stapsgewijs moest gaan; niet te veel veranderingen tegelijk. 'Ik sluit me graag aan bij het aloude advies: Onderzoek alle dingen...'

'... maar behoud het goede!' vulde Regien hem vlug aan. Het was de frequent terugkerende spreuk van haar vader.

'Precies! Jij weet het. En ik denk dat jij hier wel zult passen,' was de reactie van haar toekomstige baas. En toen, welwillend: 'Jouw vader is ook hoofd van een school, is het niet?'

'Van een dorpsschool, ja, heel anders dus dan hier,' zei Regien bescheiden.

De heer Beintema knikte instemmend en voldaan.

De volgende avond was het schoolhuis nog iets dichter bevolkt dan gewoon: Fokke was er weer. Het was duidelijk: hij was hier graag. De drukte en het gesnater schenen hem niet te deren, integendeel, hij mengde zich steeds meer in de gesprekken en in het doen en laten van de diverse bewoners en hij bloeide ervan op.

Nu zat hij met Regiens vader te schaken. Het was een aftasten van elkaars bekwaamheid op dat gebied. Zwijgend zaten ze tegenover elkaar, het tafeltje met het schaakbord erop tussen hen in. Alleen wat gebrom af en toe van pa Doornbos over een domme zet van hem verbrak de stilte, die er overigens alleen maar tussen hen heerste, want verder was er in de huiskamer leven genoeg in de brouwerij.

'Je schaakt goed, moet ik zeggen,' constateerde schaker senior, 'ben je soms op een schaakclub?'

Daar wilde Fokke het wel graag over hebben. Hij vertelde dat hij in het winterhalfjaar wekelijks een avondje besteedde aan deze denksport. 'Mijn schaakvriend en ik spelen trouwens ook weleens een partijtje buiten de club om.' Onder de leeslamp in de hoek van de kamer schokte Regien opeens overeind.

'Hij kan het reusachtig goed,' ging Fokke verder, 'weet u wat ik leuk zou vinden? Dat u en ik samen eens een partijtje simultaan tegen hem schaakten. Zal ik hem vragen of hij een volgende keer meekomt hierheen?'

'Nee!' kwam er schel onder de leeslamp vandaan.

'Niet?' vroeg Fokke verbaasd.

'Waarom niet?' kwam de zware stem van pa Doornbos eroverheen.

'Dat heeft geen zin. Schaken jullie voorlopig maar met z'n tweeën,' besliste Regien en las weer. Althans voor het gezicht, want ze sloeg de eerste tien minuten geen bladzij om.

En kwam het van het licht van de schemerlamp dat ze een rode gloed op haar wangen had?

Ma Doornbos beschouwde haar een tijdje aandachtig.

8

FRISSE KOPJES, SCHONE KLEREN EN VERWACHTINGSVOLLE OGEN, REGIEN zag het op haar eerste morgen als zelfstandig leerkracht met genoegen aan. Ze begon met een gemoedelijk praatje over de vakantie die achter de rug was. 'Prettige tijd gehad? Iets leuks beleefd? Vertel eens wat. Ho, niet allemaal tegelijk, ik kijk naar opgestoken vingers.' Die kwamen er. En de belevenissen ook. Over een glijpartij in de bergen tot de nieuwe puppy die nog gehoorzamen moest leren.

Regien genoot ervan en stelde zich voor hoe zíj als zevenjarig meisje in deze klas zou zitten en probeerde zich een beeld te vormen van de nieuwe juf – zíj dus. Ze kreeg het gevoel dat het haar met deze groep kinderen ging lukken.

Vreemd was dat. Ze verbaasde zich er vaak over dat bij veel belangrijke dingen in haar leven haar gevoel zo nauw betrokken was. Voor onberedeneerbare zaken had ze dikwijls een oplossing in haar hoofd die naderhand goed bleek uit te pakken.

'Tja, Regientje, jij en ik, wij zijn nu eenmaal gevoelsmensen en daar is niet veel aan te veranderen. Maar ik kan je zeggen dat het me niet spijt dat ik nogal eens drijf op mijn emoties, al ben ik daardoor ook weleens met mijn kop tegen een muur gelopen. Dat laatste zou jou ook kunnen overkomen, sterker nog, dat is weleens gebeurd, is het niet zo? Toch raad ik je aan op dit punt niet tegen jezelf in te gaan, want dan kun je nog in de knoop raken ook.' Haar vader natuurlijk, wie anders?

'Ik denk dat je gelijk hebt,' was haar respons geweest, 'en nu we het er toch over hebben, ik vind dat jij en ma heel goed bij elkaar passen. Ma zegt en doet haar dingen doordacht en jij zegt – neem me niet kwalijk, hoor – wat je voor de mond komt. Als jouw karakter en dat van ma in een potje wordt gegoten en flink geroerd, dan komt er wat goeds uit.' Haar vader moest er grommend om lachen en concludeerde toen: 'Daarom zie ik het met jou en Fokke ook wel zitten.'

Ja, Fokke. Regien leerde hem per week beter kennen en het mooie was dat ze ontdekte dat zijn karakter veel pluspunten had. Hij was trouw, eerlijk en oprecht, in zijn stuntligheid soms ontwapenend en bovenal: lief. Ze vond dat ze het met hem getroffen had, een fijne vent was het, dat was zeker. En dat hij af en toe wat stilletjes was, nou ja, dat was alleen maar aan zijn verlegenheid toe te schrijven. Kon tegenover al dat positiefs één minpuntje de zaak bederven? Nooit! Ze zag het trouwens als haar opdracht die achterdocht van hem in te perken. Trouwens, een beetje argwaan kon op zijn tijd geen kwaad. Toch? Nee, ze was erg blij dat Fokke en zij bij elkaar hoorden. Daar kon niemand tussen komen. Niemand? Regien had met zichzelf een stille strijd gevoerd en was tot de conclusie gekomen dat ze zichzelf overstegen had: ze had Simon uit haar gedachteleven verbannen. Toegegeven, af en toe dook hij ineens op, maar dan was ze onverbiddelijk.

Na verloop van een dik halfjaar wist Regien dat het goed ging op school. De heer Beintema, die ze intussen net als de andere collega's Maarten noemde, kwam niet vaak bij haar in de klas kijken. 'Een goed teken, joh,' zei Margriet Hofman uit klas drie, 'hij vertrouwt je die klas toe. Ik moet je eerlijk zeggen dat hij een jaar geleden bij mij de deur ook niet bepaald platliep, maar dat hij mij wel in de gaten hield. Ik zie hem nu gelukkig haast nooit meer.'

De bedeesde collega Miranda ten Hove liet zich in ongeveer dezelfde bewoordingen uit en de wat oudere Gerard Vegter, die al een jaar of wat in klas vijf de scepter zwaaide, had ook lovende woorden voor haar. Prachtig allemaal, het beviel Regien dan ook heel goed op deze school. En toch miste ze wat.

In het begin al was ze zich ervan bewust dat er zich iets ongrijpbaars aftekende in de sfeer van het schoolleven en dan speciaal wat de verhouding tussen de collega's betrof. Ze vond dat ze met zijn allen eenlingen waren, die elkaar heus wel mochten, maar op geen enkele wijze verdere toenadering zochten.

Ieder leefde op zijn eigen eiland en bakende zijn of haar schoolleven af. Daar kwam nog iets bij. Op het gebied van lesgeven had ieder zo zijn eigen ideeën. Neem nou Gerard Vegter. Een beste kerel, maar onderwijsvernieuwing vond hij een vies woord. Regien zag het voor zich: als het daarover ging kreeg Gerard als vanzelf een verachtelijke trek op zijn gezicht.

'Tijdens mijn opleiding hadden ze het daar ook al over. Alles moest

ánders, dan was het pas goed. Differentiatie was toen het grote modewoord. Persoonsgericht onderwijs dus. En wat was het resultaat? Laat me niet lachen, op verreweg de meeste scholen wordt nog altijd frontaal lesgegeven.'
'Onderwijsvernieuwing? Volgens mij betekent dat twee of drie stappen vooruit en dan één weer terug,' viel Maarten Beintema hem bij. 'Ik zeg altijd maar zo: Onderzoek alle dingen...'
Ja, ja, dat liedje kenden ze, en vooral het vervolg.
'En wat lees ik nu in de onderwijsbladen?' ging Beintema verder, 'we vinden het opeens niet meer goed dat kleuter- en lagere scholen apart van elkaar functioneren. Nee? Nog niet gehoord? Nou, het is zo. Ze willen een fusie tussen die twee. Eén school moet het worden. Nou vráág ik je...'
'Maar daar zit toch wel wat in?' probeerde Margriet Hofman ertegen in te brengen. 'Veel ouders vinden de overstap van de kleuterschool naar de lagere school ook te groot.'
Daar was Miranda het voorzichtig mee eens.
'En jij dan, Regien, hoe denk jij erover?' Rechtstreekse vraag, benieuwde gezichten. Regien voelde zich voor het blok gezet. Eigenlijk was ze het met Margriet eens, maar tegelijk wist ze op een of andere manier dat ze dat niet rechttoe, rechtaan kon verkondigen. Er was op deze school toch al een 'splitsing der geesten' en als ze nu partij koos zou dat er niet beter op worden. In een flits zag ze het gezin Bouma voor zich, zittend om één tafel maar wel verdeeld in twee groepen. Een spookbeeld eigenlijk, ze huiverde, schrok ervan terug en besefte dat het er hier ook van kon komen.
'Nou, Regien? Je hoeft niet zo geschrokken te kijken, wat is jouw mening?' Dat was Gerard Vegter, met een olijke blik. Proefde hij iets van Regiens dubbele problematiek?
'Ja,' begon Regien weifelend en zonder te weten hoe ze haar zin zou afmaken, 'het is een zaak die niet alleen maar van belang is voor ouders en kinderen, maar ook voor ons.'
Ja, ja, als ze nog eens wat wist! Teleurstellend vonden ze haar zienswijze. Dat bleek duidelijk uit hun lichaamstaal.
'Nee, nee,' verdedigde Regien haar stelling, 'ik bedoel, voor je aan

zoiets begint moet je eerst wel op één lijn zien te komen, vind ik. Dan moet je er een vergadering aan wijden, je moet deskundigen hun oordeel laten uitspreken en, en... nog eens, je moet er sámen tegenaan gaan.' Ze schrok van zichzelf. Moest zij hier als jongste de hoogste wijsheid prediken? O, o, hoe zou dat vallen? Ze keek beschaamd naar de blauwe vloerbedekking van de personeelskamer.

Er viel een ongemakkelijke stilte. Gerard trok aan zijn oorlelletje, Maarten zocht naar een zo waardig mogelijke houding, Margriet snoof, de rest keek bewonderend naar nieuweling Regien.

'Het zou misschien nog niet eens zo gek zijn,' erkende Maarten plotseling. 'Laten we het er met z'n allen maar eens over hebben. Akkoord? Mensen! Grijpt uw agenda's,' voegde hij er quasi plechtig aan toe, 'en laten wij zoeken naar een geschikte datum.' Intussen keek hij Regien welwillend aan en zei op gewone toon: 'Bedankt, Regien.'

Een opgeluchte Regien had niet eens door dat ze een overwinninkje had behaald.

De personeelsvergadering kwam er. Met slechts één agendapunt: hoe beoordelen wij het streven om van de twee scholen één geheel te maken?

Maarten Beintema las fragmenten voor uit onderwijsbladen en gaf vooreerst geen commentaar. 'Ik geef dit onderwerp nu in bespreking,' zei hij nadrukkelijk.

Na de gebruikelijke aarzeling om als eerste het thema aan te snijden, kwam Gerard algauw vrij fors uit de hoek. Tégen!

Dat kon Margriet niet op zich laten zitten. Ze had zich kennelijk goed voorbereid, want ze kwam met een gedegen verhaal. Dus: vóór!

De scheidslijn was getrokken en vrij snel vlogen argumenten over de tafel. Gaandeweg klonken de stemmen luider, geïrriteerd soms en gunden de sprekers elkaar het eind van de zin niet.

Een paar keer moest Maarten ingrijpen en zijn collega's vermanen de discussie niet te belemmeren. Zo te zien buitte hij zijn leidinggevende kwaliteiten met genoegen uit, hij glom tenminste overduidelijk.

Of Regien er ook wat over wilde zeggen, vroeg hij, en alle hoofden keerden zich naar haar.

'Ja, want jij was uiteindelijk de aanstichtster van dit gesprek,' zei Gerard. Of hij het jolig meende? Of opgewekt met een cynisch ondertoontje? 'Ik vind het nog steeds goed dat wij deze zaak bespreken,' zei Regien eenvoudig. 'Het is denk ik niet erg als we er vanavond niet uitkomen, we zullen het er vaker over moeten hebben. Maar het doornemen van de problematiek alleen al kan van grote waarde zijn. Ik zou het prima vinden als we vaker zo'n vergadering met één thema zouden beleggen.'

Bewonderende blikken. Zelfs Gerards hoofd wiebelde van achteren naar voren.

'Een zaak. Regien noemde het een zaak. Welnu, laten wij er dan ook een zaak van máken,' stelde Maarten Beintema voor. En, met een brede glimlach: 'Dat we maar tot een uitgemaakte zaak mogen komen!'

Regien verwachtte dat hij opnieuw zou opperen de agenda's te trekken, maar zo ver kwam het niet. Zou het initiatief voor een volgende vergadering weer van haar kant moeten komen?

Op de fiets naar huis bepeinsde ze haar 'zaak'. Tijdens de bijeenkomst had Miranda haar als bemiddelaar bestempeld. Klonk wel leuk, maar legde de betiteling niet een te zware last op haar schouders? Nu was ze nog maar een paar maanden op school, het piepjonge kuikentje kwam pas kijken zou je zeggen, en dan toch al zo'n gewichtige functie toebedacht krijgen? Wat zagen de mensen toch in haar?

Ja, want stel je voor dat er op school ook maar iemand was die iets zei als: 'Als niets komt tot iets kent iets zichzelve niet,' wat dan? Ze moest er niet aan denken!

Het werd tijd om haar fietslamp aan te doen, de zon had zich al een tijdje onder de horizon genesteld. Ze stapte af en zette de dynamo op de band en merkte onder het bestijgen van haar rijwiel al dat het een nutteloze handeling was geweest – geen licht in de duisternis! Straks pa maar om bijstand vragen.

Haar vader was wonder boven wonder thuis en verhielp het euvel in een handomdraai. Toen hij zichzelf eveneens omgedraaid had vroeg hij op de vrouw af: 'Nog iets bijzonders beleefd vandaag?'

Ze herkende zijn blik: hij had wat gezien aan haar. En moest natuurlijk het befaamde naadje weten.

In de woonkamer, waar het meeste lawaai tot normale proporties teruggebracht was, vertelde ze over de vergadering. 'Dus niets om ongerust over te zijn, pa.'

Dat was mooi, heel mooi, vond hij, maar: 'Nu de dagen korter worden lijkt het me beter dat je in geval van avondbijeenkomsten voortaan maar met de bus naar school gaat. Je hoort tegenwoordig nare verhalen over aanrandingen op eenzame wegen, ik bedoel, je moet de gevaren niet opzoeken.'

Tja. Nu kon ze twee dingen doen: haar vader inlichten over haar plannen óf daar nog even mee wachten. Ze weifelde. Doen? Niet?

Ze besloot tot het laatste. Eerst de zaak uitgebreider met Fokke doornemen. De zaak? Alwéér dat woord.

Ze grinnikte in zichzelf. Want dat het om een uitgemaakte zaak ging, nou nee, dat nog niet. Was het trouwens maar zo ver. Overmorgen zou ze Fokke hier weer zien. Dan konden ze er met z'n beidjes over praten. Over haar zaak!

'Ik had zelf die personeelsvergadering voorgesteld,' zei ze opeens.

Pa Doornbos liet zijn krant zakken. 'Eh... jij?'

'Ja. We hebben het gehad over een eventuele fusie.'

'Tussen kleuter- en lagere school,' begreep hij. 'Dat zie jij wel zitten, stel ik me voor.'

'Nou ja, eigenlijk...'

'Dacht ik wel,' baste hij en hief zijn dagblad weer op.

Ze liepen samen in de donkere herfstavond over de dorpsstraat waaraan het schoolhuis stond. Het motregende en Regien school als het ware onder haar capuchon, alleen het puntje van haar neus was in het schemerdonker te zien. Fokke had zijn handen begraven in de zakken van zijn jack, maar die bleven daar niet lang. Meteen buiten het dorp graaide hij haar hand naar zich toe en liet die voorlopig niet meer los. 'Het is dat we nooit ergens echt met ons tweeën kunnen zijn,' mompelde hij, 'maar weer voor een lange loop is het echt niet.' Hij verhaastte zijn stap een beetje, hij vond het duidelijk maar niks. 'Bedrieglijke motregen,' foeterde hij verder, 'je wordt er nog natter van dan van een stortbui. Zullen we maar teruggaan?'

'Nog niet, ik wil je eerst nog wat vertellen.' Ze giechelde zachtjes en hield verder haar mond.

'Nou, kom op dan.' Echt hartelijk klonk het niet.

'Nieuwsgierig?' vroeg ze.

'Nee. Maar je wou wat vertellen.'

'Ik heb wel een ideetje,' probeerde ze zijn nieuwsgierigheid op te schroeven.

Hij liet haar hand los.

'Een middel om vaak gezellig met ons beidjes te zijn,' zei ze lief.

Meteen pakte hij haar hand weer. 'Vertel!'

Ze liet hem weten dat ze een advertentie onder ogen had gekregen, waarin kamers te huur werden aangeboden. In de stad, jazeker! En ze was er al wezen kijken ook. Leuk! Twee kamers op een bovenverdieping, een keukentje en een toiletruimte. Alles tot haar beschikking. Alleen was er geen wc, daarvoor moest ze de trap af. 'Maar ik heb nog niks vastgelegd, ik wilde het eerst met jou bespreken. Nou? Wat zeg je ervan?'

Vóór! Hartstikke vóór! Fokke sloeg zijn natte arm om haar heen en slingerde haar een slag in de rondte. Duidelijker kon hij het niet maken. 'Dan kunnen we eindelijk samen zijn!' Zijn stem sloeg er haast van over.

'Ho, ho, ik moet thuis eerst een weg effenen en dat kan weleens moeilijker gaan dan bij jou,' remde ze hem af. 'Maar ik vind het alvast fijn dat jij er positief over bent.'

'Positief? Ik ben gloeiend vóór!' meldde hij. 'Weet je wat? We gaan er zometeen direct tegenaan. Wanneer mag je je nieuwe woning betrekken?'

Ze lachte. Haar nieuwe woning, wat klonk dat leuk. 'Ik weet het nog niet. Is ook niet zo belangrijk. Het is nu zaak om thuis de hobbel te nemen.' Daar had je het weer: het woord zaak. Nu ze erop lette kwam ze het telkens tegen.

Het motten was overgegaan in een volwaardige regen. Ze merkten het niet op hun terugweg, Fokke hield zijn arm om haar schouder, dwars door de natte stralen van de straatlantaarns heen.

Thuis had ze bij de voordeur nog een waarschuwing voor hem: 'Je laat mij het woord doen, hè, het gaat jou pas in tweede instantie aan, nee, niet echt natuurlijk, maar zo moet je het maar presenteren.' Daar moest hij even flink op kauwen. 'O,' zei hij toen, 'nou ja, toe maar.'

Toen Regien die avond in haar bed lag had ze het gevoel een overwinninkje te hebben behaald. Maar een zwaarbevochten zege was het wel geweest. Pa had iets gebast over persoonlijke verantwoordelijkheid én over verbreken van banden. Ma had hem onmiddellijk gecorrigeerd met de opmerking dat er van welke verbreking dan ook geen sprake was, maar: 'Durf je dat aan, kind, zo helemaal alleen in dat huis?' Eigenlijk was dat ook een opmerking van niks, want beneden woonde de eigenaar met zijn vrouw. 'Altijd mensen in de buurt,' stelde Regien vast.

'Ja, Regien zal geen gevaar lopen,' mengde Fokke zich in het gesprek, 'bovendien loopt ze niet gauw in zeven sloten tegelijk.'

Hm, tja, alles goed en wel, maar... wie draaide er voor de kosten op? Het inrichten van een bovenverdieping was niet voor de poes.

Regien kreeg het gevoel dat haar ouders op zoek waren naar argumenten om haar alsnog van een verhuizing te weerhouden. 'Ikzelf natuurlijk,' zei ze wat korzelig.

'En ik wil bijspringen,' verkondigde Fokke met nadruk en een rood hoofd.

Regien stak een afwerende hand naar hem op. Ze voelde dat het probleem van haar ouders dieper zat. 'Jullie zien ertegen op je oudste op eigen wieken te laten gaan, is het niet zo?'

Stilte. Raak geschoten. 'Ja, kind,' zei toen haar moeder, 'ik... ik moet er eigenlijk niet aan denken...' Ze had van agitatie een kleurtje opgelopen.

Bij haar vader brak de lach opeens door. 'Je snapt zeker wel dat je ons hiermee opscheept met een lege-nest-syndroom, hè?'

'Ja, toe nou, hoe leeg wordt het hier als er één van de tien afzwaait? Je kunt hooguit zeggen dat er dan tien procent minder lawaai in huis is en zelfs dat is hoogst twijfelachtig!' repliceerde Regien.

Al met al had de discussie een uur in beslag genomen, berekende Regien onder haar dekbed. Maar de victorie was er!

Morgen direct erop af!

Toen ze goed en wel gesetteld was zaten Fokke en zij die zaterdagmiddag heerlijk vermoeid uit te blazen. Het was een leuk optrekje, vonden ze, er was ruimte, er waren voorzieningen en... er was sfeer. Regien had koffiegezet in haar eigen koffiepot, ze dronken uit haar eigen mokken en ze sneed koek met haar eigen keukenmes. Heerlijk gevoel.

'Straks nog even nagaan wat we nog niet hebben,' stelde Fokke voor. 'Even een lijstje maken.'

'We?' vroeg Regien spottend. 'Wie is de rechtmatige eigenares van alles hier in deze woning?'

'Is dit niet het Babel dat ik gebouwd heb?' bauwde Fokke haar na. 'Nee jongedame, zo kom je niet van mij af.' En hij greep haar weer vast. Dat kon gemakkelijk, de tweepersoonsbank leek ervoor gemaakt te zijn.

Regien maakte zich los om voor het raam de omgeving in ogenschouw te nemen. 'Ik denk dat het mij hier reusachtig goed gaat bevallen,' voorspelde ze. En: 'Een eigen home, zo gauw al, wie had dat kunnen denken? En raad eens wie zijn auto deze kant uit komt?'

Fokke stond al naast haar. 'Doe maar gauw open, ik ben benieuwd.'

Pa Doornbos parkeerde zijn Volkswagenbusje langs het trottoir en schoof een zijdeur open.

'Ja hoor!' riep Regien. 'De halve familie Doornbos. Als ik het niet dacht!'

De entree ging gepaard met lawaai. Het gekwetter begon al op de trap. Meteen was Regiens kamer vol. Bewonderende uitroepen, nieuwsgierige vragen en een jaloerse Martie die haar ouders verzocht ook zoiets voor haar te arrangeren.

Pa Doornbos verzocht zijn schare een ogenblik stil te zijn, hij wilde wat zeggen. 'Regien!' begon hij plechtig, met een nog zwaardere stem dan gewoonlijk, 'mede namens ma wil ik je van harte feliciteren met dit onderkomen. Je weet dat wij het er wat moeilijk...'

Was dat alles wat hij te zeggen had? En dan ook nog zo statig? Zijn publiek bracht het niet langer op stilte in acht te nemen, de kraan van het geluid werd zogezegd weer opengedraaid, de woning werd gekeurd, gewogen en niet te licht bevonden. In de slaapkamer wisselden haar ouders een snelle blik – er stond inderdaad gewoon een eenpersoonsbed.

Dat wel ja, maar toen het busje met luidruchtige inhoud weer huiswaarts koerste bleken twee personen er ook best op te kunnen zítten. Heerlijk dicht naast elkaar, met de armen om elkaar heen. Was er een betere manier om te rusten van de vermoeienissen van de verhuizing?

'Weet je,' mijmerde Fokke, 'ik vind dat we maar vaak samen naar het schoolhuis op bezoek moeten gaan, want ik mis hier één ding.'

Regien zat onmiddellijk rechtop met een groot vraagteken op haar gezicht.

'Kinderstemmen,' lichtte Fokke zijn uitspraak toe.

O, was dat het. Zo langzamerhand werd het het oude liedje: 'Bij jullie is er vertier en gezelligheid, ik heb dat mijn hele leven thuis ontbeerd. Regien, ik heb het je wel eerder gezegd: ik hou van kinderen!'

Tja, zij ook, ze had niet voor niks voor het onderwijs gekozen, maar: 'Ik heb het jou óók wel eerder gezegd, Fokke, zo'n huis vol kinderen als bij ons thuis, nee, dat spreekt mij niet aan. Om maar heel duidelijk te zijn: ik vind vier kinderen echt de limiet.'

Fokke keek voor zich.

'Ik zal het je maar eerlijk zeggen,' ging Regien verder, 'ik zou aan twee ook wel genoeg hebben.'

Fokke zat duimen te draaien.

'Als we getrouwd zijn zou ik zelfs de eerste jaren voor onszelf willen houden. Ik zou dan mooi mijn beroep kunnen blijven uitoefenen.' De klap op de vuurpijl!

Fokkes gezicht stond grimmig. Goed, haar wensen kwamen hem niet onbekend voor, maar zo duidelijk als nu was ze nog niet eerder geweest.

Ze zaten stilletjes naast elkaar op het bed in haar nieuwe huis, ieder met zijn eigen gedachten en gevoelens.

Jammer, dat het de eerste de beste dag zo gaat, dacht Regien. 'Wil je nog iets drinken?' probeerde ze zijn gedachten van richting te veranderen.

Nee, hij hoefde niets.

'Televisie heb ik nog niet,' zei ze, 'anders zou je misschien...'

O, jammer dan, maar zijn hoofd stond ook niet naar tv.

Ineens kwam ze overeind. 'Toevallig,' zei ze lief en een beetje kraaiend, 'kwam ik vanmiddag een Fries tijdschrift tegen met een artikel over de kaatssport. Mét foto's!'

'Héb je dat?' Op slag was zijn apathische houding verdwenen. 'Waar dan?'

Ze gaf hem een nummer van een kleurig magazine. 'Alsjeblieft,' zei ze tevreden.

Het volgende ogenblik zat hij er al in verdiept.

Goed dat ik het weet, dacht Regien.

De tijd vloog hun door de vingers. Allebei hadden ze het druk met hun werk, er waren tijden dat ze niet aan elkaar toekwamen. Fokke volgde opnieuw een avondcursus en moest daarvoor veel vrije tijd opofferen, Regien ging op in haar bezigheden op school en in het jeugdwerk waarvoor ze gevraagd was.

Intussen leefden ze steeds verder naar elkaar toe. Onverbrekelijk was hun band, beseften ze allebei. Het was gewoon goed tussen hen.

Ja, en toch kreeg Regien een steekje in haar hart elke keer als ze Simon zag.

Op een zomermiddag was ze weer eens op bezoek bij de familie Bouma. Ze zat in de woonkamer voor het raam en praatte wat met Fokkes moeder. Op tafel lag het album met de trouwfoto's van Arjen en Emine. Weer opengeslagen, want ma Sjoukje teerde nog altijd op de herinnering aan een prachtige dag. Ze vertelde er telkens opnieuw over, haar hart zat er dus vol van. 'Die trouwjurk stond haar toch zo mooi,' beklemtoonde ze voor de zoveelste keer, 'en wat hadden we een fijne kerkdienst.'

'Ja, nou en of!' stemde Regien met haar in, ook voor de zoveelste keer. Maar ze gunde haar aanstaande schoonmoeder het genoegen om die dag bij wijze van spreken opnieuw op tafel uit te spreiden. Napret mocht je haast wel zeggen, dacht Regien.

Ze mocht deze vrouw. Ja, en eigenlijk haar man ook wel. En Arjen dan? Ze had het gevoel dat hij haar wat op een afstand hield. Daar stond tegenover dat ze een heel goed contact had met Emine. Werkelijk een aardige meid, die ook wel wat met háár ophad, dat voelde ze. Emine was niet bepaald spraakzaam. Wel eerlijk en betrouwbaar. En wat haar uiterlijk aanging, nou, ze mocht niet mopperen, oordeelde Regien. Alleen zou ze zich wat smaakvoller mogen kleden. O, ze hoefde haar, Regien, maar één keer mee te vragen naar een modezaak in de stad en dan zou ze eens wat zien!

Gevoel voor humor had ze ook. Regien had al vaak gezien dat ze snel in de lach schoot bij een komische situatie, meestal al voordat de rest van het gezelschap de clou te pakken had.

Terwijl Regien even haar ogen liet dwalen over de zonovergoten tuin schrok ze. Simon fietste voor het raam langs. Een kleine kramp schoot door haar hart. Bah! Ze baalde van zichzelf. Raakte ze die jongen dan nooit kwijt?

Ma Sjoukje volgde haar blik en richtte zich weer naar Regien. 'Dat was Simon Kremer,' meldde ze, 'hij is ook bij het onderwijs. In Leeuwarden, geloof ik. Ken je hem?'

'Hij zat bij mij in de klas,' antwoordde ze.

'O, op die manier,' zei de vrouw die ze intussen ook ma mocht noemen. 'Woont hij hier nog altijd bij zijn moeder?'

Wat stom om dat te vragen! Regien verschoof onrustig op haar stoel en wou voor de zoveelste keer haar woorden wel terugfluiten.

'Ja, voor zover ik weet heeft hij nog geen ander adres,' was het rustige antwoord.

'En hij heeft ook geen meisje?'

Ja zeg, wat mankeerde haar? Was ze bezig te ontsporen? Het moest ook niet gekker worden!

'Ik dacht het niet. 's Zondags komt hij altijd met zijn moeder en zijn zus naar de kerk. Hij doet trouwens ook mee met het kerkenwerk, ik geloof dat hij vrij veel bezig is voor de jeugd.'

'O, juist,' zei Regien zo neutraal mogelijk. In stilte las ze zichzelf de les en niet zuinig ook.

Wat was dat toch met haar? Wat wilde ze nu eigenlijk? Ze legde zichzelf op eerst na te denken voor ze wat zei.

Had Fokkes moeder iets aan haar gemerkt? Gelukkig niet, de vrouw stond rustig op om opnieuw de theepot te hanteren. Terwijl ze inschonk, zei ze: 'Hij is een schaakvriend van Fokke, zodoende ken ik hem. Goede jongen.'

'Jazeker,' zei Regien wat mat.

'Arjen mag hem trouwens ook graag. Arjen en hij zitten samen in het jeugdwerk en ik mag wel zeggen: ze verstaan elkaar heel goed!'

Daar heeft Fokke het nooit over gehad, dacht Regien. Hé, wat vreemd eigenlijk: twee broers die niets met elkaar hebben kennen allebei iemand met wie ze graag samenwerken, en dan gaat het om dezelfde persoon. Nou, dat kan nog ingewikkeld worden!

Een merkwaardig idee ontspon zich opeens onder haar schedel. Wat had zij zich voorgenomen? Jawel, het zo veel mogelijk op één spoor brengen van de beide broers.

En wie zou haar daar beter bij kunnen helpen dan Simon Kremer? Een uitstekende bemiddelaar, vast en zeker!

Stop, stop! gilde ze zich meteen daarop in stilte toe. Als je met alle geweld een zaak gecompliceerd wilt maken, dan moet je maar mooi zo door redeneren. Regien, hou jezelf in de gaten!

'Kijk, daar zit hij.' Ma Bouma wees met een wat knokige vinger naar een foto in het album. 'Hij is de hele avond gebleven. Ik zei toch al dat Arjen en hij erg op elkaar gesteld zijn?'

Regien wist het, hij was immers een praatje met haar komen maken? Vriendelijk en voorkomend zoals altijd. Aan zijn ogen meende ze te kunnen zien dat hij speciale gevoelens voor haar had. Zij op haar beurt had ook welwillend geantwoord op zijn vragen, maar had algauw haar plaats naast Fokke weer opgezocht.

'Kijk, hier staat hij weer,' hield haar gastvrouw aan, 'en daar babbelt hij met Arjen zelf. Ja, ik zei al: die twee kunnen geweldig goed met elkaar opschieten.'

Van Regien mocht ze nu uitgepraat zijn over dit onderwerp. Ze probeerde het gesprek op de gebruikelijke koetjes en kalfjes te brengen en daarin ging ma Bouma goedmoedig mee.

Intussen nam Regien zich voor om voortaan als het éven kon Simon buiten de conversatie te houden. Zijzelf zou er in elk geval nooit aanleiding toe moeten geven. Ze had iets waar ze wél over wilde praten, beter gezegd: iemand. Fokke. Over hem kreeg ze nooit genoeg te horen. 'Kunt u zich herinneren hoe Fokke was als kleuter?' stelde ze haar thema aan de orde. Moeder Sjoukje glimlachte fijntjes. 'Daar ben je benieuwd naar, dat begrijp ik. Nou, Regien, van mij krijg je over Fokke een vooringenomen oordeel te horen want ik ben nu eenmaal zijn moeder. Dat wil niet zeggen dat ik de minder mooie kanten van zijn persoonlijkheid niet wil zien, ik probeer altijd zo eerlijk mogelijk mijn conclusies te trekken. Ho, kijk niet opeens zo ongerust want dat hoeft helemaal niet.' 'O, keek ik bezorgd?' Regien trok meteen een milde lach over haar gezicht. 'Fokke was een lieve baby, we genoten dus erg van hem. Ook toen hij opgroeide veroorzaakte hij bijna nooit narigheid. Alleen als peuter en later als kleuter kon hij weleens wat dwars wezen. Dan wilde hij bijvoorbeeld per se zelf zijn sokjes aantrekken en hoogstpersoonlijk zijn bordje leegmaken.' 'Dat verbaast me niks,' zei Regien, 'ik geloof dat ik die trekjes soms herken.' 'Het opvallende was dat die koppigheid weer overging toen hij zover was dat we konden communiceren,' ging de moeder verder. 'Feitelijk heeft hij die eigenzinnige buien nooit meer gehad. En nog steeds kunnen hij en ik goed met elkaar praten.' Ze raakte zowaar wat aangedaan, het was aan haar stem te horen.

Je bent een lieve vrouw, dacht Regien, en een lieve moeder ook. Nu niet meteen over zijn verhouding met Arjen beginnen, bedacht ze verder, laat haar rustig doorvertellen. 'Was Fokke misschien als puber opnieuw wat lastig?' hielp ze haar aanstaande schoonmoeder weer op het spoor. 'Niet bijzonder. Zoals bij ieder kind van die leeftijd kraakte het weleens tussen hem en zijn ouders. Maar dat is een periode die bij de meesten voorbijgaat. Dat was bij hem ook het geval.' 'Het lijkt me dat u het wel prettig vindt mij iets over Fokke te vertellen,' zei Regien met een lach. 'Dat is dan wederzijds: ik vind het fijn om u aan te horen.'

Moeder Sjoukjes reactie was een dankbare trek op haar gezicht.

'Maar u had het ook over zijn minder mooie kanten,' zei Regien. 'Geen mens is helemaal goed of helemaal slecht,' stelde haar gastvrouw vast. 'Zo heeft Fokke ook wel iets dat ik graag anders wilde zien. Ik vind hem namelijk wat té achterdochtig. Soms denk ik: jongen, scherm je toch niet zo af, de meeste mensen bedoelen het goed met je. Maar nee, hij wil eerst precies weten wat hij aan de mensen heeft voordat hij hun zijn vertrouwen schenkt. Ik heb weleens tegen hem gezegd: je maakt het er jezelf maar moeilijk mee. Ben je zo bang dat je bedrogen uit zult komen? Nou, je loopt hoogstens een keertje met je neus tegen de muur en dat was dan dát.'

Het klonk Regien geloofwaardig in de oren, ze herkende wel wat. 'Ja ja,' zei ze, 'ik had geloof ik al zoiets ontdekt.'

Er viel een rustige stilte. Beide vrouwen overdachten wat er besproken was. Af en toe keken ze elkaar aan op een manier van: wij kunnen deze dingen rustig tegen elkaar zeggen, want we hebben allebei het beste met hem voor, sterker nog, we houden van hem.

'Er is nog één ding,' vatte moeder Sjoukje de draad weer op. 'Fokke heeft een trekje dat je best een zwak punt van hem mag noemen.'

Regien schoot overeind. Met grote vraagogen keek ze naar de vrouw die nu wat nerveus denkbeeldige rimpels in het tafelkleed wegstreek en een tijdlang wachtte met haar verduidelijking. Regien zat kaarsrecht op haar stoel.

'Het is namelijk zo: als Fokke echt hard op zijn ziel getrapt wordt, wil hij van de dader niks meer weten. Hij sluit zich voor hem af, en daar hoef je dan ook niet tussen te komen. Bovendien heb ik weleens het gevoel dat hij het litteken dat door de dader veroorzaakt is, koestert. Dat is geen mooi trekje, Regien, maar ik vind wel dat jij dat moet weten.'

Het was eruit. Een zucht sloot als het ware de laatste ontboezeming af. Regien zat een tijdje voor zich uit te staren.

'Heb ik je laten schrikken?' De ongerustheid die sprak uit de manier waarop ze het zei was onmiskenbaar.

'U bent eerlijk geweest. Maar... het meeste wat u verteld hebt wist ik al zo'n beetje. En... u hebt laten merken dat u heel veel van Fokke houdt.' Regien lachte plotseling geheimzinnig. 'Weet u wat ik al die tijd zat te denken? Dit: dat wij op dat punt sterk op elkaar lijken!' Inderdaad, dacht Regien, er is een grote samenhang tussen ons. En ik mág haar.

Waarom zat ze nu zwijgend naar het tafelblad te turen? Moest er nóg iets komen?

'Nu moet je niet menen, Regien...'

'Dat meen ik ook niet, ma.'

'Wat?' vroeg de vrouw verwonderd en tegelijk voldaan.

'Dat de afstand tussen de beide broers de schuld van Fokke is, want dat ís niet zo. Die jongens liggen elkaar niet, ze kunnen soms niet samen door één deur, maar daar is geen schuldige voor aan te wijzen.' Regien praatte even heel beslist.

Een bewonderende blik was haar beloning. En toen: 'Zo is het, meisje, zo is het.'

9

'ONS GEZIN IS DE LAATSTE JAREN BEHOORLIJK GEPLUNDERD,' STELDE VA-
der Bouma op een dag in 1981 vast. 'Ga maar na, Arjen is al een hele
tijd getrouwd, Ingrid nu ook al een jaar en Jantina..., nou ja, die is dan
wel niet naar het stadhuis geweest, maar ze woont wel samen.' Het laatste kwam er wat laatdunkend uit, hij was het er nog steeds niet mee
eens dat zijn dochter 'hokte' met die Henk de Groot. Toegegeven, het
was een beste kerel en op zijn werk als politieman maakte hij zich meer
dan waar, maar ergens bleef het toch wringen bij de Bouma's.
'Jullie moeten daar niet zo mee zitten,' vond Fokke, 'er zijn tegenwoordig veel stellen die het huwelijk wat uitstellen. Ze redeneren op
een manier van: eerst maar eens zien of het lukt met ons tweeën en als
dat niet het geval is gaan we gewoon uit elkaar, geen probleem.'
'Of lopen Regien en jij ook met zulke ideeën rond?' vroeg ma Bouma
geschrokken. 'Nee toch, zullen we hopen?'
Daar moest Fokke hartelijk om lachen. 'Met mij en Regien zit het uitstekend!' liet hij luid en duidelijk weten. 'Nee, wees maar niet ongerust,
wij gaan niet eerst een tijdlang samenwonen. Trouwens,' vervolgde hij
een toontje lager, 'wat Ingrid betreft, ik vind dat juist zij haar trouwe-
rij beter een jaar of wat had kunnen uitstellen. Het gaat immers niet
goed tussen haar en Harry.'
Dat was zo. Het ging het echtpaar Bouma senior aan het hart om te
ervaren dat er tussen hun dochter Ingrid en haar man een afstand
gegroeid was. Ze waren om zo te zeggen stilletjes uit elkaar gedreven,
ze verstonden elkaar niet meer. Hielden ze nog wel van elkaar? Dat was
nog maar de vraag.
'Dat is helemaal geen vraag,' oordeelde Fokke, 'de liefde is daar op zijn
zachtst gezegd sterk bekoeld.'
Zijn ouders zuchtten maar weer eens. 'Arjen is al een keer of wat met
die twee wezen praten,' zei ma treurig, 'maar ik geloof niet...' Ze maakte haar zin niet af, de bedoeling was zo ook wel duidelijk. Toen: 'Doe
jij je best daar weleens voor, Fokke?'
Fokke keek bedenkelijk. 'Ingrid en ik zijn nooit maatjes geweest, dat
weten jullie wel, hè? Ik voel me dus ook niet de aangewezen persoon

om daar te bemiddelen. Maar misschien wil Harry...' Hij onderbrak zichzelf want hij kreeg opeens een beter idee. Veel beter! 'Regien!' riep hij, 'zij zou het kunnen! Als er iemand kan bemiddelen is zij het wel!' Een doorbraak, oordeelde hij bij zichzelf. Zijn gezicht straalde op slag enthousiasme uit. 'Als jullie dat zouden willen?' zei ma hoopvol.

Vrij kort na hun huwelijk was de verhouding tussen Harry en Ingrid alsmaar stroever geworden, terwijl de banden tussen Fokke en Regien steeds sterker werden. Op aandringen van Regien waren zij en Fokke nogal eens een praatje komen maken bij het stel, maar hun peptalk had niet veel opgeleverd. Hadden ze met z'n beiden geen goede raad kunnen geven? Of was hun inspanning boter aan de galg gesmeerd?

Het kon natuurlijk zijn, bedacht Regien, dat vooral Ingrid met een vooringenomen instelling meedeed aan de gesprekken. Iets van: wie denken jullie wel dat je bent en wat weten jullie van getrouwd-zijn af? Weten jullie in feite wél of je bij elkaar past? Het huwelijk is meer dan het samen delen van een bed!

Die gedachten waren nooit uitgesproken, dat niet, maar soms verried de lichaamstaal van Ingrid ze toch.

Nou, Fokke was van mening dat er bij hen tweeën geen sprake was van twijfel over het bij elkaar passen. Hij en Regien waren steeds inniger geworden, bij hem leefde geen enkele onzekerheid op dat punt.

Hij was dan ook vaak te vinden op het adres van Regien en zijn stoel bij zijn ouders bleef dikwijls leeg. Bovendien werd het nogal eens laat voor hij zijn brommer stalde in de schuur van het aannemersbedrijf.

Vader en moeder Bouma achtten het niet nodig hem van zijn nachtelijke tochten te weerhouden – hij had zijn leeftijd.

Op een zaterdagavond was het weer laat geworden op Regiens kamer. Toen dan toch het moment was aangebroken dat Fokke niet meer met goed fatsoen buiten zijn bromfiets kon starten en hij zoals wel vaker om die herrie te vermijden een paar straten gewoon de trappers benutte, kwam hij na een innig afscheid bij de deur tot een voor hem aardige ontdekking.

'Het regent!' constateerde hij fluisterend.

'Je regenpak maar aan,' zei Regien zachtjes terug.

'Het regent hard!' hield Fokke aan. Hij liet zijn ogen dwalen langs de nachtelijke hemel en voorspelde dat het over een kwartier ging gieten!

'Wat nu?'

Dat wist zij zo gauw ook niet. Daar kon je trouwens lang over staan nadenken, maar dan werd je net zo goed nat.

Binnen verder prakkiseren over een oplossing?

'Een heel goed idee!' oordeelde Fokke gretig.

Eenmaal hoog en droog op de tweepersoonsbank wist Fokke de enige juiste oplossing. 'Ik zal hier moeten overnachten, er zit niets anders op.'

Regien werd er haast verlegen onder. 'Eh... hoe dan? Ik heb geen logeerbed. Wacht,' liet ze erop volgen, 'als jij nou eens deze bank nam...'

Fokke had iets leukers voor ogen, maar: 'Dat zou ik kunnen proberen, hè?'

Hij ging alvast oefenen. Met zijn hoofd tegen de ene armsteun en zijn voeten over de andere. 'Ik weet niet... of dit wat wordt?'

Regien vond dat het best een poging waard was. 'Kom op, joh, boven-kleren uit, bril af en slapen jij!'

Na wat gescharrel in de toiletruimte en een dikke nachtzoen verdween ze naar de slaapkamer. Daar lag ze in bed een beetje te lachen en een weddenschap met zichzelf af te sluiten.

Ze won.

Want wie kwam daar na een kwartiertje met zijn hoofd om de hoek van haar kamerdeur? 'Het wordt helemaal niks op die stomme bank, Regien!'

'Kom hier maar zitten, zet die stoel maar naast mijn bed,' giechelde ze.

Niks stoel. Fokke schoof haar dekbed opzij en ging op de rand van het bed zitten.

'Nou ja zeg!' zei ze met gespeelde verontwaardiging. 'Wat zullen we nou hebben?' Maar ze schoof wel een eindje op. En Fokke zag daarin een invitatie, die hij grif accepteerde.

Met het slapen werd het op zo'n manier ook niet veel. Pas een uur of misschien wel anderhalf uur later sukkelden ze allebei weg. Twee per-sonen op een eenpersoonsbed...

Een week of wat daarna stonden er in Regiens slaapkamer twéé eenpersoonsbedden. Dicht tegen elkaar aan.

Weer een week later werd er op de deur van Regiens schoollokaal geklopt. Het was Fokke. Ze zag meteen dat er iets wás. 'Fokke,' zei ze gedempt, 'er ís iets, vertel het me.' Ze stonden samen op de gang. Vanuit andere lokalen kwamen de vertrouwde geluiden van docerende leerkrachten en gegons van kinderstemmen. 'Het is... met mijn vader... niet zo goed,' hakkelde Fokke, 'hij is plotseling onwel geworden en...' 'O, nee toch, hè? O, wat vreselijk...' Regien had even geen woorden meer. 'Is het echt?' vroeg ze nog totaal overbodig. 'Ja,' zei hij, 'het is zo. Mijn vader... is er niet meer.' Ze kneep in zijn arm. Meer kon niet hier en nu. Maar hij voelde haar nabijheid. Hij ervoer het als een warm geluk, hoe ellendig de situatie ook was. Ze stonden een tijdje stil naast elkaar.

In haar klas werd het rumoerig, sommige kinderen schreeuwden zelfs. Regien reageerde er niet op. 'Je moet maar naar huis gaan,' stelde ze ten slotte voor, 'ik kan nu niet mee, maar zo gauw ik de gelegenheid krijg...' 'Die gelegenheid is er nú.' Dat was de basstem van Beintema, die op het lawaai van haar klas was afgekomen en die naderbij komend de situatie had ingeschat en meteen zijn conclusies trok. Hij gaf Regien een hand, condoleerde haar en legde vertrouwelijk een hand op haar arm. 'Fokke is de naam, hè? Jij ook mijn hartelijke deelneming, ik wens jullie allebei veel sterkte toe. Regien, jij mag wel gaan, ik neem de zorg voor je klas op me. Bel je me vanmiddag even?'

Toen ze de school verlieten nam Fokke zijn bril af en stopte hem in zijn borstzakje. Regien zag zijn ogen en pakte zijn hand. Zo liepen ze het schoolplein af. Bij het hek zei Fokke schor: 'Het klinkt misschien gek, Regien, maar ik word opeens blij vanbinnen en dat komt door jou.' Toen snoot hij zijn neus en ging ook snel even met de zakdoek langs zijn ogen.

In de dagen die erop volgden hield een bepaalde vraag Regien sterk bezig. Deze: zou het gezamenlijk verdriet de beide broers bij elkaar kunnen brengen? Zou de scheidslijn in dat gezin niet kunnen vervagen? Ze lette er scherp op. Ze woog als het ware de woorden van het gezin Bouma op haar hand en zocht naar de achtergrond ervan.

Het opmerkelijke was dat niemand zijn of haar verdriet toonde, behalve ma. Die was ontroostbaar en leed veelal in stilte. De slag had haar duidelijk merkbaar gebroken.

De volgende avond zaten Regien en Harry enveloppen voor de rouwkaarten te schrijven. Weer zoiets vreemds: tussen hen beiden was er een goed contact. Voelden ze allebei aan dat er hier iets scheefliep? Scheef? Maar wat dan? Deed Fokke iets verkeerd? Nee, absoluut niet, hij was alleen maar somber en stil. Juist, maar dat waren de anderen ook. Nee, het ging om iets ongrijpbaars, iets dat je alleen maar aan kon voelen; als je daar tenminste gevoel voor had. En wie hadden dat? Dat wist Regien, het waren Harry en zijzelf. En Emine, ja, die ook.

De klokken luidden droevig, de mensen achter de baar zwegen. Het was een lange stoet, vader Bouma was een geziene man in het dorp. Zijn kwaliteiten werden dan ook geroemd, bij het rouwbeklag, in de kerkdienst en naderhand in het verenigingsgebouw.

Arjen sprak als oudste zoon een dankwoord. Hij deed dat goed, maar Regien vond er te weinig emotie in. Het ging toch om zijn váder, die in het graf werd gelegd?

Thuis was de stilte hoorbaar. Pa Bouma's stoel bleef akelig leeg en ma zat als een ziek vogeltje naast het bijzettafeltje met de bloeiende hortensia die ze een week geleden nog met zorg omringd had en die nu verpieterde.

Regien bespeurde voor de zoveelste keer het bijzondere van dit samenzijn: haar kinderen waren stuk voor stuk buitengewoon aardig voor hun moeder. Ze werd voortdurend troostend toegesproken, ze werd omgeven door zorg en liefde en haar werd beloofd dat ze de komende tijd veel, heel veel bezoek zou krijgen. 'Ma, je kunt op ons rekenen!

Precies zoals pa het gewild zou hebben!'
Ja, dacht Regien, dat zijn goede woorden. Het opmerkelijke is alleen dat ze allemaal voor zichzelf spreken. Tegen elkaar praten ze praktisch niet. O ja, Arjen en Ingrid wisselen weleens een woordje en zo is het ook met Fokke en Jantina, maar waar blijkt verder de onderlinge band uit? Is dan zelfs het overlijden van hun vader niet bij machte de jarenlange kloof te dichten?
Regien zou willen opstaan en aandacht vragen voor haar gedachten over deze zaak.
Maar nee, niet doen, vooral niet nu. De situatie was er niet naar. Het zou tot een grote beroering kunnen leiden.
Ze stond op en ging naast Emine zitten. 'Mis je hier ook wat, Emine?' vroeg ze fluisterend.
'Ja,' knikte Emine.

Er kwam een tijd dat Fokke elke zaterdag na het kaatsen zijn weekendtas pakte en op zijn brommer naar de stad reed om het weekend bij Regien door te brengen.
Ze hadden het goed samen en de tijd vloog meestal om. Voor ze het wisten was het weer maandagmorgen en dan scheidden hun wegen zich weer – Fokke koerste richting bank en Regien ging schoolwaarts. Een heerlijke tijd was weer voorbij.
Ze bespraken veel dingen samen. Ook de onderlinge verhoudingen tussen de broers en zussen Bouma was een vaak terugkerend onderwerp. Elke keer weer wees Regien Fokke erop dat het leven nóg fijner kon worden. Wilde hij daar eens wat aan doen? Het zou in elk geval het proberen waard zijn.
Tja. Hij wilde er best eens over nadenken. 'Je hebt gelijk, Regien, alleen... het lijkt me een lastig karwei om recht te buigen wat in jaren kromgegroeid is. Denk je daar niet te licht over?'
Regien zuchtte.
'En op wie haar lijf is de bemiddelaarsrol geschreven?' ging hij verder.
Tja, makkelijk gezegd, vond Regien. Maar: 'Ik ga met Emine praten,' zei ze opeens.

Op een keer kwam Fokke een dag eerder naar Regien toe, op vrijdagmiddag dus. Welgemoed verliet hij 'zijn' bank en meldde zich volgens afspraak bij zijn meisje, voor wie hij intussen allang andere namen had bedacht, zoals 'mijn Regientje, mijn vrouw, lief wijfie, mijn juffie, mijn kameraad' – koosnaampjes te over.

Ze had de koffie klaar en vroeg hem ondeugend of hij misschien de volgende dag terug naar zijn dorp moest voor het kaatsen. Hij antwoordde dat hij heel andere plannen had, maar dat hij niet wilde zeggen welke.

Dat nu was onbestaanbaar. Regien kon er gewoon niet tegen dat nieuwtjes voor haar verborgen bleven. En dat geheimzinnige lachje van Fokke veroorzaakte een licht fronsje bij haar.

'Wil je ook koek?' vroeg ze terwijl ze koffie voor hem neerzette. En: 'Wat hou je voor mij geheim?' Dat waren twee vragen, de ene van wat meer gewicht dan de andere.

'Ja, ik heb wel zin in koek,' antwoordde hij olijk.

'Doe niet zo flauw,' zei ze wat geërgerd. Haar bewegingen werden kortaf.

Fokke begreep dat hij me iets moest vertellen. Na een paar slokken uit zijn mok onthulde hij vrolijk zijn plan. 'Nu moet mijn Regientje eens goed luisteren. We gaan straks samen lopend de stad in en dan komen we rijdend terug. Lijkt je dat wat?'

'Rijdend? Hoe bedoel je? Wees eens duidelijk!' verzocht ze stijfjes.

Hij grinnikte weer. 'Waar kun je zoal in rijden?'

Nee toch? dacht Regien. Hij zal toch geen auto hebben gekocht? Ze keek hem verschrikt aan.

'Je vindt hem vast leuk,' stelde hij vast. 'Hij is donkergroen, glanst prachtig, is een jaar of vijf oud en weet niet wat slurpen is.' Hij keek haar verheerlijkt aan.

'En dat gaat allemaal buiten mij om?' Regiens gezicht verstrakte.

'Een verrassing!' riep hij, nog steeds monter.

'Een auto,' zei ze vlak.

'Ja, en een leuke ook. Je vraagt niet eens naar het merk.'

'O ja, welk merk?' vroeg ze braaf, maar er kon geen lachje af.

'Ben je er eigenlijk wel blij mee?' Zijn lach was nu ook verdwenen.

'Och, jawel,' aarzelde ze.

'Maar?' drong hij aan.

Ze wachtte even met een reactie. 'Weet je,' zei ze toen, 'als het om grote aankopen voor ons samen gaat wil ik daar ook graag een stem in hebben.'

Zijn mond was ineens een streep. 'Een verrássing!' herhaalde hij met nadruk. Regien had liever gehad dat ze op de 'verrassing' voorbereid was geweest en dat liet ze hem ook weten. Maar goed, ze ging wel mee. Nu direct maar? Samen liepen ze naar de dealer en gaandeweg kreeg Fokke zijn vrolijkheid terug. 'Samen lekker tochtjes maken, af en toe een terrasje pikken en dan weer naar huis. Begin je het al een leuk idee te vinden? En weet je nu al welk merk het is?' Hij glom alweer.

'Ford,' gokte Regien. 'Of Renault. Vind ik ook leuk. Peugeot trouwens ook.' Echt geïnteresseerd klonk het niet.

'Volkswagen!' Fokke keek haar hoopvol aan. 'Nou?'

'O, vw, ook wel geinig,' was haar bescheid. Weer wat onderkoeld.

'Een kevertje. Kunnen we leuk dicht naast elkaar zitten. Heb je trouwens je rijbewijs bij je?'

'Nee, hoe zou ik! Nergens op gerekend, hè!'

Het wagentje stond hen al glimmend op te wachten. Na de overdracht van de papieren zei Fokke tegen de garagehouder: 'De eerste rit is voor mijn vrouw en mij samen,' en keek daarbij verheerlijkt naar Regien. Ze hoorde het en dat was ook de bedoeling. Eindelijk! Fokke zag een glimlachje om haar mond verschijnen.

Het werd een heerlijk tochtje. Het wagentje bromde inderdaad genoeglijk, de buitenweggetjes die Fokke koos leidden tot prachtig bochtenwerk en eerlijk is eerlijk, Regien zat met genoegen naast haar chauffeur.

'Nu jij een eindje aan het stuur?' bood Fokke ruimhartig aan.

Dat wilde ze niet. 'Rijd jij maar. Ik zie dat je het graag doet,' zei ze, bijna weer op haar gewone toon.

Hij knikte dankbaar.

Het was vreemd. Die avond bleef Fokke opgewekt en blij en merkte niet dat zijn Regien stilletjes was. Of deed hij maar alsof? Regien kon er even geen vat op krijgen. Af en toe stelde ze wel pogingen in het werk om eveneens opgewekt over te komen, ze plooide haar gezicht heus wel tot een lach, maar echte blijheid kreeg geen voet aan de grond bij haar. Wat was dat toch? Zat ze er zó mee dat hij op eigen houtje een auto voor hen beiden had gekocht?

Stel je niet aan! hield ze zichzelf voor, zie je dan niet dat die jongen verschrikkelijk wijs is met zijn vw? Wees blij met de blijden, en kom hem wat tegemoet.

Het lukte niet. Ook niet toen het bedtijd werd. Fokke was de eerste die aanstalten maakte voor de nacht.

'Mijn tandenborstel vergeten!' galmde hij vanuit de toiletruimte.

Ze stak haar hoofd om de hoek van de deur en zei dat hij die van haar maar moest nemen.

Daar stond hij. Kant en klaar in pyjama, met nog altijd vrolijke ogen. Nou, nou...

Eenmaal in bed – jawel: in één bed – trok hij haar stevig naar zich toe en hield haar vast zoals een roofdier zich zijn prooi niet laat ontnemen en kuste haar hartstochtelijk.

Regien liet het over zich komen, maar had geen zin in ultieme intimiteiten. Ze hield de boot dan ook af en stelde hem omzichtig voor zijn eigen ledikant op te gaan zoeken. Dat vond hij een kostelijke grap, hij moest er tenminste hartelijk om lachen. Zijn sterke armen maakten duidelijk dat hij wat anders van plan was.

Goed, goed, toe dan maar. Ze liet hem begaan en wilde dat het maar gauw afgelopen was. Intussen vroeg ze zich af of ze dit gevoel weleens eerder had gehad. Nee...

Toen ze beide bedden benutten en elkaar welterusten hadden gekust duurde het maar een paar minuten voor ze zijn ademhaling dieper hoorde worden. Ze lag er een tijdje naar te luisteren, ging op haar zij liggen en probeerde een rem op haar gedachten te zetten – ze wilde slapen, net zo diep als hij op dit ogenblik. Mooi niet, haar denken werd alleen maar wilder en verliep hoogst ongeordend. Ze wentelde zich op haar andere zij en ontwaarde in het vale licht van het nachtlampje een blonde kruin die boven het dekbed uitkwam. De heuvel daaronder moest haar man voorstellen. Haar man! Wat zei hij ook alweer tegen die garagehouder? 'Het eerste ritje is voor mijn vrouw.' Jawel, mijn vrouw! Lag er niet wat hebberigs in die uitspraak? En had hij verder de hele avond niet iets arrogants? Tot en met het doorzetten van zijn bedoeling daarnet?

Wacht eens even, trachtte ze haar gedachten op een ander spoor te zetten, als je je zo op ligt te winden komt er van slapen niets terecht. Weet je wat je moet doen? Je nergens iets van aantrekken. Zoals je man, naast je, die de slaap des rechtvaardigen slaapt, ja precies, zoiets! Rechtvaardig? Is hij dat werkelijk? Ze zocht naar een antwoord en vond het niet.

Eindelijk, pas na zo'n anderhalf uur, werden haar denkbeelden wazig en sluimerde ze in.

De volgende morgen was Fokke al vroeg in touw voor het ontbijt. Hij had heerlijk geslapen en wilde Regien verrassen door haar straks wakker te kussen en haar naar een gedekte tafel te loodsen. Het theewater op het gas neuriede al een liedje, de boterhammen lagen netjes in de broodmand, kortom, alles lag klaar voor een vrolijk ontbijt.

Regien was niet vrolijk. Met dikke ogen kwam ze aan tafel zitten en beantwoordde alleen maar vragen van Fokke. Zelf kwam ze niet met onderwerpen voor een gesprek aandragen. Ze at met lange tanden.

Fokke deed zijn best haar wat op te monteren, probeerde een grapje te lanceren, lachte daar zelf smakelijk om en zag een paar voorzichtig gekrulde lippen tegenover zich.

Goed, hij zou het anders inkleden. 'Ik ga je verwennen vandaag. Om te beginnen verbied ik je je met de afwas te bemoeien. Die neem ik helemaal alleen voor mijn rekening.'

Er kwam een scheve glimlach.

Met de vaatdoek losjes over zijn arm kwam hij even later naar haar toe. 'Ik heb een voorstel: wij stappen straks in de auto en we rijden naar Leeuwarden. Daar mag je drie uren lang winkelen. Misschien nog wel langer als...'

'Dat wil ik niet,' was haar korte reactie.

Hij werd er nijdig om en gooide de vaatdoek op het aanrecht. Alle blijmoedigheid was bij hem in één keer weg. 'Die vier woordjes,' zei hij, 'wat heb ik je die al vaak horen zeggen!'

'Dat-wil-ik-niet!' zei hij staccato, 'weet je waar ik daarbij aan moet denken? Aan een hakbijltje waarmee je de lijn van het overleg in tweeen slaat!' Binnen een seconde was het er weer. Zomaar opeens. Woest was ze. Het was alsof de woede door haar hele lichaam trok. Ze stond plotseling recht voor hem en riep: 'En nu eruit!' Haar gebiedende vinger liet niets aan duidelijkheid te wensen over, Hij snapte het niet. Eruit? Wie? Hij? Hij zag haar daar staan met vuurschietende ogen, rechtop als een kaars – de verpersoonlijking van de wrekende gerechtigheid.

Hij wilde haar sussen, deed een paar stappen naar haar toe, deed zijn mond open om iets kalmerends te zeggen.

Zij zag daar een bedreiging in. Ineens schoot haar hand uit. Haar klap raakte zijn wang en het volgende ogenblik zeilde zijn bril door het vertrek, sloeg tegen het aanrecht en viel daar op de grond.

Twee, drie tellen stond hij haar als versteend aan te kijken, totaal verbijsterd. Toen sloegen ook bij hem in één seconde de stoppen door. 'Ben jij hartstikke gek geworden? Wat mankeert jou?' schreeuwde hij hoog en fel.

Ze had haar handen voor de mond geslagen en bracht geen woord uit. Ze keek hem alleen maar aan als iemand die niet gelooft wat hij ziet. 'Goed!' gromde hij. 'Best! Ik moet eruit? Nou, dan gá ik eruit!' Meteen keerde hij zich om, liep naar de slaapkamer, graaide zijn spullen bij elkaar, smeet ze in de weekendtas, rende naar de kapstok, greep zijn jack en daarna de deurkruk.

Toen pas bewoog ze. Ze rende hem achterna en gilde: 'Fokke! Fokke! Niet weggaan! Blijf hier! Alsjeblieft, blijf bij mij! O, je kúnt helemaal niet weg, Fokke, je bloedt!'

In een haast automatische beweging haalde hij een zakdoek voor de dag en veegde langs zijn neus. Rood. Bloed! Hij stapte gedecideerd langs haar heen, vond zijn bril, zette die op. Paste niet meer. Helemaal scheef.

'Fokke! Ik zoek een pleister!' Regien kwam op hem af.
'Niet aan mij komen!' grauwde hij en verdween naar de gang. Een paar tellen later stampte hij de trap af. Gek genoeg laaide op dat moment haar woede weer op. 'Als je nu weggaat hoef je van mij...' De slag van de buitendeur overstemde de rest.

Met een van woede bevende hand zocht Fokke zijn contactsleutel, opende het portier en startte de auto. Hij meende nog iets te horen vanuit haar raam, weerhield zich ervan omhoog te kijken en stoof weg. Waarheen? Hij wist het zelf niet. In elk geval: wég!

Toen hij wat tot bedaren was gekomen ontdekte hij dat hij op de straatweg naar zijn dorp reed. Naar huis? Nee! Hij wilde nergens heen waar hij iets had uit te leggen. Naarmate de afstand tussen hem en de stad groter werd nam zijn snelheid af. Waar moest hij heen?

Hij koos ervoor voorlopig rechtdoor te rijden, zijn dorp in elk geval voorbij.

Toen pas drong het bizarre van de gebeurtenis tot hem door. Wat Regien daarnet gedaan had kón toch helemaal niet? Dat paste toch niet bij haar? Nee, maar ze deed het wél! Een raadsel.

Hoe was ze ertoe gekomen? Hé, wacht even, was ze gisteravond al niet wat stilletjes? Had ze geen zin in hun samenzijn gehad? Bijna niet te geloven, ze keek er immers altijd naar uit.

De auto! Zou dat het geweest zijn? Ook die mogelijkheid verwierp Fokke. Wie zou niet blij zijn met zo'n kostbaar bezit?

Hij kwam er niet uit en voelde daarom zijn boosheid weer groeien. 'En nu eruit!' bauwde hij haar na. 'Goed Regien, ik bén eruit en ga nu lekker een flink eind rijden. En je moet maar afwachten of ik wel weer terugkom!'

Hij keek in de binnenspiegel en zag gestold bloed aan de linker zijkant van zijn neus. Hij nam de bril uit zijn borstzakje en zette hem op. Geen gezicht. Meteen wist hij wat hij ging doen.

In Leeuwarden parkeerde hij de vw en ging op zoek naar een opticien. Die was gauw gevonden. Maar de zaak was potdicht. 'Een halfuur wachten,' mompelde hij, na de tabel met openingstijden geraadpleegd te hebben. 'Doen?'

Wat moest hij anders? Voorlopig had hij geen andere doelen.

Stipt om halftien stond hij er weer. Een jonge vrouw deed open en keek hem bevreemd aan. 'Ongelukje gehad?' vroeg ze lief. Hij deed iets wat het midden hield tussen knikken en schudden en constateerde tegelijkertijd dat haar stem op die van Regien leek.

Hij brabbelde iets van 'tegen een paal gelopen' en haalde zijn bril voor de dag.

'Ach, een paal,' zei de jonge vrouw. Ze schudde haast onmerkbaar haar hoofd, bekeek toen de bril. 'Verbogen,' stelde ze vast, 'niets gebroken. Ik denk dat ik er wel wat aan kan doen.'

'Gelukkig,' zei hij met een diepe zucht.

Ze keek hem opnieuw aan. 'Maar ik kan beter eerst ergens anders aan beginnen, lijkt me.'

Ze stapte klik-klak op hoge hakken weg en kwam terug met een verbanddoos. 'Je vindt het wel goed dat ik een pleister op de wond plak?' vroeg ze guitig lachend.

'Graag,' zei Fokke.

Ze deed het heel lief, vond hij. Kundig ook. Haar koele vingers beroerden zijn wang en neus.

'Dat doe je heel goed,' zei Fokke prijzend en realiseerde zich dat ze elkaar intussen waren gaan tutoyeren.

'Er lopen wel vaker mensen tegen lantaarnpalen,' giebelde ze, 'en als ze dan een bril ophebben, tja, dan heb je het gegooi in de glazen.'

Hield ze hem voor de mal? Had ze zijn smoesje door? Het mocht van hem. Hij vond het haast jammer dat de operatie afgelopen was. Wat een aardige meid!

Bij de deur trakteerde ze hem op een guitig knipoogje.

Terug in zijn auto zat hij een poosje in gedachten. Wat nu te doen? Niet naar zijn ouderlijk huis, dus, ook niet naar 'zijn' stad – te veel kans haar tegen het lijf te lopen. Wat dan wel?

Hij zette maar eens koers naar het westen. Zijn maag liet zich intussen voelen en hij stopte bij een restaurant. Zon en wolken deden een wedstrijd wie de sterkste was. De zon kreeg de overhand en dus nam Fokke plaats op het terras en bestelde een lunch. Hij merkte dat andere gasten naar hem keken met een blik van: wie zijn neus schendt... In de toiletruimte bevrijdde hij zich van zijn neusbandage en constateerde dat zijn bril weer aardig recht stond. Aardige meid, daar in die winkel van Leeuwarden. Zag er ook goed uit. En had de stem van Regien. Ach, Regien. Wat zou ze nu doen? Gek idee: ze zouden er samen een dagje op uit en nu zat hij in zijn uppie op een terras en wist niet waar hij naar toe moest.

Daar was natuurlijk wel een oplossing voor: gewoon teruggaan naar haar huis, samen de kwestie bespreken én een uitweg zoeken. Daarna alsnog samen de dag invullen. Makkelijk zat.

'Ja, goedemorgen,' mompelde Fokke in zichzelf, 'zo komt de dame niet weg. Eerst zomaar ergens laaiend om worden en dan op het moment dat ik haar zo'n beetje wil troosten me een oplawaai verkopen en mijn bril ook nog vernielen. Maar zo zijn we niet getrouwd.'

Getrouwd? Wie had het nog over trouwen? Hij deelde zichzelf mee dat er eerst maar eens goed gepraat moest worden, want ze moest niet menen dat hij zich zo liet behandelen. Nu niet en nooit niet!

Ergens voelde Fokke dat hij met die manier van denken op een verkeerd spoor zat. Hij wilde het zichzelf niet toegeven en voedde zijn gram nog wat meer. Wie dacht ze wel dat ze was? De heerseres van hen tweeën? De juf van de klas waarin hij toevallig ook zat? Ha, als hij het zich goed herinnerde had ze veel weg van die kleuterleidster die hem van zijn stoeltje had geslagen. Nee, Regien, je ziet mij voorlopig niet terug. In elk geval vandaag niet!

Dat bracht hem weer in de situatie zoals die was. Hij reed maar eens weg en stopte pas in Harlingen, waar hij best iets op het gebied van sightseeing kon ondernemen. Leuke stad, sfeervolle grachten, historische gebouwen en aardig wat volk op de been. In een café in de buurt van het monument van Tjerk Hiddes liet hij zich een maaltijd voorzetten. Hij at met smaak, dat wel, maar zijn gedachten begonnen hem te plagen. Wat was er gemakkelijker dan éven een telefoontje plegen naar Regien? Het zou immers voor een opluchting kunnen zorgen? Misschien zat ze er wel op te wachten, wie weet?

Maar ho even, kwam ze er dan niet te gemakkelijk mee weg? Om eerlijk te zijn had ze zich onbehoorlijk gedragen, nee, ze had zich zonder meer mísdragen. Zoiets als zij had gepresteerd dééd je toch niet? Ineens kreeg Fokke een inval. In de telefoonhoek van het café draaide hij inderdaad een nummer, maar niet dat van Regien.

'Met Simon Kremer,' kwam er van de andere kant.

'Ha, Simon, jou moest ik juist hebben,' zei Fokke, opgelucht dat hij zijn schaakvriend aan de lijn had. 'Ja, joh, ik zit met een probleem...' In het kort legde hij de situatie uit.

Simon luisterde bereidwillig en dacht na. 'Je wilt dus een paar dagen onderduiken, begrijp ik?'

'Ja, maar ik heb geen adres. Jij?'

Stilte. Toen, met een zucht: 'Jawel.'

'Waar?'

'Bij ons thuis. Maar dan niet incognito. Ik bedoel, je moet Regien er wel van op de hoogte brengen en je ouders trouwens net zo goed. Ik vind dat ze er recht op hebben te weten waar jij bent.'

'Pfff,' was de reactie van Fokke. 'Maar dan zit het er dik in dat je Regien aan de deur krijgt.'

'Dat moet dan maar,' zei Simon. Een tikkeltje kortaf, of verbeeldde Fokke zich dat? Intussen drong het besef bij hem door dat zijn maat de juiste oplossing had voorgesteld.

Hij stapte in zijn vw, reed regelrecht naar zijn woonplaats en stopte bij het huis waarin Simon woonde. Die stond hem in de voortuin al op te wachten, breeduit, met de handen in de zak en met een brede glimlach.

'Lekker wagentje, lijkt me. Kon je er wat mee overweg?'

Fokke vond het, de omstandigheden in aanmerking genomen, een warme begroeting. Hij putte zich uit in lofprijzingen voor zijn kever, maar kwam algauw terug in de werkelijkheid van de dag. 'Maar waar ik mee zit...'

'Wat vind je, eerst maar eens wat drinken en dan een flinke pot schaak?' onderbrak zijn vriend hem. 'Of proberen we eerst jouw auto even uit?'

'Een goed idee!' stemde Fokke met dit voorstel in.

10

LEEG! ZO KON REGIEN HAAR GEVOEL HET BEST OMSCHRIJVEN. EEN GROTE leegte. Net alsof er een gat in haar leven was geslagen. Maar dat was slechts het 'hoofdgevoel'. Bijkomende gedachten bestormden haar, onophoudelijk zelfs. En daarvan was één de belangrijkste: het zelfverwijt dat maar bleef knagen. Wat had ze in vredesnaam gedaan? Met welke bijl had ze de lijn van het overleg doorgehakt? O, o, had ze zich maar even ingehouden, al was het maar voor een paar seconden geweest. Dan zou er nooit zoiets ergs gebeurd zijn.

Ze haalde zich de situatie weer voor de geest: niet lekker geslapen, eigenlijk behoorlijk nijdig op Fokke die onuitstaanbaar vrolijk stond te wezen en die haar op de zenuwen werkte met zijn sloven en draven voor een feestelijke ontbijttafel, de aankoop van een auto die haar dwarszat en zijn aanhaligheid van de vorige avond. Was het een wonder dat ze van zijn opgewektheid niet gediend was?

Het was maar beter dat ze het gebeuren van de vroege morgen over haar schouder achter zich wierp, want als ze zich erin verdiepte voelde ze haar boosheid weer toenemen. Want zeg nou zelf, was het allemaal zó vreselijk dat hij als een woesteling de trap af moest denderen? Welja jongen, laat je meisje maar achter, waarom zou je je iets van haar aantrekken?

Ze snoot haar neus, voor de zoveelste keer, ze liep naar het raam – voor de tiende keer? Nee, nog altijd geen groene kever. Verschrikkelijk! Waar bleef hij nou?

Wat ze niet wilde gebeurde toch: de leegte overviel haar opnieuw als een stormvloed. Fokke! Waar ben je? Ik wíl niet zo lang op je wachten! Weet je wat? Ik ga even op bed liggen, een halfuurtje of zo. Daarna komt jouw hoofd om de hoek van mijn slaapkamerdeur. Goed hoor, Fokke, kom maar gauw bij me, ja, ga gerust naast me liggen en vertel me...

Ze vond zichzelf inderdaad terug op haar bed, maar hield het daar nog geen kwartier uit. Ik moet iemand bellen, dacht ze. Ja, maar wie? Moest ze zijn moeder vragen of Fokke misschien thuis was? Nee. Stel dat hij er niet was, het arme mens zou ontzettend ongerust worden. Maar wie dan wel? Jantina misschien? Of desnoods Ingrid? Ze zouden vragen: 'Weet je niet eens waar Fokke uithangt? En dat op zaterdag?'

De leegte was bedreigend. Diep vanbinnen wist Regien dat ze haar handen thuis had moeten houden. Wie deed nou zoiets! Moest ze werkelijk zo nodig van zich af slaan omdat hij iets opmerkte over het verbreken van het overleg? Nee...

Ze stond alweer voor het raam – zelfs de straat was leeg. Geen auto, geen brommer, geen mens. Natuurlijk, het was zaterdagmorgen, iederéén wilde uitslapen.

Het vloog haar naar de keel. Kon ze maar wat dóén. Wacht eens even, waar kon Fokke naartoe zijn gegaan? Niet naar familieleden, dat zou hij toch al nooit doen. Zijn kaatsvrienden! Maar nee, die kon ze toch moeilijk een voor een bellen met haar vraag? Trouwens, ze kende hen niet eens. Opeens wist ze het. Simon! Zijn vriend!

Op hetzelfde ogenblik drong het tot haar door dat ze dat niet durfde. Wat moest ze trouwens zeggen als hij daar níét was? Iets van: 'Simon, ik heb een probleem. Zou je mij willen helpen?'

Hij zou haar inderdaad alle hulp toezeggen, maar wat moest hij doen? Bovendien, zou hij het niet dwaas vinden dat ze hém belde? Ja, belachelijk. En het onderwerp van hun eventuele gesprek zou hij als absurd ervaren. Nog iets: ze wílde toch geen contact met Simon?

Het was alsof ze naar haar telefoon getrokken werd. Daar stond ze, met de hoorn al in de hand, een en al vertwijfeling.

Ze legde het ding er weer op, nam opeens een besluit, pakte haar boodschappenmand en ging de trap af. Buiten, in het voortuintje, stond haar hospita die haastig uit haar gebogen houding over de petunia's overeind kwam, haar onderzoekend aankeek en uitermate vriendelijk vroeg of ze goed geslapen had.

'O, jawel,' zei Regien en deed een paar stappen richting trottoir.

Maar de vrouw liet zich niet afschepen met zo'n kort bescheid.

'Ik verbeeldde me dat ik vanmorgen gestommel hoorde,' deelde ze mee en keek Regien vragend aan.

Dat stomme mens! 'Nee toch?' antwoordde Regien en probeerde te ontsnappen.

'En een auto die wegscheurde.' Haar gezicht liet duidelijk weten dat ze een verklaring verlangde, haar handen kwamen in de zij.

'Zo hoor je nog eens wat.' Een volkomen misplaatste opmerking, dat wist Regien zelf ook, maar intussen had ze wel de straat bereikt. Ze stapte stevig door, haar mandje schommelde in de maat. In de winkelstraat kwam ze even in een andere wereld. Welke boodschappen ging ze halen voor het weekend? Eens denken, groente, zuivel, koeken voor bij de koffie, vleeswaren. Ja, maar hoeveel van dat alles? Meteen was die leegte er weer. Alles voor één persoon! Vreselijk! En weer kwam dat zekere weten bij haar naar boven: het is allemaal mijn eigen schuld! Juist. En dat wílde ze niet. Waarom steeds maar denken dat het aan haar lag? Waar twee kijven hebben twee schuld, zei haar moeder altijd. Dus?

Het hielp niet. De weegschaal sloeg wat de schuldvraag betreft onbarmhartig door naar haar kant, een flink eind zelfs.

De juffrouw aan de kassa vroeg vriendelijk of ze zegels spaarde.

'Nee.' De rimpel boven haar neus onderstreepte Regiens bitse antwoord.

Gauw maar weer naar huis. Haar stappen waren minder ferm en het mandje hing nu stil. Bij haar woning stond nog altijd de hospita, nu in gesprek met een buurvrouw. Regien bleef een seconde staan. Kon ze langs een andere route haar doel bereiken? Nee. Een eindje omlopen nog? Was al te laat, ze was al gesignaleerd. Doorlopen dus. Op het tegelpaadje naar de voordeur werd ze staande gehouden. 'Zo, even boodschappen gedaan? Och ja, die moeten er ook zijn, is het niet zo?' Een zinnetje van niks van haar hospita, het mens was alleen maar nieuwsgierig. En uit de manier waarop de beide dames haar aankeken leidde Regien af dat ze het net over haar hadden. Vervelende wijven! 'Ja, een weekendvoorraadje inslaan, hè?' Meteen was ze bij de voordeur, waar ze niet omkeek.

Op haar kamer was het akelig leeg. De baan zonlicht die daarnet nog iets van vrolijkheid had trachten te brengen was weg. Somberheid alom.

Koffiezetten? Ha, dacht ze cynisch, voor wie dan? Ineens voelde ze pijnlijk het gemis van het genoeglijke koffie-uurtje van Fokke en haar samen. Ze dronk dus een glas cola en dwong zichzelf niet telkens naar het raam te lopen. Intussen voelde ze toch haar maag. Ze nam een stuk koek.

Lezen! Waar was eigenlijk haar boek? O, daar lag de krant. Het werd allemaal niks, haar gedachten zweefden van hot naar her. Wat kon het haar trouwens schelen dat er die middag een concert zou worden gegeven op een podium boven de gracht? Hoewel? Een beetje afleiding kon geen kwaad.

De telefoon! Ze vloog erheen en nam op. 'Met Regien!' riep ze schel. Haar hart bonsde.

'Ja, kind, ik ben het,' kwam de rustige stem van haar moeder uit de hoorn.

Regien slikte en nam zich in een paar tellen een heleboel voor.

'Ik kwam even vragen of het jullie past dat pa en ik vanmiddag even langskomen. Hoeft niet lang te zijn, hoor, een uurtje of zo. Kan het?'

Regien deed krampachtig haar best om haar stem zo gewoon mogelijk over te laten komen.

'O, dat is nou vervelend, wij... eh... ik... we hadden afgesproken dat Fokke en ik...'

'Ik begrijp het. Hindert niet, hoor, pa en ik zoeken wel wat anders. Alles goed bij jullie?'

'Ja hoor,' piepte Regien, en: 'Ik hoop dat jullie een goed tochtje hebben.'

'Nou, een tochtje, dat weet ik niet. Maar goed, we zien wel. Met jou is het wel in orde?' Bespeurde Regien een zekere ongerustheid in die laatste vraag? 'Ja hoor, prima,' loog ze voor de tweede keer.

Thuis legde moeder Doornbos bedachtzaam de telefoon neer, stond even in gepeins en schudde toen haar hoofd.

Er moest wat gebeuren, bedacht Regien voor de zoveelste keer. Op wacht zitten bij de telefoon kon ze absoluut niet volhouden.

Toch hield ze het vol tot een uur of drie. Toen gaf ze het op en belde het nummer van Simon.

Ze kreeg mevrouw Kremer aan de lijn.

'Nee, Simon is er op het ogenblik niet. Voor het avondeten zal hij wel thuiskomen. Kan ik een boodschap overbrengen?'

'Ik wil hem zelf graag spreken.' Het kwam er onbedoeld zuchtend uit bij Regien.

'Ik zou zeggen, probeer het over een uurtje of zo eens opnieuw. Simon is er even op uit. Een autoritje met een vriend van hem,' lichtte mevrouw Kremer de absentie van haar zoon toe.

'Welke vriend?' De vraag schoot er als het ware uit bij Regien.

'Een medelid van zijn schaakclub, meen ik, die pas een auto...'

'Hartelijk bedankt!' onderbrak Regien haar met een hoge stem. 'Ja, ja, ik zal terugbellen! Heel hartelijk dank!'

Dat aan de andere kant van de lijn Simons moeder verbaasd in haar eigen hoorn stond te kijken kon ze niet weten.

Half en half gerustgesteld probeerde Regien zich te verdiepen in het weekendnummer van haar dagblad. Ze voelde zich wat beter dan vóór haar telefoontje, nou ja, een ietsje dan. Maar dat ze echt haar aandacht kon houden bij het commentaar van de hoofdredactie over het plaatsen van kruisraketten in Nederland om de Russische aanvalsdrift te beteugelen? Nee, dat niet, want daar gingen ze weer, die beelden die in haar hoofd rondtolden. Wat bijvoorbeeld moest Simon wel niet van haar denken als Fokke zo dom was hem het hele verhaal uit de doeken te doen? En vermoedelijk zou Fokke zo dom zijn. Simon was immers zijn beste vriend? Ze schaamde zich bij voorbaat als het mocht komen tot een ontmoeting met hem. O, Fokke, praat alsjeblieft je mond niet voorbij. Ze troostte zich met de gedachte dat Fokke zo niet aangelegd was. Maar toch.

Ze pakte het boek waar ze mee bezig was maar weer eens en keek op de laatste bladzij of ze elkaar kregen of juist niet. Op het moment dat ze de figuren scherp voor zich zag rinkelde de telefoon.

Ze smeet het boek op de vloer en was met een paar stappen bij het toestel. 'Met Regien.'

Stilte aan de andere kant. Beter gezegd: een zwaar ademhalen.

'Fokke,' kwam er toen. Het klonk als een blaf.

'Ja?' vroeg Regien behoedzaam.

Ook aan zijn antwoord ging een hijgend zwijgen vooraf. 'Je had gebeld?'

'Ik had gebeld, ja.'

'Waar had je over willen... wat had je willen... nou ja, waar gaat het over?'

Nou ja, zeg! Wat een vraag!

Regien had zich voorgenomen om bij de eerste de beste ontmoeting met Fokke eerst na te denken voor ze wat zei. Dat deed ze ook, voorlopig althans. 'Zouden we niet eens samen moeten praten?' stelde ze voor. Tot haar verbazing kwam het er vrij onbewogen uit. Nu was het weer Fokkes beurt om even stil te blijven. 'Ja..., goed,' zei hij.

'Kom je dan nu bij mij?' Regien klonk opeens gretig.

'Ik ben bij Simon,' was zijn respons.

'Weet ik.'

'We schaken straks nog een potje.'

'En na afloop kom je hierheen?'

'Ik slaap vannacht hier.' Fokke bleef onaangedaan. Aan zijn stem te horen tenminste wel.

'Wanneer ben je van plan om met mij te praten?' Ze werd plotseling kortaf. Hij moest nou verdorie niet denken dat ze als een slavin aan zijn voeten lag.

'Morgen rond koffietijd?' stelde hij voor.

Ze hield zich in, bang om opnieuw in de fout te gaan. 'Goed,' zei ze, 'je ziet maar eens.'

Ze legde neer en huilde. Van verdriet? Ja, realiseerde ze zich, maar ook van woede.

Een halfuur later ging de telefoon opnieuw. Bijna loom stond Regien op.

Het was Simon.

'Hoi, Regien, mag ik even een paar dingen tegen je zeggen?' Zijn stemgeluid klonk haar net zo vertrouwd in de oren als altijd: rustig en met overwicht.

'Natuurlijk,' antwoordde ze haastig.

Hij vertelde dat Fokke en hij het er samen nog eens over hadden gehad en dat ze tot de conclusie waren gekomen dat het niet nodig was nog eens een nachtje over de zaak te slapen. Dat was nergens goed voor. Dus?

Ze begreep dat Simon volledig op de hoogte was. Maar betekende dat dat hij ook bij het gesprek moest zijn? Nee toch? 'Hoe laat komt Fokke?' vroeg ze haastig. Hij meldde dat Fokke binnen tien minuten bij haar kon zijn. 'Hij heeft nu tenslotte een auto, hè?' Ze zag zijn grinnikende gezicht voor zich. Prettig om te zien.

Het eerste wat ze zag was dat zijn bril recht stond. En zijn neus vertoonde gelukkig geen spoortje. Maar een kus kreeg ze niet. 'Ga zitten. Koffie?' Hij knikte. En wachtte. Op de koffie én op een tegemoetkoming van haar kant. Dat voelde ze.

Hij koos een lage stoel. Daar zat hij, de voeten gekruist, de rug ietwat gebogen en zijn ogen gericht op het tapijt.

Ze bracht hem koffie en koek en ging tegenover hem zitten, op een wat hogere stoel. 'Je wou wat tegen me zeggen?' opende ze. Hij keek haar vluchtig aan. 'Ja.' Verder deed hij er het zwijgen toe.

'Je hebt je gestoord aan mijn optreden van vanmorgen?' Fout! dacht ze, nu begin ik alvast met mijn ongelijk vast te stellen. 'Ja,' knikte hij.

Ze wachtte tot hij zou zeggen dat er ook van zijn kant iets rechtgezet moest worden. Maar nee.

'Was je echt van plan om een nachtje bij Simon te logeren?'

'Ja, eigenlijk wel.'

Hij wíl helemaal niet praten, dacht Regien en nam zich voor te wachten tot hij zijn mond eens opendeed. Intussen zat ze zich op te winden. Was dit een gedachtewisseling? Wat wilde hij nou eigenlijk? Waarom zat hij zo stug te doen? Alleen maar om haar te laten voelen hoe fout ze was geweest?

Hij knabbelde aan zijn koek en zat er een poosje mee in zijn beide handen en – heel gek – ze moest opeens aan een eekhoorn denken met een nootje in zijn pootjes.

'Wóú je nog praten?' viel ze ineens uit.

'Ja.'

'Nou, doe dat dan! Want dit vind ik niks. Ik zal het je wel anders zeggen: zo wíl ik het niet!'

'Ik ook niet,' zei Fokke. En, in één adem door: 'Zal ik Simon bellen? Misschien kan hij iets op gang brengen.'

Te gek! dacht Regien. Twee gedachten schoten door haar hoofd. In de eerste plaats was het beter dat zij niet in contact kwam met Simon en verder vond ze het ergens beschamend dat Fokke met dat voorstel kwam. Voelde hij zich te onbekwaam om met haar te praten? Of moest er een bemiddelaar komen?

'We praten sámen of we praten níét!' maakte ze afgemeten uit.

Hij schrok. Gelukkig, dacht Regien.

Hij rechtte zijn rug, keek haar aan en zei dat hij diep had nagedacht. Toen volgde er – hoe bestond het! – een verhaal met zijn visie op de gang van zaken. Hoe hij zich gevoeld had. Vernederd, onbegrepen en oneerlijk behandeld. Na een hortend en stotend begin kwamen in volzinnen zijn gevoelens tevoorschijn, waarbij hij zijn woorden onderstreepte met gebaren.

Gaandeweg werd het Regien duidelijk: er was een geweldige kortsluiting tussen hen ontstaan en die had voor vonken gezorgd – een uitslaande brand zelfs. Ze hadden elkaar niet meer begrepen, ze hadden zich allebei vastgebeten in hun eigen denkbeelden, en: 'Ik heb tegen mezelf gezegd dat ik het zo niet wilde, nu niet en nooit niet. Ik vroeg mezelf ook af of wij wel bij elkaar pasten, want als het zo moest...' Fokke slikte iets weg en ging verder met: 'Een geluk dat ik Simon gebeld heb. Hij heeft me over een drempel heen geholpen. Dat hij goed kan schaken wist ik allang, maar dat hij de mensen om zich heen zo doorziet, nee, daar ben ik nu pas achter. Ik weet zeker dat ik veel aan hem te danken heb en ik denk dat dat ook voor jou geldt.'

Weer die flitsende gedachten bij Regien. Had ze veel aan Simon te danken? En... doorzag hij haar ook? Ergens een griezelig idee.

Ze praatten een hele tijd en voelden allebei dat ze op de terugweg waren. Kleine en grote oneffenheden op hun gezamenlijk pad werden uit de weg geruimd – ze kwamen steeds dichter bij elkaar. Ook letterlijk. Het initiatief daarvoor kwam van de kant van Fokke. Opeens stond hij op en ging op haar armleuning zitten. Dat hield hij niet lang vol, daarom sloeg hij een arm om haar heen en loodste haar naar de bank en het duurde niet lang of ze zaten innig verstrengeld – toch wel – in elkaars armen.

Misschien nog een ietsje onwennig? Moest er nog een of andere uitspraak komen?

'Fokke, ik wil je wat zeggen: ik heb mijn hakbijltje weggegooid.' Hij liet voor het eerst weer een heldere lach horen. Toen zei hij: 'En ik koop nooit meer een auto zonder jou. Zullen we toch maar met dit exemplaar een ritje maken?'

De lucht tussen hen klaarde zienderogen op en na hun tochtje vroegen ze zich allebei hardop af hoe ze in vredesnaam aan elkaars liefde hadden kunnen twijfelen.

'Want hoe je het ook keert of wendt, het ging maar om een incident,' beoordeelde Regien nu de situatie ondanks zichzelf op rijm.

Daar kon Fokke in meegaan. Nu wel.

Na het avondeten was er een bescheiden belletje. Deze keer niet per telefoon maar aan de benedendeur. Een paar tellen daarna stond Simon op hun deurmat. Bescheiden, terughoudend en nieuwsgierig. Of het gelegen kwam? Of hij geen storende factor was?

'Absoluut niet!' deelde Fokke hem vrolijk mee. 'Ga toch zitten, joh!'

Regien beijverde zich in de keuken met het zetten van koffie en deed daar nogal een tijdje over. Daar zat dus Simon in haar kamer. Nooit gedacht. Leuk? Ja, tot op zekere hoogte wel. Maar wat zei Fokke ook alweer over hem? 'Hij doorziet de mensen.' Was zij ook een open boek voor hem? Met andere woorden: kon hij haar gedachten lezen?

Wat beschroomd kwam ze met een beladen dienblad binnen. Opnieuw viel haar de rustige blik van haar gast op. En weer hoorde ze zijn klankvolle stem die haar liet weten dat hij blij was dat de *troubles* overwonnen waren.

Het werd een prettig samenzijn. Toch hield Regien zich een beetje afzijdig. Ze voelde zich niet honderd procent op haar gemak.

Het mannelijk gedeelte van het gezelschap scheen dat niet te merken, de heren praatten er lustig op los. Lustig? Verbeeldde Regien zich dat nou of keek Simon af en toe op een aparte manier naar haar? Hij is en blijft een beste kerel! stelde ze aan het eind van het bezoek bij zichzelf vast. En toen Simon weg was herhaalde ze het hardop tegen Fokke. Die knikte diep.

Toen het bedtijd werd maakte Fokke vanuit de badkamer grinnikend bekend dat hij nog altijd geen tandenborstel had. 'Je weet hoe dat probleem op te lossen is, hè?' riep Regien.

Toen het maandag werd en de werkweek weer begon had Regien nog altijd het gevoel van opluchting. Ze hield het als het ware in haar zak, zo bij de hand. Zelfs in haar klas was ze soms zo opgewekt en monter dat de kinderen haar bevreemd aankeken – ze voelden feilloos aan dat niet zíj de reden van de vrolijkheid van hun juf waren.

Niettemin verzonk Regien 's avonds vaak in gepeins over de bizarre gebeurtenissen van het afgelopen weekend. De vraag die haar het meest bezighield betrof het gegeven dat haar meermalen een bemiddelaarsrol werd toegeschreven. Zo vaak zelfs dat ze dat als een feit had geaccepteerd. Prachtig, maar waar was haar vermogen op dat gebied die dagen gebleven? Had ze gefaald? Was ze niet bij machte gebleken die rol te vervullen nu het om een kwestie tussen hen tweeën ging? Ze moest zichzelf toegeven dat het inderdaad zo was.

Vraag twee volgde vrijwel onmiddellijk daarop. Wie had eigenlijk bedacht dat zij zo goed was in het arbitreren? En was dat wel zo? De mensen moesten eens weten hoe onzeker ze zich soms voelde. Goed, ze had geleerd dat laatste te camoufleren door snel en soms glad te praten, maar in feite was ze een verlegen meisje. En tegelijk impulsief, was dat niet wonderlijk?

Ze bedacht dat het maar goed was dat alleen Fokke haar goed begreep. Hij had haar door en dat deed haar goed, het gaf haar een rustig gevoel. O nee, corrigeerde ze zichzelf, ook haar ouders kenden haar vanbinnen en vanbuiten. Maar ook daarbij had ze de emotie van het besef van veiligheid.

En opnieuw bracht ze een correctie in haar overpeinzing aan. Want er was nóg iemand die haar gemoedsgesteldheid kon peilen: Simon. Ze vroeg zich af of ze ook dat prettig vond. Ze kwam er niet uit, ook na een grondige inspectie van haar diepste gedachten niet.

Wat ze wél zeker wist was het feit dat de ruzie tussen Fokke en haar een winstpunt had opgeleverd. Hoewel ze een afschuwelijke zaterdag had gehad, was ze een ervaring rijker: er was verdieping in het samenleven tussen haar en Fokke gekomen. Ze wist ook dat zo'n ontsporing niet weer zou voorkomen.

Verdieping? Jazeker, volgens Regien althans wel. Ze sprak erover met Fokke, die wel met haar kon meegaan in dezen. Ook hij vond dat ze elkaar nader waren gekomen na de kortsluiting van dat weekend. 'Als ik ons vergelijk met Harry en Ingrid, bijvoorbeeld, dan heb ik twee heel verschillende stellen voor ogen. Om het kort en duidelijk te zeggen: wij passen bij elkaar en zij niet. Is dat nog een huwelijk?'

Regien citeerde een politicus over twee regerende politieke partijen: 'Zonder elkaar meugen ze niet en met elkaar deugen ze niet.' Ze zag Harry en Ingrid voor haar geestesoog tegenover elkaar zitten: harde woorden en liefdeloze blikken. Nee, zo'n huwelijk zouden zij en Fokke nooit krijgen!

Dus ook nooit meer ruzie? O ja, vast wel. Maar dan wel met het zekere weten dat het op een gegeven moment weer goed werd tussen hen. 'Vind je ook niet, Fokke? Onze lijnen mogen dan eens een keertje van elkaar afbuigen, maar ze vloeien altijd weer samen, hè?'

Fokke knikte bereidwillig. Toch haalde hij onbewust één schouder iets omhoog, een centimeter misschien. Of twee.

Ze hadden namelijk een punt waarover ze hevig van mening verschilden. Zodra hun gesprek op het onderwerp trouwen kwam dook dat onderscheid weer op.

'Je weet, Regien, dat ik graag bij jullie thuis ben. Een heerlijk gezin, waar geléééfd wordt. Een vader en een moeder die genieten van hun kinderen. Toegegeven, er is vaak te veel lawaai, er wordt ook weleens geschreeuwd, soms is het er een leven als een oordeel en toch heeft de gezelligheid de boventoon, ik bedoel: het hoofdbestanddeel van jullie

leven thuis is de samenhang. Je weet dus wat ik bedoel.'
Ja, Regien wist het, Fokke wilde ook graag zo'n gezin opbouwen. En dat was nou juist het precaire punt tussen hen. Alleen: ze wilde er geen ruzie over hebben. Nee, dat had niets te maken met de zwarte zaterdag van toen, zoals ze het noemde, het was veel meer een geschilpunt dat moeilijk te overbruggen was. Het was ja of nee, een tussenweg was er niet.

'Fokke, je weet hoeveel ik van mijn werk hou. Ik leef erin. Als wij kindertjes krijgen is het met dat deel van mijn leven afgelopen, want dan moet ik ze thuis verzorgen. Daarom zou ik graag voorlopig met ons tweetjes blijven, zodat wij allebei gewoon naar ons werk kunnen gaan, zoals nu. Later, na een jaar of wat, zouden we altijd weer kunnen zien. En o ja, nog wat, acht kinderen hoeft van mij ook niet. Ik heb thuis te veel privéleven moeten afstaan. Niets had ik helemaal voor mij alleen, ik moest altijd alles met anderen delen. Dat zou jij ook niet leuk vinden, toch? Nee hoor, twee kinderen, drie desnoods, lijkt me een ideaal aantal. Maar nog eens een keer: láter!'
Fokke reageerde niet. Hij knikte niet en schudde zijn hoofd niet, hij zat daar maar onbeweeglijk voor zich uit te kijken. Ook hij besefte dat een van hen beiden zou moeten toegeven.

Het meningsverschil bleef tussen hen hangen. Nee, er kwam geen ruzie van, ze hielden zich allebei in als dat onderwerp ter sprake werd gebracht én ze hielden te veel van elkaar om elkaar in de haren te vliegen. Toch bleef het een pijnlijk issue en ze moesten oppassen dat het niet leidde tot het begin van een muurtje tussen hen, zoals bij Harry en Ingrid – een blinde muur zonder deur.

De tijd verstreek, heel vlug zelfs. Fokke en Regien hadden het allebei druk met hun werk. Fokkes baan vergde nogal wat nascholing die maandenlang duurde. Regien had haar handen vol aan haar klassenwerk, terwijl er steeds meer vergaderd moest worden – de basisschool kwam in zicht!
Maar als het even kon zochten ze elkaars gezelschap en ervoeren ze dat er wel degelijk sprake was van een verdieping in hun verhouding.

Bovendien kwam er behalve de basisschool iets anders binnen handbereik: ze zochten naar een geschikte datum om te trouwen. Wat dat betrof kon voor hen de tijd niet snel genoeg voorbijgaan!

Op een keer gingen ze zomaar weer eens langs bij die Harry en Ingrid. Jawel, Regien had haar zin gekregen. 'Als we er iets van willen maken, moeten we contacten onderhouden, ook bij mensen die ons niet direct liggen,' had Regien gemaand.

Goed, het was omdat zij het zei, hij zou haar heus niet alleen laten gaan, maar een echt uitje was een bezoek aan Ingrid voor hem niet. Een vrolijke visite werd het dan ook niet. Toch lag dat niet alleen aan Fokke. Hij deed ter wille van zijn meisje zelfs zijn best om het gesprek gaande te houden. Toen Regien hem daarbij hielp en het gesprek op de kaatssport bracht, raakte hij toch op zijn praatstoel.

Ondertussen had Regien allang een nijdige sfeer in dit huis geproefd. Harry en Ingrid praatten wel, maar richtten zich enkel en alleen tot hun gasten. Als ze wél iets tegen elkaar zeiden ging dat op een snauwerige toon. Ze doen vervelend tegen elkaar, dacht Regien. Zouden ze zich niet bewust zijn van hun verwijtende toon?

Ze overwoog of ze er iets van moest zeggen, maar nee, dat kon ze niet maken, ze was hier gast. Bovendien: wie was de jongste hier? Juist, en moest die de schooljuffrouw uithangen?

Ze vroeg dus Harry hoe het ging op zijn werk. Kon hij nog voldoening vinden in het leraarschap? En ze trok parallellen tussen hun functies bij het lager onderwijs en de mavo. Harry wilde het er wel over hebben. Ja, op school liep alles aardig goed. 'Natuurlijk gebeurt er weleens wat waar je een hekel aan hebt, maar dat heb je in elk beroep. En hoe is dat bij jou?'

Regien kwam een beetje los. Niet dat de mond er haar van overliep, maar haar hart was er wel vol van. Ze moest zich zelfs inhouden om Fokke, die ook iets wilde vertellen, de kans daarvoor te geven.

Fokke had het kaatsen losgelaten en was terechtgekomen bij zijn tweede hobby: het schaken. Enthousiast voor zijn doen maakte hij melding van een simultaanpartij waarbij hij het tegen drie borden moest opnemen. Alle drie gewonnen! Hij glorieerde nog na, zozeer zelfs dat hij zijn bril moest poetsen omdat het ding beslagen was vanwege zijn opwinding.

'Was Simon ook bij die drie?' Het schoot eruit bij Regien.

'Jazeker!' glunderde Fokke. 'En zoals je weet is hij een van de besten van onze club. Af en toe vraagt hij naar jou. Hoe het met je gaat en zo.'

'Ja? Echt?' vroeg Regien met een hoge stem.

'Ja,' antwoordde Fokke eenvoudig.

'En wat zeg jij dan?' wilde ze weten. Weer dat stemmetje.

Fokke rukte wat met zijn schouders. 'Weet ik niet precies. Dat het werk je goed bevalt en zo.'

Het viel haar op dat Harry en Ingrid haar zaten aan te kijken. Op een manier van: wat heeft die Regien? Is er een onderwerp aangeraakt dat haar onrustig maakt? Vermoedelijk wel.

Opnieuw legde ze zich op voortaan een wacht voor haar lippen te zetten die de deuren van haar mond moesten behoeden.

Ze was Fokke dankbaar dat hij de voordelen van het schaakspel verder uitlegde. Hij had gelukkig niets bijzonders aan haar gemerkt. En dat terwijl hij anders van een zekere achterdocht niet gespeend was.

Nee, een prettig bezoek was het niet. Het wilde niet met die twee. Wat moesten ze blij zijn dat het bij hen beidjes anders lag. Heel anders. Beter!

'We zullen niet vaak meer bij Harry en Ingrid op bezoek gaan,' stelde Fokke vast.

Regien snapte wat hij bedoelde. 'Die twee houden het niet met elkaar uit,' stemde ze met hem in, 'ze passen gewoon niet bij elkaar.'

11

TOEN HET EERSTE OCHTENDLICHT VAN WOENSDAG DE ZESDE OKTOBER
1982 de nacht trachtte te verdrijven, richtte Fokke zich in bed op en
boog zich over de nog slapende Regien. Hij lag een poosje naar haar te
kijken. Ze lag in een kronkel, het hoofd iets achterover. De tanden in
haar iets geopende mond lichtten een beetje op. Af en toe trok er een
trilling over haar gezicht, ze stond op het punt wakker te worden. Dat
moment wachtte Fokke niet af. Hij kuste haar zachtjes en bleef toen
weer kijken. Met een schokje werd ze wakker, keek eerst met één oog
en een tijdje later met haar beide blauwe ogen naar Fokke.
'Eh,' zei ze.
'Weet je wat ik van plan ben te doen vandaag?' vroeg Fokke.
Er drong iets tot haar door, een glimlach vloog over haar gezicht.
'Ik ga vandaag trouwen,' zei hij.
Ze was op slag helemaal wakker. 'Goed idee,' vond ze, 'lijkt mij ook wel
leuk. Weet je wat? Ik doe mee.'
Hij grinnikte.
Ze stapte uit bed en deed het gordijn van haar slaapkamer open. 'Mooi
weer!' meldde ze. 'We treffen het. Kom je ook uit bed?'
Fokke had nog niet veel zin. 'De plechtigheden beginnen vanmiddag
om één uur pas, hoor, we hebben alle tijd.'
Regien verdween naar de badkamer en was een tijdje later met de ontbijttafel bezig. Dat doe ik hier misschien wel voor het laatst, dacht ze.
Vreemd idee eigenlijk. Ze had dan toch maar een jaar of zes op dit
adres gewoond. En nu dus een streep. Een heel dikke zelfs, want vanaf
nu ging ze domicilie houden in een nieuwbouwwoning in het dorp
van Fokke. Spannend. Net zoals de dag van vandaag ook enerverend
leek te worden. Maar inderdaad, pas vanaf één uur. Of nee, ook de och-
tend zou opwindend zijn. Straks, zo tegen koffietijd, zouden ze samen
naar het schoolhuis van haar ouders rijden om vandaar uit in
bruidstooi naar het gemeentehuis in de stad te gaan. Daarmee ging een
wens van pa en ma Doornbos in vervulling: ze gingen trouwen vanuit
het schoolhuis.
Toen ze in hun intussen vertrouwde groene kevertje Regiens dorp

binnen reden zagen ze al van verre dat bij het schoolhuis de vlag uithing. En niet alleen daar, verschillende huizen in haar straat vertoonden het rood-wit-blauw; uit een paar ramen stak de vrolijke Friese vlag. De bewoners van het schoolhuis verkeerden in een verregaande staat van opwinding. Dat was al van afstand te horen. En voor deze keer mocht het van de heer des huizes, die in de deuropening het trouwlustige paar van harte welkom heette. Hij was erop gekleed – een donker kostuum, wit overhemd met een blauw-wit gestreepte das en een pochet van dezelfde kleur. In zijn mond een sigaar.

Achter hem kwam ma tevoorschijn, in een donkerblauwe japon, afgezet met lichtblauwe biesjes. Om haar hals een kleurig sjaaltje en op haar hoofd een vers permanentje.

'Nou, we steken wel bij jullie af,' vond Regien terwijl ze haar eigen uitrusting monsterde – gewoon een spijkerbroek en een kort jasje.

'Wacht maar af, onze gedaanteverwisseling komt nog wel!' pochte Fokke.

Die metamorfose vond boven plaats, in de slaapkamer van de ouders. Fokke deed daar niet lang over, binnen een kwartier stond hij zichzelf voor de spiegel te bekijken. 'Pa en ik lopen straks zo'n beetje geüniformeerd,' stelde hij vast.

Martie mocht haar oudste zus helpen met aankleden en opmaken. Dat werd een succes, want toen ze na Fokke beneden kwam steeg er een gejuich op. Ma verschikte hier en daar nog wat, strikje zus, lokje zo en de bruid-in-het-wit mocht gaan zitten – voorzichtig met de sleep!

Het was feest in het schoolhuis en toen de school uitging ook een beetje op straat. De halve schoolbevolking dromde voor de woning van de meester samen en wierp onbescheiden blikken naar binnen. Er mocht veel deze dag, meester Doornbos trad niet één keer op.

Na de maaltijd, toen het ernst ging worden en de auto's voorreden, waren het niet alleen kinderen die zich aan het schouwspel van een vertrekkend bruidspaar vergaapten, ook veel volwassenen moesten het hunne ervan weten. Toen de rij wagens, intussen aangevuld met de voertuigen van de familie Bouma, vertrok, klonk er zowaar een applausje op.

Statig reed de stoet het dorp uit. Regien, met haar bruidsboeket van witte orchideeën op schoot, keek naar de weiden waar grazende koeien even al kauwend de kop ophieven en zich leken af te vragen waar dat gedoe voor nodig was en zich maar gauw weer wijdden aan hun eenzijdige menu.

In de blauwe lucht dreven wolken als uitgeplozen watten behoedzaam met de rij auto's mee.

Over gebrek aan belangstelling hadden Fokke en Regien niet te klagen, het pleintje voor het gemeentehuis was dichtbevolkt. Het voltallige personeel van de Willem Lodewijkschool stond de nekken uit te rekken, op één na: Maarten Beintema stond met Regiens klas op het bordes en op het moment dat het bruidspaar en de familieleden van weerskanten zich naar de hoofddeur begaven gaf het hoofd der school het teken aan de klas om een loflied op het bruidspaar aan te heffen.

Het dééd Regien wat, ze moest er een paar keer van slikken. Ze liet haar ogen gaan van Maarten naar haar klas en naar het publiek op straat. En daar stond hij. In dezelfde houding die ze zo vaak van hem had gezien: rechtop als een kaars, armen over elkaar, voeten iets uit elkaar, hoofd wat voorover – nadenkend zo te zien. Natuurlijk, dacht Regien, natuurlijk is hij ook van de partij. Als schaakvriend van Fokke uiteraard. Ja? Toch zag ze duidelijk dat hij naar háár keek.

Ze draaide zich om, bedankte haar klas en de dirigent met een dankbaar knikje en werd algauw in beslag genomen door het gebeuren binnen.

Nee, het ging niet aan haar voorbij, zoals ze weleens gelezen had over trouwpartijen. Ze maakte alles heel bewust mee en toverde een lieftallige glimlach op haar gezicht toen de fototoestellen flitsten. Ze zag ook minizweetdruppeltjes op Fokkes voorhoofd tevoorschijn komen en fluisterde hem toe dat hij zijn zakdoek moest gebruiken. Hij snoot gehoorzaam zijn droge neus. 'Je voorhoofd!' zei ze zachtjes en wees even met haar witgehandschoende hand naar de bedoelde plek.

De ambtenaar van de Burgerlijke Stand had een goed woordje voor hen. Hij belichtte in het kort hun persoonlijke kwaliteiten en ging over tot het ritueel van de voltrekking van het huwelijk.

'Regien, nu zijn we man en vrouw,' stelde Fokke opgewekt vast toen ze naar buiten schreden.

'Dat waren we een uur geleden ook al,' giebelde ze, niet meer onder de indruk van het plechtige gebeuren, 'jij bent nu eenmaal een man en ik... knijp me niet zo!' Hij liet braaf haar hand los.

Op het plein stond hij niet meer en een halfuurtje later in de kerk zag ze hem evenmin. Wat haar daar wel opviel was het feit dat Arjen verplicht aanwezig was, zoals dat trouwens in het gemeentehuis ook al het geval was. Zijn hele houding straalde dat uit. Hij staarde somber voor zich uit, bemoeide zich met niemand en keerde nauwelijks zijn hoofd naar Emine als ze hem ergens opmerkzaam op maakte. Emine ontfermde zich lief over ma Bouma, die een verfrommeld zakdoekje voortdurend bij de hand hield. Ingrid en Harry hadden elkaar blijkbaar weinig te vertellen, ze zaten zelfs een eindje uit elkaar.

Nee, de blijmoedigheid moest ze niet verwachten van de kant van de Bouma's. Met haar eigen familie was dat heel anders. Welgemeende knikjes, wuivende handen en blije gezichten, dat was het beeld dat Regien zich in haar hoofd prentte.

De dominee bracht zijn tekst, psalm 91:2, rechtstreeks in verband met de beide jongelui die daar, dicht bij elkaar, elk op een stoel voor de preekstoel zaten: *Ik zeg tot de Here: mijn toevlucht en mijn vesting, mijn God op wie ik vertrouw.* Hij belichtte het feit dat er twee heel verschillende naturen voor hem zaten, maar dat deze tekst uit de mond van hen allebei kon komen – als het om het geloof ging spraken ze als uit één mond.

Na de bevestiging van het huwelijk speelde de organist *Wat de toekomst brengen moge, mij geleidt des Heren hand* en toen het orgel stilviel was er opeens geroezemoes in de kerk – de kinderen van Regiens klas kwamen naar voren om hun lied opnieuw te zingen, weer op aangeven van meester Beintema. Helemaal zuiver klonk het niet, mooi was het wel.

Na de dienst mocht het bruidspaar onder een lange rij van versierde bogen doorlopen, die door Regiens leerlingen omhoog werden gehouden.

Toen zag ze hem weer staan. In precies dezelfde houding. 'Simon is er ook,' maakte Fokke haar attent op zijn aanwezigheid.

'Ja,' zei ze, 'een goede vriend, hè?'

Fokke zwaaide naar hem. Simon maakte, heel grappig, even een diepe nijging, nog steeds met zijn armen over elkaar.

Het werd die avond in het verenigingsgebouw een daverende receptie. Ook letterlijk. Het bruidspaar had een bandje ingehuurd dat heel wat van plan was. De leden zochten een plekje op het podium tussen twee enorme versterkers in. Terwijl de filevorming voor de tafel waarachter Fokke en Regien felicitaties en cadeaus in ontvangst namen nog lang niet voorbij was, zetten de 'orkestleden' even met dreunend geweld een proefnummertje in, waarop pa Doornbos naar het podium snelde met het verzoek het concert even uit te stellen. Toen het stil werd was zijn tweede vraag of straks het aantal decibellen van de muzikale omlijsting met vijftig procent teruggebracht kon worden. 'Er zijn hier ook gasten met gevoelige oren, begrijp je wel?' Hij bracht zijn verzoek vriendelijk en met een lach. Toch konden de muzikanten hun teleurstelling nauwelijks verbergen.

Intussen schudde het paar ontelbare handen en werden er kusjes uitgewisseld. Als een van de laatste gasten stond opeens Simon voor hen.

'Ha, Simon!' riep Fokke joviaal. 'Machtig dat je er bent, man!' Zijn blijdschap was oprecht.

Regien was in verwarring. Want er stond iemand naast Simon. Een meisje, beter gezegd: een jonge vrouw. Meteen zat haar hoofd vol met gedachten. De eerste was: eindelijk! hij heeft een vriendin. De tweede: dat was te verwachten, hè?

Ze voelde zich plotseling onzeker. Wat moest ze tegen die twee zeggen? Hoe moest ze zich opstellen tegen Simon en zijn vriendin, áls ze tenminste zijn meisje was?

Simon feliciteerde zijn schaakvriend met een hartelijke klap op de schouder. Toen stelde hij zijn gezellin voor: 'Anita Hofstra. We kennen elkaar nog maar kort, maar ik heb haar toch gevraagd mee te komen naar het bruiloftsfeest van mijn vriend. En dat wilde ze.'

'Regien,' wendde hij zich tot de bruid, 'jij ook van harte gelukgewenst.

Ik hoop dat je gauw eens met Anita komt kennismaken.' En hij gaf Regien een kus.

'Simon,' zei Regien, 'ik, eh... ben blij dat je...' Ze slikte een keer en was vergeten wat ze wilde zeggen. 'Hartelijk bedankt,' zei ze maar gauw. En heel gek, ze had weer die trilling vanbinnen, het gevoel dat ze onmiddellijk herkende. 'O, wat een leuk cadeau!' riep ze toen Fokke het pakje van Simon nog niet eens goed open had.

Anita keek haar wat bevreemd aan.

De beheerder van het verenigingsgebouw – de oude school van vroeger – beijverde zich met zijn helpsters om de gasten te voorzien van wat hij noemde spijs en drank. Met volle dienbladen worstelden ze zich tussen de tafels en stoelen door en praktisch altijd lukte het ze de inwendige mens aan zijn trekken te laten komen. Een prestatie, gezien de overvolle zaal die een overvloed aan geroezemoes produceerde – een hinderlijk geluid voor iemand die erop lette of er zelfs naar luisterde, dat alleen maar overstemd kon worden door de stampende beat vanaf het podium.

Intussen zwierf Regiens broer Mark tussen de tafels door met een blocnote in de hand, op zoek naar mensen die 'een stukje' wilden doen. Dat was leuk. Een prachtig middel om zowel de muziek als de zaal stil te krijgen.

Een groepje meiden beklom het podium – Regiens vriendinnen. Een van hen deed uit de doeken hoe Fokke en Regien elkaar voor het eerst hadden ontmoet. Ze had een vraag: 'Jullie weten dat Fokke een bijzonder goede kaatser is, maar is het jullie ook bekend dat hij kan dansen? Nee? Dan zal ik daar wat over vertellen.' En daar kwam het verhaal over Fokke die net van zijn chef had gehoord dat hij op de bank promotie ging maken en die van blijdschap dansend de straat overstak. 'En wie stond hem daar op te wachten? Regien! Ze vroeg hem waarom hij zo blij was. Nou, en zo is het gekomen!'

Het groepje had een lied gemaakt, waarin gemeld werd dat Fokke en Regien in het huwelijksbootje waren gestapt en dat het nu maar afwachten was wie het roer hield en wie de zeilen bediende. Het ging op de wijs van de zilvervloot van Piet Hein en een paar leden van de band grepen hun kans en speelden de melodie mee. Het refrein, dat

door de hele zaal luidkeels werd meegezongen was:
Regien, Regien, ik heb het wel gezien,
je stapt het bootje in
en als je 't nog niet wist:
je hebt een prima fokkenist!
Het publiek zette alle zeilen bij om er een met recht daverend succes
van te maken, het moest tot ver buiten het dorp te horen zijn.
Het werd een warm avondje, daar in het verenigingsgebouw. Lampen
gingen aan en jasjes uit. En de stemming zat erin.
Om halfelf al van ophouden weten? Nee, beste feestleider, laat de feest-
gangers nog maar eens *Regien, Regien, ik heb het wel gezien* eruit
knallen, het gebouw mag best eens schudden!
Toen eindelijk, tegen een uur of elf, de eerste bezoekers opstonden om
het bruidspaar te bedanken en nogmaals de beste wensen mee te geven,
was Regien roezig in haar hoofd. Nee, niet vanwege de drank – ze hadden samen afgesproken geen alcohol te nemen omdat ze na afloop van
het feest nog moesten rijden – maar wel door alle indrukken van de
avond.
Nog één keer liep Regien in haar bruidsjurk over straat. Onder gelei-
de van haar man en haar moeder ging ze naar het schoolhuis terug.
Daar vond opnieuw een metamorfose plaats en in hun gewone kloffie
praatten ze nog even na. Daarna stapten ze in hun kevertje en gingen
ervandoor naar een hotel op de Veluwe.

De echtelijke staat beviel Regien prima. Hun nieuwbouwwijkwoning
was gezellig ingericht, de buren waren vriendelijk en haar werk op
school was precies hetzelfde gebleven, zij het dat ze nu een parttime
baan had en enkele kilometers moest fietsen.
'We kunnen wel samen fietsen,' stelde Fokke voor.
Dat werd niet veel, ieder had zijn eigen tijden. Én vergaderingen, niet
te weinig.
Voor ze het wisten was het december, de tijd van duisternis, Sinterklaas
en kerstfeest.
'Fokke en Regien Bouma' stond op het naambordje naast de voordeur.
'Straks komt er misschien een derde naam bij,' waagde Fokke te ver-

onderstellen. 'Moeten we er niet alvast eentje bedenken? Of twee? Jongetje? Meisje?.' 'Geduld is zulk een schone zaak, jongeling,' citeerde Regien een dichtregel van meer dan tweehonderd jaar oud.

Ze hielden het luchtig, maar wisten tegelijkertijd dat ze tussen de klippen door zeilden. Zij aan het roer en hij als fokkenist? Goed, Fokke had geduld. Zij trouwens ook. Na een jaar waren ze elkaars minder prettige trekjes wel te boven en accepteerden ze elkaars gewoonten. Nou, accepteren? Aan een paar dingen kon Regien moeilijk wennen. Zo was Fokke gewend om onder het douchen te zingen. Daar was niks mis mee, al had hij geen mooie zangstem, maar het vervelende was dat hij na een of twee liederen voor de aardigheid vals ging schetteren, waardoor Regien zich weer genoodzaakt zag naar boven te rennen en op zijn deur te bonzen, eisend dat hij alle onzuiverheid uit zijn gezang zou weren óf zich stil zou houden; dat laatste nog het liefst. Fokke op zijn beurt vond het vervelend dat zij bij het tandenpoetsen minutenlang rondliep met de tandenborstel in haar mond; een ceremonie die afgesloten werd met een luidkeels gorgelen.

Een kleine ruzie was er ook weleens. Niet erg, want ze hadden allebei het idee dat zoiets nooit mee de nacht mocht ingaan. Het bed was nog altijd de plek waar de verzoening het meest plaatsvond. En van beide kanten geen woord meer over de zwarte zaterdag van lang geleden.

Fokke volgde nieuwe cursussen van het bankwezen en ook op dat gebied leek er een mooie toekomst voor hem weggelegd. Regien mengde zich in het dorpsleven en werd algauw voorzitter van de kindernevendienst, waardoor ze tamelijk veel zondagochtenden in actie moest komen. Ook zat ze in de redactie van de dorpskrant, wat maandelijks een aantal uren vergde. Het was leuk, vond ze. Alleen zorgde ze er wel voor dat er niet te veel op haar bordje gelegd werd, want ze had immers ook nog een parttime betrekking in de stad. Dus wimpelde ze een verzoek om deel te nemen aan het kerkelijk jeugdwerk in het dorp af. 'Het zou voor mij te veel worden,' stelde ze vriendelijk maar pertinent vast. 'En daar hebben jullie immers al een onderwijzer voor? Simon Kremer, toch? Twee van dat soort volk in zo'n commissie moet je nooit nemen!' De ware reden hield ze binnenboord...

Simon Kremer. Ze zag hem nu geregeld, meestal in het weekend. Soms met Anita, vaak ook alleen. Als er in de kerk een jeugddienst werd gehouden had hij de leiding. Rustig stond hij voor de preekstoel de kerkgangers te vertellen wat de jeugd zometeen zou gaan brengen – soms muziek, andere keren zang en af en toe een toneelstukje. Het uitleggen ging hem gemakkelijk af, van nervositeit geen sprake. Regien keek en luisterde en probeerde haar gedachten en gevoelens in toom te houden. Dat lukte hoe langer hoe beter.

Toch was ze niet op haar gemak als Simon een potje kwam schaken. Ze hield zich dan bezig met de handleiding van een nieuwe rekenmethode, een boek of desnoods een borduurwerkje, maar er ontging haar wat de schakers betrof niets. Ze kon hen met haar ogen dicht zien zitten: twee gekromde ruggen tegenover elkaar, ellebogen op de knieën, vuisten onder de kin, starend naar de stukken op een laag tafeltje tussen hen in. Op haar vraag of er koffie moest zijn reageerden ze amper – ze waren aan het schaken!

De partijen eindigden tamelijk vaak in remise. Regien kon dan niet begrijpen hoe die twee allebei goed konden leven met zo'n uitslag. Zelf had ze het idee dat ze in dat geval twee uren lang hun hersens voor niks hadden gepijnigd.

Na zo'n avond, als Simon wegging, wist ze wat er gebeuren ging: bij de kamerdeur zou Simon haar even op een bepaalde manier aankijken. Welke manier? Wist ze niet. Niet te omschrijven. Maar het trillinkje vanbinnen had ze overwonnen.

De meimaand van het jaar 1984 deed zijn naam als bloeimaand eer aan. De natuur had zijn prille groen prijsgegeven voor een overvloed aan kleuren. Het leek feest te zijn, vooral als de zon gul was met zijn gouden stralen. Mensen werden er vrolijk van en dieren leken in die blijdschap te delen.

Regien fietste 's morgens met genoegen naar haar school in de stad en kwam 's avonds met vreugde weer terug. Meestal was ze een uurtje eerder thuis dan Fokke. Een tijdje voor zichzelf dus, straks zou ze het eten beredderen.

Op een keer stond op dat tijdstip Jan van de Weerd op de stoep. Of hij

wel even binnen mocht komen, hij had namelijk een vraag.
Hij ging er echt even voor zitten en begon zoals gebruikelijk met een
algemeen praatje. Over het onderwijs, jawel. En dan speciaal over het
gebrek aan onderwijsplaatsen: er liepen veel jonge leerkrachten werk-
loos rond, sommigen keken uit naar een andere baan.
'En niet alleen bij het onderwijs is er veel werkloosheid. Weet je dat
minister-president Lubbers gezegd heeft dat hij zal opstappen als er
meer dan een miljoen werklozen komen?'
Ja, ja, dat was bekend, Regien wist er alles van, maar ze was verschrikkelijk nieuwsgierig. Wat kwam Van der Weerd hier doen?
'Zal ik koffiezetten?' stelde ze voor.
Een afwerend gebaar van de bezoeker. Nee, hij had al iets gedronken.
Maar waar hij voor kwam? 'Misschien heb je het al gehoord, maar we
zijn van plan om ons verenigingsgebouw te renoveren. Dat pand is
eigendom van de kerk hier en nu hebben we als kerkenraad besloten
een inrichtingscommissie in te stellen die met voorstellen moet
komen. Daarvoor zit ik nu hier.'
'O ja?' vroeg Regien zo nuchter mogelijk, want ze voorvoelde prettige
dingen.
'Eigenlijk zou Arjen Bouma als preses van de kerkenraad op deze stoel
moeten zitten, maar dat gaat niet. Hij moet als aannemer straks het
werk uitvoeren en daarom wil hij buiten de organisatie blijven.
Mogelijkheid van belangenverstrengeling, begrijp je wel? Dus kom ik
als scriba met een vraag namens de hele raad.'
'Ik ben benieuwd. Om precies te zijn: ik ben reusachtig nieuwsgierig,'
zei Regien.
'Goed, we willen graag dat je voorzitter wordt van de nieuwe commis-
sie. Wie er nog meer worden gevraagd is op dit moment niet duidelijk,
maar...'
'Als voorzitter?' onderbrak Regien haar gast geschrokken.
Van der Weerd grinnikte. 'Als president, jawel.'
'Ik... ik woon hier nog maar kort,' stamelde Regien.
'Lang genoeg om alle vertrouwen in je te hebben.'
Regien wikte en woog flitsend snel. Het leek haar wel wat, ze zou het
zelfs leuk vinden, maar hoe zou Fokke ertegenover staan? Als Arjen er

niet bij betrokken was zou het geen punt zijn, maar nu?
'Ik zal erover nadenken,' beloofde ze en had niet in de gaten dat ze een beetje straalde.
Dat zag Jan van der Weerd wel. 'Hoe lang doe je daarover?' vroeg hij quasi ernstig. 'Een kwartiertje?'
'Ik ga het zometeen met Fokke overleggen,' verzekerde ze, 'en ik bel u zo gauw mogelijk.'
'Prima. Maar het is niet u maar jij. Goed? Bij wijze van voorschot op een fijne samenwerking. Want ik was nog vergeten te zeggen dat ik ook in die commissie zit.'
Ze knikte. 'Maar van samenwerken met mijn zwager...'
'Nee, daar is geen sprake van!' onderstreepte haar bezoeker zijn eerder gedane uitspraak.

Fokke had bezwaren. 'Je zult hoe dan ook te maken krijgen met mijn broer en dat kan problemen geven. Je weet hoe hij is...'
Dat wist Regien, maar ze was zich er ook van bewust dat Fokke geen onpartijdig oordeel kon geven in deze zaak.
Deze zaak? Moest dat het worden? Ze zag opeens in een flits een mogelijkheid voor een oplossing. Als zij nu eens door middel van de nieuwe commissie kon toewerken naar verbroedering? Verbroedering, ja. Dat was met recht het goede woord. Er zou geen twijfel meer aan mogen bestaan dat de broers ook vrienden waren. Dat zou een uitgemaakte zaak zijn. Daar moesten ze naartoe werken, met elkaar.
Ze putte zich uit in het opdiepen van argumenten om erin te stappen en legde ze Fokke stuk voor stuk voor. Ze kon dan iets voor de kerk betekenen, ze zou eerder totaal opgenomen zijn in de dorpsgemeenschap en... nou ja, ze had er zin in! 'Bovendien zal ik geregeld jouw raad vragen, en wie weet komen Arjen en jij wat dichter naar elkaar toe.'
Dat laatste betwijfelde Fokke, maar: 'Ik zie dat je je oren ernaar laat hangen en wie ben ik dan om je in de weg te staan? Ik zou zeggen: bel Van der Weerd maar.'

De bijeenkomst van de nieuwe commissie begon genoeglijk. Regien had de groep van vijf personen bij haar thuis uitgenodigd en stelde meteen vast dat ze niet een soort van presidente was die alle zaken naar haar hand kon zetten, nee, ze was alleen maar ingehuurd om de gesprekken te leiden. En, met een knipoog naar Jan van de Weerd: 'De scriba van de kerkenraad is een zeer gewichtig persoon, ik verzoek jullie allemaal goed naar zijn raad te luisteren, voor zover die wijs is.'

Die intree maakte de sfeer direct al losser; het was duidelijk dat de leden gingen werken in een informele ambiance. Maar serieus gepraat werd er ook. Regien had een lijstje opgesteld van onderwerpen die aan de orde moesten komen. 'In de eerste plaats,' stelde ze, 'moeten we bedenken welke leeftijdsgroepen gebaat zijn met onze voorstellen. Daarbij denk ik dat we ons niet alleen moeten richten op de jeugd, ook ouderen moeten met genoegen naar het nieuwe gebouw gaan.'

Ook andere leden kwamen nu met hun inbreng en ook die werd onder de loep gelegd. Opmerkelijk was dat Jan van de Weerd zich veelal stilhield en slechts aantekeningen maakte op een blocnote. Toen hij daar op een ludieke manier op aangevallen werd, verdedigde hij zich met: 'Tja, dat heb je met een scriba, die schrijft alleen maar.'

Aan het eind van de vergadering had iedereen het voldane gevoel van: de eerste stap is gezet, mooi zo, ik zie het wel zitten!

Na afloop bracht Regien haar man verslag uit. Hij was naar Simon geweest, nee niet voor een partijtje, ze hadden een flink eind gelopen en een paar dingen besproken.

'Welke dingen zoal?' Regien liet de afwasborstel even rusten en keek hem nieuwsgierig aan.

'Och, niks bijzonders,' mompelde Fokke.

'Maar wat dan wél?'

Tja, anderhalf jaar getrouwd zijn met Regien en dan nog niet weten dat ze bekend wilde zijn met alle naadjes van alle kousen? Onbestaanbaar!

'Hij en Anita hebben trouwplannen. Verder niks,' meldde Fokke.

'En dat noem je niks bijzonders?' Dat vond Regien nu onbestaanbaar. Maar voorlopig had ze geen vragen meer.

Na een week of zes leverde Regien namens de commissie vier keurig getypte A4'tjes in bij Van de Weerd die ermee naar de kerkenraad toog.

De voorstellen, toegelicht door de scriba, werden met instemming gelezen en besproken. Alleen wilde voorzitter Arjen Bouma voor hij aan het karwei begon graag een avondje met de commissie praten. 'Op tijd overleggen kan veel moeilijkheden voorkomen, vind ik altijd.' Dat gebeurde. Bij hém thuis wel te verstaan. En het bleef niet bij één keer.

Het viel Regien op dat haar zwager juist tegen haar formeler praatte dan wanneer hij zich richtte tot andere leden. Ze deed haar uiterste best om ervoor te zorgen dat hij zich wat soepeler opstelde, ze probeerde hem zelfs met een geestigheid tot een lach te verleiden, maar hij kwam niet verder dan een halve glimlach.

Dat zag Van de Weerd ook. De volgende keer dat Regien zich als voorzitter wendde tot Arjen als uitvoerder van het karwei, ondersteunde Jan haar uitspraak overduidelijk. 'Ik vind dat Regien de zaak helder heeft gebracht,' besloot hij, Arjen recht aankijkend. Die knikte toegeeflijk.

Na de bouwvakvakantie werd het werk door aannemersbedrijf Bouma aangepakt. Dagenlang werd de buurt geteisterd door het gedreun van drilboren en mokerslagen – het werd ernst.

De commissie liet zich regelmatig zien op het werkterrein en soms kwam Regien op een vrije middag op haar eentje een kijkje nemen. Ze zag tot haar genoegen dat het destructieve deel van het karwei al snel plaatsmaakte voor de opbouw.

Thuis vertelde ze er enthousiast over. 'Leuk,' reageerde Fokke. 'Nu is het de vraag of mijn broer de begroting in de hand kan houden.'

Mijn broer. Zo noemde Fokke hem graag. Regien vond zijn toon iets laatdunkends hebben. In elk geval iets afstandelijks. 'Arjen heeft vast wel zicht op zulke klussen,' benadrukte ze, 'en hij weet ook wel dat de kerk niet schatrijk is. Zou je niet zelf eens een keer komen kijken?'

Nee, schudde Fokke resoluut.

Toch liet hij zich op een dag na het avondeten overhalen. Na veel aandringen van Regien, dat wel.

'Maar hoe zit dat, heb jij een sleutel van het gebouw?' vroeg hij. 'Om deze tijd is de boel afgesloten, natuurlijk.'

'Je bent voorzitter van de inrichtingscommissie of je bent het niet, hè,' antwoordde Regien hooghartig met de neus in de lucht. Fokke moest er nog om lachen ook.

Het karwei was een stadium verder dan hij verwacht had. Goed, het was er enorm rommelig, overal lag wat. Planken en balken schots en scheef in een hoek, stukken overbodig board her en der, gereedschap en snoeren onordelijk op werkbanken en de typische geur van vers hout en pas aangemaakte specie, maar de grote lijnen waren duidelijk. 'Hm, niet onaardig,' was Fokkes oordeel, 'als ze zo doorgaan zijn ze over een week of drie klaar.'

'Maar wat vind je van de inrichting?' Regien was benieuwd naar zijn opinie over de organisatie van het geheel. 'Zie je het gebouw voor je zoals het er straks uit moet zien?'

Fokke sloeg een arm om haar heen. 'Regien,' zei hij, 'ik weet zeker dat jullie eer van je werk zullen hebben. Om helemaal duidelijk te zijn: ik ben trots op mijn voorzittertje!'

Een loftuiting van heb ik jou daar! Gevolgd door een dikke zoen, want ze waren met z'n beidjes.

Twee avonden later. Telefoon in huize Fokke Bouma. De heer des huizes stond traag op uit zijn luie stoel, liep naar het dressoir en meldde zich.

'Met Arjen,' kwam er uit de hoorn.

Er ging even een schokje door Fokke heen. 'Ja? Wat is er?'

Het bleef even stil aan de andere kant. De hoorn gaf slechts een zware ademhaling prijs.

Toen: 'Er is wat vervelends, ik mis op mijn werk mijn allernieuwste elektrische boor.'

'Ja, dat is beroerd,' stemde Fokke in.

'Het ding is hartstikke duur,' ging Arjen verder.

'Dat zal wel.' Fokke toonde enig begrip.

Opnieuw stilte. 'Jij kunt geen opheldering geven?' kwam er toen.
'Opheldering?'
'Ja. Weet jij misschien waar die boor gebleven is?'
'Pfff, hoe moet ik dat nou weten!'
'Jij bent daar eergisteravond geweest.'
Nu was het Fokkes beurt om even te zwijgen.
'Je bent er om een uur of acht gezien,' ging Arjen verder.
'Waar ben je op uit?' vroeg Fokke scherp.
'Ik zal duidelijk zijn: heb jij die boor meegenomen?'
'Nee!' schreeuwde Fokke. 'En ik zal ook helder zijn: om mij kun je stikken!' Met een klap smeet hij de hoorn op de haak.

In twee woningen zaten echtgenotes met stijgende verbazing en onbegrip het gesprek te volgen.
'Nee, Arjen,' zei Emine fel voor haar doen, 'nu heb je een grote fout gemaakt. Ik geloof er niets van dat Fokke zoiets zou doen. Had mij maar gezegd wat je verontrustte, dan had ik deze misslag kunnen voorkomen. Nu heb je de breuk tussen jullie definitief gemaakt. Luister, je kúnt nog iets herstellen door direct naar je broer te gaan en de zaak recht te praten.'
Arjen zat met gebogen hoofd naar het tapijt te staren. 'Hij had hem geleend kunnen hebben,' mompelde hij, 'wie had het hier over stelen?' Maar de gang naar Fokke was hem te zwaar.

'Fokke, luister even naar mij, nee, luisteren zei ik, want hij zei niet dat je gestolen hebt. Weet je, dit kan een heel nare kwestie worden als jullie allebei elkaars woorden op je tanden opvangt. Ik heb een voorstel. Nee, wacht even, ik wil eerst zeggen, totaal overbodig trouwens, dat je waarachtig nergens met je handen aan bent geweest. En verder heb ik een vraag: wil je je terugtrekken in deze zaak? Laat het alsjeblieft aan mij over. Ik krijg plotseling een idee: ik ga naar Emine. Nee, niet nu, morgen.'
Hij zat als geknakt in zijn stoel en ze kwam gauw op hem af. Ze boog zich lief en ontfermend over hem heen en nam zijn gebalde vuisten in haar handen. 'Ontspan je eerst maar eens. Wacht, ik breng je je thee.

Hier, steek een sigaret op. Ik heb een leuk plan: we gaan zometeen een flink eind aan de wandel, het is al helemaal donker buiten.'
Hij keek op, hij keek haar aan. Aangeslagen, woedend, radeloos, van alles wat.
'Kom maar,' zei ze, 'en verder laat je alles aan mij over. Goed?'
Even later liepen ze hand in hand over de vlekken die de straatlantaarns op het wegdek gooiden.

De volgende middag fietste Regien naar Emine en ze kwamen in de hal al ter zake. Dat er wat gebeuren moest, was hun allebei duidelijk, de situatie mocht zo niet blijven. Maar wat stond hun te doen? Praten met hun 'jongens', ja, dat zou moeten. Maar wat viel er nog te zeggen? En hoe konden ze deze heikele kwestie het beste aanpakken?
'Ik heb het verscheidene keren geprobeerd,' vertelde Emine, 'maar er staat een muur tussen die twee.' Ze praatte rustig en beheerst en tegelijk gedreven. 'Ik heb er echt last van dat die jongens zo'n eind uit elkaar gedreven zijn,' ging ze verder, nu toch geëmotioneerd.
Opnieuw voelde Regien warme gevoelens voor deze vrouw in zich opwellen. Ze is betrouwbaar, dacht ze, en ze zoekt het goede in de mens. Ergens benijdenswaardig.
'Ik kan Fokke ook maar niet over de drempel helpen. Ook ik heb mijn best gedaan, maar het is zoeken naar een deur in een blinde muur. En toch zullen we iets moeten ondernemen.' Er klonk een kleine trilling in Regiens stem.
Het werd een lang gesprek waarin de beide schoonzussen verschillende openingen opperden. Maar telkens weer liepen ze tegen die blinde muur.
Nee, tot een oplossing kwamen ze niet. Nog niet althans. Wel spraken ze af allebei thuis hun geschut in stelling te houden en te blijven hameren op de noodzakelijke toenadering.
Zo gingen ze uit elkaar. Bij de deur zei Emine nog: 'Ik hoop niet dat er iets ergs moet gebeuren voordat Arjen en Fokke de weg naar elkaar vinden.'
Die woorden borg Regien zorgvuldig op in haar hart.

12

DE KOMENDE BASISSCHOOL HIELD VEEL ONDERWIJSMENSEN IN DE BAN. Sommigen zagen ernaar uit, velen reageerden zorgelijk. Alleen aan de ouders en hun schoolgaande kinderen ging het probleem voorlopig voorbij.

Regien had haar klas al eens gevraagd hoe ze het zouden vinden als ze bijvoorbeeld niet langer in klas 4 zouden zitten, maar in groep 6. De reacties waren praktisch gelijkluidend: ze vonden klas 4 leuker klinken. 'En het verschil tussen lagere school en basisschool dan?'

Nou, dat mocht basisschool worden, die naam had wel iets. Verder gingen ze over tot de orde van de dag: 'Juf, Pieter heeft voor schooltijd gemeen gespeeld, hij pakte mijn mooiste glazen knikker terwijl hij hem niet eens geraakt had!'

Regien bracht Pieter onder ogen dat hij voortaan alleen maar échte winst mocht opstrijken en daarmee was het geschil uit de wereld.

Ging het met grote mensen ook maar zo moeiteloos, dacht Regien. Wat zou dat een uitkomst zijn!

In gedachten ging ze terug naar de laatste bijeenkomst van haar jeugdclub van vorig jaar. De meimaand was in het land en het was gewoonte dat de groep omstreeks die tijd op 'zomerreces' ging. Tot aan september zou ze haar klantjes niet terugzien. Daarom had ze voor deze laatste samenkomst iets leuks bedacht: een speurtocht door de stad. Leuk! En goed besteed aan de deelnemers, die bestonden uit tien- tot twaalfjarigen. Net voordat de schemering veranderde in duisternis waren ze allemaal weer bij honk, compleet met hun verfomfaaide vel papier met antwoorden.

'Dat had je dus mooi bedacht,' stelde Ciska de Koning vast. Ciska was medeleidster van de club. Zij en Regien vulden elkaar prettig aan, de samenwerking liep voortreffelijk. Dat was geen wonder, vond Regien, ze kwamen namelijk allebei uit het onderwijs. Alleen waren ze niet op dezelfde school. Ciska was leidster op de kleuterschool die dicht bij Regiens school stond, hoofdleidster zelfs. Was het een wonder dat ze het op de club nogal eens hadden over de aanstaande basisschool? Regien ging trouwens behoedzaam met dat onderwerp om. Ze kénde

Ciska, ze wist dus dat er scherpe kantjes aan een diepgaand gesprek zouden kunnen zitten.

Beste meid overigens, die Ciska. In haar functie ook goed, de meeste ouders waren met haar ingenomen – goede zorg voor hun kinderen, prettige omgang met hen, echt wel een vakvrouw.

Maar Regien had ook andere eigenschappen bij haar ontdekt. Zo kon ze ietwat hoekig reageren als een tegenspeler het niet direct met haar eens was. Vasthoudend was ze ook, voor Regiens gevoel soms tegen beter weten in. Van kortzichtigheid kon ze niet beticht worden, maar haar zienswijze bijvoorbeeld op het verschil tussen hun beide soorten van onderwijs vond Regien wel enigszins beperkt.

Het ging na de speurtocht, toen de kinderen al weg waren en zij samen de boel in het verenigingsgebouw hadden opgeruimd, weer eens over dé kwestie.

'Het kan zijn dat ik het mis heb,' zei Ciska, 'maar ik heb vaak het gevoel dat jullie onderwijzeressen je verheven voelen boven kleuterleidsters. Nee nee,' weerde ze Regiens tegenspraak alvast af, 'zeg maar niet dat ik uit mijn nek klets, want ik ervaar dat nu eenmaal zo. Daarin ben ik overigens niet de enige, mijn collegaleidster denkt er net zo over.'

Regien kende het verhaal, ze wist ook dat het een lang en taai leven leidde. 'Gevoelens hoeven niet altijd juist te zijn,' bracht ze ertegen in, 'en ik kan je met de hand op mijn hart verzekeren dat ik mezelf niet zie als je meerdere. En daarin ben ík niet de enige.'

Ze wist dat ze zich op glad ijs waagde door dit gesprek aan te gaan. Maar moest ze zich voor de zoveelste keer stilhouden? 'Zou het ook kunnen zijn dat het jullie bij je opleiding consequent werd voorgehouden je vooral niet als de mindere te gedragen en dat jullie je onbewust en onbedoeld tegen ons afzetten? Ik bedoel, weet je een concreet geval te noemen?'

Daar had je het al. Ciska's gezicht trok strak, haar mond stond in een boogje met de hoeken naar beneden. 'Alleen al die vraagstelling vind ik zwak,' was haar antwoord.

Regien snapte de zwakte ervan niet, maar zag ervan af het probleem verder uit te diepen.

'Zullen we zo langzaamaan eens opstappen? Fokke zal niet weten waar ik blijf.'

Als ze dacht daarmee de conversatie te beëindigen, sloeg ze meters naast de plank.

'Ja, jij hebt een man thuis, ik niet,' zei Ciska vinnig, 'jij kunt er thuis verder over praten.'

Zat dát erachter! Goed, Regien wilde nog wel een kwartiertje blijven. Maar dan wel een ander onderwerp alsjeblieft!

Ze liet haar ogen snel even gaan over haar tegenspeelster. Ciska, een jaar of vijfenveertig, groot en gezet, een ietwat grof gezicht en een beetje log in haar bewegingen, keek terug. Nee, er was geen vijandigheid van haar gezicht af te lezen, maar het stond ook bepaald niet vriendelijk.

'Ik voorzie dat de scheidslijn tussen ons als kleuterleidsters en jullie als onderwijzers niet zomaar weg te nemen is,' zei Ciska. 'En er zou nog weleens een taai gevecht kunnen ontstaan over onze plaats in het geheel.' Er lag niet zozeer een waarschuwing in haar profetie als wel een dreiging.

Regien keek op haar horloge.

'Ja, ik zie het wel, wat ik zeg staat je niet aan. Maar op een keer moet de waarheid er toch uit en ik vind dat je mijn woorden maar eens moet meenemen naar huis. Naar je Fokke desnoods.'

Regien stond wat bruusk op en keek om zich heen. Waar had ze haar jas en haar tas?

'En als die basisschool er straks is, wat dan?' ging Ciska onverdroten verder. 'Ik denk nu aan het hoofdschap, beter gezegd: het directeur-schap. Wees eerlijk, wie denk je dat dat zal worden?'

'Beintema,' zei Regien zonder na te denken. Het floepte er zomaar uit. Meteen zag ze dat er vonkjes uit de ogen van de hoofdleidster schoten.

'Zie je wel? Daar heb je het nou!' Er lag een mengeling van verachte-lijkheid en woede in Ciska's toon.

Bij de deur draaide Regien zich om, met opgetrokken wenkbrauwen en een onuitgesproken vraag op haar gezicht.

'Je gaat er bij voorbaat van uit dat Maarten Beintema de directeur wordt!' stelde Ciska vast. 'Heb je je míj weleens in die functie voorge-steld?'

Nee, wilde Regien zeggen, en dat moet ook niet gebeuren. Ze hield die woorden binnenboord en zette een voet over de drempel. 'Ik wil het wel proberen,' zei ze vermoeid.

Ciska stond nu ook op. In haar volle omvang kwam ze op Regien af. 'Twee dingen, Regien, ten eerste is er nóg een verschil dat uit de weg geruimd moet worden. Het gaat me namelijk niet alleen om het duidelijke onderscheid tussen jullie van het lager onderwijs en ons van de kleuterschool, er is nog wat anders. Dat is het verschil tussen man en vrouw in de school.'

Dat sloeg in bij Regien, ze deed een stap terug over de drempel. 'Hoe bedoel je?' vroeg ze gretig.

'Iedereen gaat er bijvoorbeeld van uit dat aan het hoofd van de basisschool een mán komt te staan. Jij ook, denk ik. Of denken? Ik weet het wel zeker!'

Regien kon even geen woorden vinden. Wat er kwam leek meer op stotteren dan op een volzin: 'Eh, ja, ik... eh... nou ja, ik zei je zopas al...'

'Jij had nog aan niemand anders gedacht dan aan Beintema. Schiet ik raak of niet?'

Regien knikte voorzichtig.

'Die vanzelfsprekendheid! Ik vind dat het roer om moet. Waarom moet aan een man meer waarde toegekend worden dan aan een vrouw? Want zeg nou zelf, waar tref je een onderwijzer aan in klas 1 of 2? Om van het kleuteronderwijs maar niet te spreken. Neem nou je eigen situatie. Zou je niet eens een hogere klas willen hebben? Volgens mij kun je dat best aan. Maar nee hoor, juf Regiens trap heeft maar drie sporten!'

'Op dat punt ben ik het wel met je eens,' zei Regien. 'Daarom krijg ik na de vakantie klas 4.'

'Wel, wel,' was de respons van Ciska. Verder bleef ze een tijdje sprakeloos.

Ze stonden elkaar op een vreemde manier aan te kijken. Toen draaide de kleuterleidster zich abrupt om en liep met zware stappen de deur uit.

'Zo zie je maar weer dat er soms zomaar een deel van je idealen werkelijkheid wordt,' gaf Regien haar nog na.

Boven de schouder van Ciska was even een wuivend handje te zien.

Dat alles was alweer zowat een jaar geleden. Daarna waren de dingen op dat gebied zo'n beetje in een stroomversnelling geraakt. Vergadering zus, bijeenkomst zo en langzaamaan waren de onderwijsmensen gewend geraakt aan het idee van de basisschool.

Op een keer, het was nog voorjaar, kwam Regien 's avonds thuis van een bespreking en vond ze een briefje op de tafel. Van Fokke. 'Ben even naar Harry en Ingrid.'

Naar Harry en Ingrid? Moeilijkheden misschien? Regien vroeg het zich af. Ze wist dat het de laatste tijd niet boterde tussen die twee. Ze konden het, ook in gezelschap van anderen, haast niet laten woorden als pijltjes op elkaar af te schieten, zozeer zelfs dat hun bezoekers meestal haastig maakten dat ze wegkwamen. Wat had je te zoeken bij twee ruziënde echtelieden?

Maar ging het nu ook daarom? Vreemd trouwens, dat ze juist Fokke hadden gevraagd om te komen. Waarom Arjen niet? Die lag hun toch beter?

Of zouden ze helemaal niks gevraagd hebben en was Fokke uit zichzelf naar de stad gegaan?

Kon haast niet waar wezen. Niks voor hem om zomaar een familiebezoekje af te leggen.

Regien werd er onrustig van. Ze kon er slecht tegen niet op de hoogte te zijn van wat er speelde.

Ze ging zitten, zette de tv aan en kwam midden in een voetbalwedstrijd terecht. Rennende poppetjes over een groen veld. Leuk wel, maar ze kende de partijen niet, met wie moest ze het houden? Dat zei Fokke haar anders altijd voor, maar hij was er dus niet. Nee, hij was bij Ingrid en praatte met haar over... ja, waarover?

Regien deed de televisie uit en nam de krant uit de lectuurmand. Ach, ze kon wel ophouden, beter gezegd, ze hoefde er niet aan te beginnen. Haar gedachten zouden toch cirkelen om Fokke en Ingrid. Zou Harry er ook bij zijn?

'Nieuwsgierig, Regien?' vroeg ze zichzelf.

'Ja, heel erg,' zei ze.

Tegen anderen zou ze in zo'n geval zeggen dat ze geïnteresseerd was, of hooguit benieuwd.

Zichzelf durfde ze wel te bekennen dat ze ronduit nieuwsgierig was. 'Daar hebben we ons weetgraagje weer,' placht haar moeder te zeggen. Ze stond op, liep naar het raam. Nee, geen Fokke. Alleen maar duisternis intussen.

Ze keek eens door het andere venster, maar dat hielp geen zier. De telefoon! Zou ze het wagen? Of zou een belletje van haar als een inbreuk op een intiem gesprek worden ervaren? Ze schonk zich een glas fris in. Het dode scherm van de tv was vreugdeloos. Wacht eens even, er bestond ook nog zoiets als radio. Ze liep erheen en kwam toevallig langs het kastje waarop de telefoon stond. Zonder aarzelen greep ze de haak eraf en toetste het nummer van Ingrid in.

'Met Prins.' Harry klonk wat kortaf, vond ze.

'Ja, met Regien. Ik vond een briefje op de tafel...'

'Ik geef je Ingrid even.' Geen woord te veel van zijn kant, Regien vóélde dat er wat moest zijn.

'O, Regien, blij dat ik je hoor. Ja joh, ik had jullie gebeld, maar jij had een vergadering of zo en toen kwam Fokke...'

Niet echt complimenteus voor Fokke zoiets aan te moeten horen, dacht Regien. Maar ze vroeg snel: 'Moeilijkheden misschien?'

'Dat mag je wel zeggen,' was het even rappe antwoord. 'We komen er niet meer uit.'

'Wat erg,' zei Regien.

Het bleef even stil. Alleen op de achtergrond waren mannenstemmen te horen.

'Zou je nog kans zien om...'

'Jawel,' zei Regien, 'dan neem ik de auto wel.'

Binnen een kwartier was ze in de De Ruyterstraat en in die tijd waren al heel wat gedachten door haar heen geschoten. Ze vormden in het begin wel een goed stel, die twee, en kijk nou eens in wat voor aardig rijtjeshuis ze woonden: leuk tuintje, verzorgde aanblik, vriendelijke uitstraling. Wat wilde je nog meer!

Het ging om de binnenkant natuurlijk, beter gezegd: om het huiselijk leven. En ja, dat kon beter, dat wist ze al een hele tijd.

Ze parkeerde haar wagen voor het trottoir, stapte uit en wierp een vluchtige blik naar binnen. Zie je wel? Twee mannen en een vrouw, op gepaste afstand van elkaar.

In de deur verwelkomde Ingrid haar met een zucht.

'Blij dat je er bent, Regien, maar verheug je niet op een vrolijk gesprek.'

'Ik zal beginnen met luisteren,' gaf Regien terug.

In de huiskamer had ze het gevoel alsof ze bedompte lucht inademde. Kon natuurlijk niet, Ingrid was de reinheid zelve, alles blonk en glom. Er was verse koffie. De beide mannen rookten en zwegen.

Regien hield zich voorlopig afzijdig en ontdekte voor de zoveelste keer dat Fokke en Ingrid erg op elkaar leken; datzelfde brede voorhoofd, dezelfde grijsblauwe ogen en een identieke manier van knikken als bevestiging van hun uitspraken.

'Vertel eens,' verbrak ze toen toch maar de stilte.

De beide echtgenoten keken elkaar aan op een manier van: wie begint?

'Ik moet je zeggen dat ik een hartgrondige hekel heb aan ruzie,' opende Harry het gesprek. 'Ik probeer het dan ook zo veel mogelijk te vermijden, maar het spijt me dat ik het zeggen moet: de laatste tijd heerst in dit huis een ruziesfeer.'

Ingrid reageerde niet, Fokke en Regien knikten begrijpend.

'Daar komt nog iets bij,' ging Harry verder, 'de onderlinge verhoudingen tussen Ingrids broers en zus staan mij al een hele tijd niet aan. Ik voel me niet meer bij hen thuis.'

Oei, dacht Regien, dit wordt een strijd op twee fronten – thuis en in de familie. Om eerlijk te zijn kon ze wel met Harry meevoelen.

Terwijl ze aan haar koffie nipte voelde ze drie paar ogen op zich gericht.

'Wat de familieaangelegenheden betreft kan ik met je meevoelen, Harry, ik kan evenmin goed met onmin omgaan. Je krijgt dan het gevoel dat alles veel beter zou kunnen lopen als iedereen zich daar maar voor inzette.'

Harry ging met een schok overeind zitten. 'Prrrecies!' stootte hij uit en leunde weer achterover.

Het klopte, volgens Regien. Het was bekend dat Harry zomaar ineens kon exploderen, soms kort, andere keren heftig.

169

Fokke keek bedrukt voor zich. Er ontstond langzaam een rimpeltje tussen zijn ogen.

Oppassen, Regien! waarschuwde ze zichzelf. Haar blik gleed van Fokke naar Harry. 'Op de dag van de ontruiming van ma's huis was je erg stilletjes, Harry, we hebben je bijna niet gehoord. Was dat met opzet?' 'Ja. Ik had me voorgenomen om me buiten de verdeling te houden, want ik dacht nog: je zult zien dat er heisa komt. En die kwam er – ook zonder mijn inmenging.'

'Maar jullie wilden het vanavond hebben over de moeilijkheden tussen jullie tweeën,' stuurde Fokke de conversatie de andere kant op.

Inderdaad. Maar voorlopig zaten de beide betrokkenen stijfjes voor zich uit te kijken.

'Wát lukt er niet meer?' hield Fokke aan. 'Als jij nou eens begon, Ingrid?'

Regien verbaasde zich – Fokke die het voortouw nam! En ze vroeg zich opnieuw af of Arjen hier niet beter had kunnen zitten. Ingrid kon het immers beter met hem vinden dan met Fokke.

Goed, Ingrid wilde wel zeggen waar het bij hen aan schortte. 'Wij leven ons leven niet meer sámen,' begon ze, 'allebei gaan we ons weegs, Harry naar zijn mavo en ik naar mijn verzekeringskantoor. 's Middags komen we moe thuis en doen de dingen die moeten. De huishoudelijke rollen hebben we aardig verdeeld, daar ligt het niet aan. Er is iets anders: we verdragen elkaar niet meer, we kunnen niets meer van elkaar hebben. Het is langzaamaan zo geworden dat we, als we wel tot een gesprekje komen, alleen maar stekeligheden uitwisselen.'

'Een wedstrijdje in scherpslijperij,' vulde Harry aan, 'en 's avonds in bed raken we elkaar praktisch niet aan. Ik vind het maar niks.'

'Verdiepen jullie je nog wel in elkaars problemen?' vroeg Regien.

Twee hoofden die schudden, twee gezichten met onwillige trekken.

Het is al te ver heen, dacht Regien, is dit stel nog bij elkaar te brengen?

Ingrid kwam opnieuw los en somde een rijtje verwijten op in de richting van haar man. Had hij wel echte belangstelling voor haar werk, voor haar ideeën, voor haar leven dus?

Of hij wilde of niet, Harry moest wel met een weerwoord komen. Jazéker had hij wel interesse voor Ingrid, hij had echt zijn best gedaan dat ook te tonen, maar ja, als je voortdurend beticht werd van onachtzaamheid, onverschilligheid zelfs, dan gleed er op den duur iets wezenlijks weg, waar of niet?

'Dan is er nóg een belangrijk punt van onenigheid tussen ons.' Harry viel opeens stil, alsof hij weifelde naar voren te brengen wat hij op zijn hart had. Even keek hij hulpzoekend naar zijn vrouw, heel eventjes maar. Toen wist hij genoeg, hij las een harde gedachte in haar ogen. 'Jullie zitten hier nu eenmaal, ik ga het tóch zeggen,' ging hij verder. 'Jullie mogen gerust weten... nou ja, het gaat om de baan van Ingrid. Wat ik op haar tegen heb, is dat ze haar werk liever heeft dan kinderen.'

'Kinderen? Hoe bedoel je?' vroeg Regien vlug. Té vlug, besefte ze op hetzelfde moment. Want ze snapte opeens alles. Daarom gaf ze zelf antwoord op haar vraag. 'Ik begrijp dat jij, Harry, graag een kindje zou willen hebben.'

'Prrrecies! Nou weten jullie het!' Het kwam er weer een beetje knallend uit.

Regien schrok. Zat het zo diep? En ze keek als het ware bij zichzelf naar binnen. Ze weerhield zich in elk geval ervan naar Fokke te kijken. Zou hij op dit ogenblik niet denken: nou, Regien, wat zeg je dáárvan? Lijken jij en Ingrid misschien ergens op elkaar?

Wat moest ze nu zeggen? Van één ding was ze zeker: het woord scheiding mocht nog niet vallen; die klip moest omzeild worden. Toch zou ze nu met een voorstel moeten komen, want ze wist dat die twee háár om bijstand hadden gevraagd, hoe sneu dat ook voor haar man mocht zijn.

'Als we nu eerst eens nagingen hoe jullie indertijd bij elkaar gekomen zijn,' probeerde ze een opening te vinden. 'Jullie zijn jong getrouwd, allebei zo'n jaar of drieëntwintig, en nu lopen jullie na dik vijf jaar vast. Ga eens na, als je wilt, wat vonden jullie van elkaar toen je elkaar voor het eerst zag?'

De aangesprokenen keken enigszins verlegen naar elkaar. Harry was de eerste die reageerde: 'Tja, ik stond op een zaterdagmiddag bij ons thuis, in de stad, voor het raam en toen zag ik Ingrid van de fiets stappen. Ze haalde een map uit haar fietstas en belde aan. Ik weet nog dat ik dacht:

wat een leuke meid. Daarom liep ik hard naar de voordeur en ik zei: "Hoi." Ze keek mij aan en zei eveneens: "Hoi." Toen gaf ze mij die map. "Die moest ik van mijn vader bij de familie Prins afgeven," zei ze, en wilde zich al omdraaien. Maar ik nodigde haar vlug, en misschien ook wel een beetje dringend uit binnen te komen, ik wilde haar niet kwijt. Ik zie nog voor me hoe ze even aarzelde en ik wou haar wel over de drempel trékken. Nou goed, ze deed het en zat algauw aan een glas fris. Meteen kwam mijn vader ook bij ons zitten. Hij was blij met die map, waarin gegevens bleken te zitten over de renovatie van het kantoor van mijn vader. Ik herinner me nog dat hij naderhand zei dat je met aannemer Bouma niet gauw op de koffie kwam.' Gaandeweg werd het verhaal van Harry levendiger, er verscheen zelfs een blosje op zijn wangen.

'Je vond haar dus direct, op het eerste gezicht al, aardig,' stelde Regien vast. 'Dat kan, het overkomt veel mensen.' Even een snelle blik naar Fokke, wiens voorhoofd in zijn volle breedte rood kleurde. 'Nu ben jij aan de beurt, Ingrid.'

Het was duidelijk, die zat er wat mee. 'Och ja,' kwam er toen, 'je bent jong hè, ik was toen twintig en ik had onmiddellijk door dat Harry meer belangstelling voor me had dan nodig was. En, nou ja, ik vond hem ook wel leuk.'

Wat een verschil in de verslaggeving van die twee over hun eerste ontmoeting! dacht Regien. Ze moest zich opleggen onpartijdig te blijven want haar sympathie ging voorlopig naar Harry uit. 'En toen hebben jullie algauw een afspraakje gemaakt?' hengelde ze.

Ja, inderdaad, en er waren nog veel achteraan gekomen. Je kon zien dat Harry onder zijn verhaal verder opfleurde; hij was het dan ook geweest die op een huwelijk had aangestuurd.

'Nog een vraag: hadden jullie vóór jullie trouwen vaak, weinig of haast nooit ruzie?' enquêteerde Regien.

Stilte. Blikken die elkaar kruisten. 'Ja,' antwoordde Ingrid nadenkend, 'we waren het niet altijd eens. Als hij naar een feestje wilde had ik vaak geen zin, ik ging liever met hém uit. Ik was trouwens toch al niet zo'n feestbeest als hij.'

Plotseling leek iedereen uitgepraat. Niemand keek naar een ander, alle vier staarden ze voor zich uit. Het viel Regien op dat Fokke dat al een hele tijd deed en de rimpel had zich verdiept.

Ze wist het: alle drie wachtten ze op háár mondelinge reactie.

'Tja,' begon ze, 'ik denk...' Maar wát ze dacht werd niet openbaar. Ze wist het zelf trouwens ook niet. Toch moest ze ergens mee komen. 'Ik denk dat dit probleem opgelost moet worden met praten.' Haar uitspraak was alleen maar bedoeld om een nieuwe opening te forceren – het waarheidsgehalte ervan betwijfelde ze.

'Ik stel voor de zaak een tijdje te laten bezinken. Zullen we over een week of twee opnieuw samen om de tafel gaan zitten?'

'Prima. Maar dan ben ik er niet bij! Regien kan het alleen wel af!' Dat was Fokke, vrij heftig voor zijn doen.

O wee! Regien verschoof van schrik op haar stoel. 'Waarom, Fokke? We zijn toch met z'n állen in gesprek? Kom op, joh!'

Fokke zei al niks meer maar zijn mond als een streep sprak boekdelen. Regien liep snel op hem af, ging naast zijn stoel staan, boog zich voorover en kuste hem op de mond. 'We hebben elkaar nodig, Fokke!'

Hij knikte – tot zijn eigen verbazing. Maar nog steeds kwam er geen woord.

De twee om wie het ging zagen het tafereeltje aan met een gezicht waarop een mengeling viel af te lezen van verbazing, nieuwsgierigheid en een vleugje leedvermaak, ja, dat ook.

'Zo zie je maar weer,' stelde Regien vast, 'in elk huwelijk is weleens een aanvarinkje. Niks bijzonders, hoor, het moet alleen niet te erg worden. Nou? Wat vinden jullie van mijn voorstel?'

Fokke stond op. Een beetje schutterig liep hij alvast naar de deur. Daar pas ging hij akkoord met: 'Mij best.'

Regien wist dat het hem níet best was, maar haar aandacht was gericht op Harry en Ingrid.

'Het lijkt me een goed idee,' zei Harry.

'Och, welja,' mompelde Ingrid.

Heel raar, ze reden gescheiden naar huis. Fokke op de fiets, zij in de auto. Ze haalde hem algauw in, toeterde en wuifde lachend. Hij stak een hand op.

Regien besefte dat er thuis in eerste instantie tussen hén tweeën gepraat moest worden. Ze begon met een kort verslag van de bijeenkomst van daarnet, alsof Fokke er niet bij was geweest. Toch deed ze het met opzet zo. Volgens haar was het de beste manier om meningen op tafel te krijgen. Dat lukte ook. Fokke vond dat hij er voor Piet Snot bij had gezeten en dat terwijl hém gevraagd was de helpende hand te bieden. Zijn toon was nog altijd enigszins verontwaardigd. 'Ik begrijp je,' zei Regien eenvoudig. 'Ik zal een volgende keer mijn best doen de dingen anders te laten lopen.' Ze wachtte de uitwerking van haar woorden even af en keek hem toen vragend aan. 'Goed, Fokke?' Zijn knikje was haast onmerkbaar, maar zijn streepmond was weg.

Toen ze in bed elkaar welterusten hadden gekust, lag Regien nog lang wakker. Het hele tafereel speelde zich in haar hoofd opnieuw af en ze probeerde de situatie te doorgronden.

Eén ding was duidelijk: Harry stond positiever tegenover een nieuwe lijmpoging van haar kant dan zijn vrouw. Stúkken! En het kon nog weleens een hele toer worden om die twee weer op één spoor te krijgen.

Om eerlijk te zijn had ze zich al van het begin af aan niet erg aangetrokken gevoeld tot Ingrid. Zij was een echte Bouma, introvert, absoluut niet flonkerend, een beetje stug zelfs. Regien hield niet van zulke types, zijzelf was van een ander slag: op zijn tijd serieus, maar af en toe mocht er ook wat spetteren, al hield dat laatste beslist niet in dat zij juist extravert was – ze kon haar innerlijk ook afdekken als dat nodig was.

Wat zou Harry van Ingrid gevonden hebben? Een leuke meid, ja, dat had hij verteld, maar daarbij ging het slechts om het uiterlijk. Zou hij voor ze trouwden niet ontdekt hebben dat ze eigenlijk niet bij elkaar pasten? Want zo was het toch?

O ja? Maar was het dan Regiens plicht om het stel tóch bij elkaar te houden? En waarom had ze zo zeker geweten dat het woord scheiding niet moest vallen?

Ze kon haar eigen vragen niet beantwoorden.

Naast haar lag Fokke te slapen. Rustig ook nog. Hoe kon hij? Maar daar had je het weer, daarvoor moest je een Bouma zijn.

Toen flitste voor de zoveelste keer die vraag door haar hoofd: 'En jij, Regien, pas jij wel bij een Bouma?' Ze gooide de vraagstelling om zo te zeggen naast haar bed. 'Weg jij, en blijf daar!' Er werd gehoorzaamd, althans voorlopig.

Het gaf haar de gelegenheid terug te keren naar het gesprek van die avond. Wat een geluk, dacht ze, wat een geluk dat Fokke zich stilhield toen Harry repte over zijn kinderwens.

Als dat een volgende keer maar niet opnieuw aan de orde komt!

13

NA DE ZOMERVAKANTIE WAS OP SCHOOL DE GROTE VERANDERING INGE-
treden. Zo'n beetje alles was veranderd. Of? Gek genoeg had Regien
net als haar collega's weinig of niets van de aanpassing gemerkt. Ze
was evenals vorige jaren fris en opgewekt aan het nieuwe cursusjaar
begonnen, ze had haar lokaal de dag van tevoren zo overzichtelijk en
gezellig mogelijk ingericht en was de eerste lesdag begonnen met een
kringgesprek, waarbij binnen- en buitenlandse avonturen van haar
leerlingen de revue passeerden. Daarna kwam als vanouds de rekenles. Wás er wel iets veranderd? Op het eerste gezicht niet. Goed, klas 4
heette nu groep 6, zijzelf was niet langer onderwijzeres maar lerares,
het hoofd der school mocht zich directeur noemen en de naam lagere
school was doorgestreept – de basisschool was geboren. Maar het
vreemde was dat zij en haar collega's daar niets van ervoeren.
'Hoeft ook niet,' bromde Beintema in de pauze, 'alle goede dingen
komen langzaam en dan is het nog de vraag of de nieuwe ideeën haal-
baar zijn of niet. En ik moet je zeggen dat ik me vanmorgen herhaal-
delijk vergist heb in mijn toespraak voor de zesde klas, pardon, groep
acht. Of dat nu opzettelijk was of niet laat ik in het midden.'
Gerard Vegter, die groep zeven toegewezen had gekregen, viel hem bij
met: 'Ach ja, in feite verandert er voor ons niet veel. Ik voor mij ben van
plan op mijn eigen manier door te gaan.'
Zijn uitspraak ontlokte Maarten Beintema de ontboezeming: 'Ik zeg
maar zo: onderzoek alle dingen...'
'Maar behoud het goede!' vulde het koor van het personeel aan. Het
ginnegappen was luchtig en de koffie was goed, even goed als afgelopen cursusjaren – iets wat in elk geval behouden en zelfs gekoesterd
moest worden.
Miranda ten Hove van groep drie stak een protesterende vinger op,
maar ze was te laat, de bel ging alweer.

Dat er toch wel iets van de fusering te merken was, werd duidelijk op
de eerste personeelsvergadering na de vakantie. Maarten Beintema

heette hoofdleidster Ciska en haar collega kleuterleidster hartelijk welkom en hij hoopte en wenste...

'Je maakt meteen al twee fouten,' onderbrak Ciska hem. 'In de eerste plaats heet je ons welkom als nieuwelingen terwijl we vorig jaar al verschillende bijeenkomsten meegemaakt hebben en ten tweede noem je ons kleuterleidsters. Ik wil je erop attent maken dat ook wij nu leraressen zijn.' Geschuifel van voeten, getrommel van vingers, misprijzende blikken – Ciska's interruptie werd niet door iedereen op prijs gesteld. Beintema gromde: 'Oké.' Daarna raadpleegde hij een tijdje nauwgezet de agenda voor de vergadering en stelde voor die punt voor punt af te werken.

'Om te beginnen wil ik het graag hebben over het schrijven van de Schoolbegeleidingsdienst... ja, wat is er, Ciska?'

'Ik zou graag ergens anders mee willen starten.' Ciska keek strijdvaardig de kring rond, vorsend of ze bij voorbaat bijval vond. Nee dus. Nou ja, alleen haar collega van de voormalige kleuterschool knikte. 'Deze agenda is dus opgesteld door het hoofd van de school. Ik heb een voorstel: voortaan wordt de werklijst opgemaakt en gepresenteerd door de directie. Dat wil zeggen door de directeur én de adjunct-directeur, en dat ben ik.'

De collega's zwegen en bestudeerden hun nagels. Waarom gooide die Ciska de eerste de beste keer al knuppels in het hoenderhok?

Met een strak gezicht kwam Beintema met een tegenvoorstel. Goed, hij wilde een lijstje maken van te bespreken punten betreffende de groepen drie tot en met acht, als zíj dan kwam met hetzelfde voor de groepen een en twee. Dan zouden ze voor de bijeenkomst die onderwerpen kunnen samenvoegen.

Dit gaat niet goed, dacht Regien. Of ze zich ervan bewust is of niet, Ciska is niet sfeerverhogend bezig, integendeel, ze roept wrevel op.

Na de vergadering schoot ze haar aan. 'Ik wou je wat vragen.'

'Ga je gang,' zei Ciska met een koele blik.

Ze stonden met hun tweeën in de gang bij de wc's; niet echt een geschikte plek voor ontboezemingen, maar het kwam nu eenmaal zo uit.

'Ik heb het idee dat je meer verwachtte van de nieuwe start. Klopt dat?'

De gewezen hoofdleidster knikte diep voordat Regien haar vraag beëindigd had. 'Jazeker! En daar had ik ook reden voor.'

Regien ontdekte meteen weer die strijdvaardige houding bij haar gespreksgenoot: rechtop, een beetje opgeblazen en een vlammetje in haar ogen – klaar voor de aanval. Nee, dacht Regien, ik moet haar eerst zien om te buigen naar wat meer kameraadschap. 'Jij en ik,' zei ze, 'kunnen naar mijn smaak goed samenwerken. Dat is op onze jeugdclub hier in de stad tenminste wel het geval. Ik dacht dat we dat op school ook zouden moeten kunnen.'

'Nou ja, wat mij betreft graag.' Het timbre van Ciska's woorden was al aangenamer.

'In welke verwachtingen ben jij teleurgesteld?' Regien keek haar tegenspeelster openhartig aan.

Daar wilde Ciska wel iets over kwijt. Het was haar opgevallen dat de roosters voor de beide afdelingen nog net zo onafhankelijk van elkaar waren opgesteld als voorheen. Verder had ze gedacht dat er een lijstje van bijzondere dagen in samenhang opgesteld zou worden. 'En we zouden op bezoek moeten gaan in elkaars klassen, nee groepen, want dat zou bevorderlijk zijn voor de befaamde doorgaande lijn. Tenslotte draait het allemaal daarom, is het niet?'

'Lijkt me niet onhaalbaar,' bracht Regien in het midden, 'er valt over te praten.'

'Als het dan ook maar gebeurt!' viel Ciska in haar uitgangspositie terug.

'Ik wil het wel voorstellen,' zei Regien, en toen ze een blijk van waardering in de ogen van Ciska las, vuurde ze direct daarop een pijl af: 'Had je verwacht dat jij de directeur zou worden van de nieuwe school?'

'Er had op zijn minst over gepraat kunnen worden!'

Volgende pijl: 'Wat denk je, had je dat ook aangekund?'

Twee, drie seconden onzekerheid in de heen en weer schietende ogen van Ciska. Toen, iets zachter en met een nauwelijks hoorbare zucht: 'Ik dacht van wel.'

Er was dus afstand en van een overbrugging was nauwelijks sprake. Bovendien zag Regien de sluimerende tegenstellingen onder de personeelsleden veranderen in het ontstaan van twee groepjes.

De nieuwe basisschool had als uitgangspunt het tot stand brengen van één geheel – niet het halsstarrig vasthouden dus aan acht afzonderlijke groepen. Regien zag duidelijker dan voorheen dat haar collega's uiteenvielen in categorieën: de behoudende en de vooruitstrevende. Bij de eerste liep Maarten Beintema voorop, onmiddellijk gevolgd door Gerard Vegter en schoorvoetend bijgestaan door Margriet Hofman en Marco Post. De rest van het gezelschap zag wel wat in de nieuw uitgezette lijn, waar Ciska en haar collega van de voormalige kleuterschool zich uiterst goed in konden vinden.

En verbeeldde ze het zich nu of was het werkelijkheid dat de gezelligheid en de ongedwongenheid flink aan het tanen was?

Op een avond kon ze de slaap maar niet te pakken krijgen. Naast haar lag een dikke bult zwaar te ademen, in dromen verzonken. Hij wel. Regien draaide zich maar weer eens om en nam haar toevlucht tot een beproefd middel om de slaap te lokken. Ze vertelde zichzelf in gedachten een verhaaltje. Een verzinsel waarbij van alles mogelijk was, ook het onmogelijke. Dat was handig, ze hoefde zichzelf niet te corrigeren terwijl ze wel volop kon genieten van het tafereel dat ze langzaamaan opbouwde.

Ze zag voor zich de scène van een terras aan het water.

Het is zomers warm, maar een fris windje zorgt ervoor dat een groepje gasten daar met genoegen kan vertoeven.

Dat groepje bestaat uit haar collega's en uiteraard zit zij er ook. Ze had verwacht dat iedereen genoot van zijn koffie-met-wat-erbij, maar nee, de gezichten staan neerslachtig en de toon is somber. Maarten Beintema is als vanouds gespreksleider, hij kraakt de basisschool af en vraagt zich boos af of hij het volgende cursusjaar soms een kleutergroep onder zijn hoede moet nemen!

Margriet, Ciska en Miranda dienen hem vrij fel van repliek en daar heb je het! Boze woorden en stekende blikken gaan over en weer en het gebak op de tafel blijft voor een deel op de schoteltjes liggen.

Dan staat zij op. 'Mag ik wat zeggen, Maarten? Ja? Mooi zo, want ik heb een voorstel. Kijk, we zitten hier op zo'n mooie locatie en met het weer zijn we rijk bedeeld, waarom zouden we de stemming laten bederven door onenigheid? Daarom kom ik met een suggestie: zullen we hier en nu over van alles praten behalve over schoolzaken? Om duidelijker te zijn: de school is vanmiddag taboe. Wat vinden jullie daarvan?'

Voorlopig niks. Verbaasde gezichten, opgetrokken wenkbrauwen en een voorzichtig schouderophalen.

'Het is te proberen,' zegt ze, 'zien jullie die zeilboot met de afbeelding van een vogel erop? Een roofvogel, geloof ik. Wie van jullie kan trouwens zeilen?' Daar steekt Maarten Beintema de vinger op. Nooit geweten dat hij de kunst machtig is. Trouwens, wie had dat achter Miranda gezocht? Moet je je voorstellen: Miranda hangend aan een touw en zorgend dat het zeil niet overstag gaat! Een echte vakantiesport, dat zeilen. Maar andere geneugten zijn er in hun vrije tijd ook. Denk maar eens aan bergbeklimmen of zo.

Het praten gaat opeens veel makkelijker, de lach breekt plezierig door en er moet opnieuw koffie of fris komen, wat drommel, je krijgt dorst van het praten hier aan het water.

In de verte wordt de lucht dreigend, wolken schermen de zon af, het wordt tijd om op te stappen. Even later ligt het terras er verlaten bij, alle collega's hijsen zich in hun jack.

Maar bij hen is de lucht opgeklaard!

Inderdaad een praktisch hulpmiddel, zo'n fantasietje waarin je situaties naar je hand kunt zetten. Of er ook een kern van werkelijkheid in zat? Regien wist het niet, maar een ideetje had ze intussen wel! En daarmee sliep ze in.

Een paar weken voor de volgende vergadering kwam Regien in de koffiepauze met haar idee.

'Vinden jullie ook niet dat het allemaal wat stroef verloopt op onze personeelsbijeenkomsten?' begon ze. 'Nou, dat gevoel heb ik tamelijk sterk. Daarom kom ik met een voorstel: ik nodig jullie uit om volgende week dinsdag bij mij thuis een avondje door te brengen. Heel informeel, hoor, gewoon met elkaar praten. Er hoeft ook geen agenda te zijn, juist niet zou ik zeggen. We hebben het over van alles en nog wat, maar één onderwerp is taboe – dat is de school. Nee, we bespreken geen leerlingen, geen lesstof, geen methodiek, we nemen bijvoorbeeld de voetbalcompetitie onder handen of de kaatssport. Hoe lijkt dat jullie?'

De reactie bestond vooralsnog uit wat schaapachtig gegrinnik, elkaars mening aftastende blikken en wat voorzichtig keelschrapen. Maarten Beintema kwam als eerste voor de draad met: 'Lijkt me helemaal geen gek idee. Praten we ook eens over normale toestanden. Regien, ik stem vóór!'

Het eerste schaap was al over de dam gekomen en zie je wel, daar kwamen de anderen ook. De een wat gretiger dan de ander, maar toch. Ook Ciska en haar medewerkster van 'de andere afdeling' lieten zich er naderhand positief over uit...

'Dat betekent voor mij wegwezen,' stelde Fokke vast toen Regien hem op de hoogte bracht van haar voornemen, 'stel je voor, ik temidden van zo'n groep frikken, mij niet gezien!'

Regien wees hem er fijntjes op dat zijn absentie zeer op prijs werd gesteld. 'Ga jij maar een potje schaken, jongetje, en zie maar weer eens te winnen van Simon. Als je huilend terugkomt, weet ik dat je verloren hebt.'

'Wie zal de bijeenkomst leiden? Jij toch niet, hoop ik? Want dan is de boel tot mislukken gedoemd,' oordeelde Fokke vrolijk.

Ze hielden ervan op die manier met elkaar te converseren: prikkelend maar tegelijk goedmoedig. Een buitenstaander zou ervan ophoren. Niet opkijken, trouwens, want dan zag hij opgewekte gezichten. Elkaar bezeren was het laatste wat ze wilden. En dat wisten ze van elkaar.

Na de bezichtiging van het huis van Fokke en Regien en complimentjes over de gezellige inrichting namen de collega's plaats en meldden elkaar hun mening over het weer van nu en over de storm die een week daarvoor gewoed had en nogal wat schade had aangericht.

Regien had voor bloemetjes gezorgd, de wand- en schemerlampjes zorgden voor een knusse sfeer, koffie en appelgebak droegen daartoe bij en de eerste uitschieter veroorzaakte luid gelach. Het was Maarten, wie anders? 'Ik zei vanmorgen nog tegen Sietse: jongen, je moet...' Wat Sietse moest ging verloren in het rumoer.

'De baas geeft weer eens het slechte voorbeeld!' werd er geroepen. 'Wie praat er op een avond als deze nou over zijn klas?'

Maarten Beintema gromde wat onduidelijks maar bekende even daarna dat hij inderdaad een bok had geschoten. Maar bij die ene bok bleef het niet. Ook Miranda, zelfs zij, ging in de fout.

'Kinderen uit groep drie zijn praktisch altijd eerlijk,' verkondigde ze op een gegeven moment. Ha! Ze was op twee manieren aan te vallen: in de eerste plaats was het maar de vraag of haar uitspraak wáár was, maar daar ging het nu niet om, veel verfoeilijker was het dat ze haar klas te berde bracht. Een kanjer van een misser!

Miranda staarde beschaamd naar haar restje appelgebak.

Ook Ciska ging bijna onderuit. 'Regien en ik hebben het op onze jeugdclub eens meegemaakt,' begon ze, en sloeg toen haar hand voor de mond. 'Of hoort het clubwerk ook bij de categorie school?' vroeg ze.

Dat werd in bespreking gegeven. Nou, het kon nog net, maar het was wel op het randje. 'Voortaan voorzichtig, Ciska. Het is dat wij nogal toegeeflijk ingesteld zijn, maar anders...'

Het liep als een trein, die avond.

Het doel van de samenkomst werd bereikt. Aan het eind van de avond stelde Maarten – wie anders? – vast dat het een nuttige zaak was geweest en hij bedankte Regien voor haar gastvrijheid en vooral voor haar idee.

'Misschien zouden we dit vaker moeten doen?' vroeg Regien zich hardop af.

'Zou niet verkeerd zijn, leren we elkaar ook eens van een andere kant kennen, maakt de onderlinge band sterker,' waren de reacties.

De volgende officiële vergadering was er een van personeel en schoolcommissie gezamenlijk.

Volgens Regien ging het er al losser aan toe. Zou haar initiatief geholpen hebben? Wat zou dat mooi zijn!

Maar toen ze bijna aan de rondvraag toe waren en voorzitter Jan
Boersma nog even terugblikte op het proces van de samenvoeging van
hun beide scholen stak Ciska de hand op: 'Mag ik daar nog even over,
voorzitter?'
Er ging een onbehaaglijk geruis door de vergadering. Toe nou, het ging
tot nu toe zo goed. Er werd toch niet opnieuw met dwarse knuppels
gegooid, hè?
'Kijk, het is zo,' begon de gewezen hoofdleidster, 'als je de onderwijsbladen van de laatste tijd inziet kom je tot het oordeel dat het de
gewoonste zaak ter wereld is, dat het hoofd van de lagere school terug-
treedt om aan het hoofd van de kleuterschool de kans te geven de leiding van de nieuwe school op zich te nemen. Van een overweging op
dat punt heb ik hier niets gemerkt en ik zou dan ook...'
Jan Voerman onderbrak haar met: 'Dan heb je niet goed opgelet, Ciska.
We hebben dat onderwerp wél onder handen gehad en dat staat in de
notulen vermeld ook. Alleen moet ik je zeggen dat we er niet lang over
gedaan hebben. Voor ons was het een duidelijke zaak dat de heer
Beintema...'
'Goed, goed,' wuifde Ciska, 'het ging mij ook meer om...' Ze maakte
haar zin niet af, keek ietwat wrevelig naar haar koffiekopje en rukte
haast onmerkbaar even met een schouder.
Toch nog! dacht Regien. Jammer, het ging zo aardig. En wat voor nut
had de vraag van Ciska? Was het niet alsnog een schopje achteruit? Ze
had trouwens het gevoel dat de tweedracht nog niet helemaal overwonnen was.

Maarten Beintema tikte haar vlak voor de middagschooltijd even op de
schouder. Regien keek een beetje geschrokken achterom. 'Ja?'
Ze stonden met z'n beiden in haar lokaal, waar het vale licht van een
grauwe dag tafels en stoelen in een grijze waas hulde. 'Kan ik je na
schooltijd, zo ongeveer om vier uur, even spreken? Ik heb namelijk een
vraag.'
Regien kreeg even een akelig gevoel. 'Is er iets ernstigs?' vroeg ze snel.

'Nee hoor, maak je niet ongerust. Tot straks.'

Oei! Wat zou hij hebben? Tóch iets ergs? Hij keek zo ernstig. Wat vervelend trouwens. Nu wilde Regien zo graag weten wat hij op zijn hart had en daar moest ze nog een hele middag op wachten. Bah! Onder de lessen kwam zijn verzoek telkens weer bij haar boven. Waar wilde hij het in vredesnaam met haar over hebben? Het werd een lange middag. Om halfvier zorgde ze dat alle kinderen de deur uit gingen, nee, niemand hoefde de borden te vegen of een ander karweitje op te knappen.

Ze ging aan haar tafel zitten en begon aan het correctiewerk. Om kwart voor vier had ze al een keer of wat haar horloge geraadpleegd. Om vijf voor vier legde ze stapels boeken in keurige rijen in de kast en om vier uur zat ze zogenaamd haar lessen voor de volgende dag voor te bereiden. Pas om tien over vier kwam het klopje op haar deur.

'Sorry,' zei hij, 'ik werd even opgehouden.' Meteen nam hij plaats op een leerlingentafel tegenover haar klassenbureau. 'Ik wilde je wat vragen,' begon hij.

'Ja?' antwoordde ze bijna deemoedig met een hoge stem.

'We zijn nu een paar maanden onderweg als basisschool. Je weet dat de overschakeling niet zonder horten en stoten is gegaan en dan denk ik in de eerste plaats aan de onderlinge samenhang. En je weet óók dat ik erg veel belang hecht aan een goede sfeer.'

'Ja,' zei Regien gretig, 'dat is zo! En jij bent niet de enige die die mening toegedaan is.' Ze haalde opgelucht adem; in feite was er een pak van haar hart gegleden.

'Jij hebt er je best voor gedaan om de boel bij elkaar te houden of te brengen. Dat stel ik geweldig op prijs. Maar ik vraag me af...' Maarten wachtte met een bedenkelijk gezicht haar reactie af.

'Ik vind wél dat het aardig goed gaat,' vulde Regien zijn overpeinzing aan. 'Toch denk ik weleens dat het nogal een opgave voor ons is er verschillende meningen op na te houden en desalniettemin een fijne sfeer te scheppen.'

'Dat heb je knap onder woorden gebracht.' Maarten keek haar met bewondering aan. 'Ik had precies hetzelfde willen zeggen,' knorde hij voldaan. Regien weerhield zichzelf ervan even te gniffelen. Ze dacht namelijk: had dat dan maar gedaan!'

'Ik heb zitten prakkiseren over iets buitenissigs wat we zouden kunnen doen om de onderlinge band te verstevigen, maar ik moet je zeggen: resultaat nihil. En nu komt mijn vraag: weet jij misschien wat?'

'O jawel! Stom toeval, hoor, maar ik weet iets leuks. Als team gaan we een middagje Amsterdam doen. Met twee auto's eropaf, opnieuw geen schoolzaken aanroeren en frank en vrij door de Kalverstraat banjeren. Ik las toevallig een programma...'

'Stop maar, laat maar!' riep Maarten jongensachtig met twee bezwerende handen omhoog, 'kom morgen in de pauze maar met je ideeën. Wat mij betreft: aangenomen. Je wordt bedankt!' Hij sprong van zijn tafeltje en stapte kordaat naar de deur, waar hij nog even naar haar zwaaide.

Woensdag 9 oktober, halftwee. Prettig herfstweer, een zonnetje dat af en toe vanachter een wolkenrand om een hoekje naar de aarde loerde, twee personenauto's die startklaar voor de school stonden en verwachtingsvolle gezichten en uitspraken: 'Nu zullen we eens zien wat Regien voor ons in petto heeft!'

Voorop reed Maarten Beintema – wie anders? Als een volleerde stationschef gaf hij het sein van vertrek. Volgwagen 2 met aan het stuur Ciska gaf bereidwillig gehoor aan zijn signaal.

'We gaan niet sneller dan honderd!' had Maarten uitgemaakt. 'Anders raken we elkaar te gauw kwijt.'

Het werd een plezierige rit die eindigde in... ja, waar eigenlijk? In een vrij smalle straat van de Amsterdamse binnenstad bleef wagen nummer 1 plotseling staan. De chauffeur stapte uit om beraad te houden. 'We staan nu in de Binnenbantammerstraat,' meldde hij, 'en ik geloof niet dat dat de bedoeling was. Ik denk dat we verdwaald zijn...' Het betekende voor de heer Beintema een nederlaag, dat was hem aan te zien.

Hoe nu verder? Had iemand een idee?

'Als je even opzijgaat met je auto rij ik om je heen. Kom daarna maar achter mij aan.' Dat was Ciska, vriendelijk wel, maar ook met een binnenpretje.

Ze loodste de club koersvast naar de plek waar ze wilden zijn.
'Ach ja...' zei Maarten toen ze allemaal vaste grond onder de voeten hadden. Verder kwam hij niet.

Ze dronken koffie in een restaurant in de Kalverstraat, ze slenterden langs de winkels en arriveerden om een uur of vier bij Madame Tussauds.

Voor velen een openbaring! Het was toch wat: kon je daar zomaar naast Michiel de Ruyter gaan staan, in de blauwe ogen van koningin Wilhelmina kijken die onaangedaan vanaf haar troon voor zich uit bleef staren; de wassen beelden zagen er bedrieglijk levensecht uit.

De etalages van de Kalverstraat bleven trekken, het kostte Maarten moeite vooral de dames bij de tijd te houden: er moest gegeten worden.

Gezellig. Dat was tot nog toe het trefwoord van de middag. Maar de trip was nog niet afgelopen, in het theater aan de Amstel maakten artiesten zich klaar voor het opvoeren van een bekende musical.

Wat een gebouw! En wat een interieur! Lange rijen heerlijk zittende stoelen, vage verlichting vanaf de zijkanten van de zaal en een nog afgesloten podium waarvan alleen al het zware doek verwachtingen wekte. Regien was onder de indruk en vergat te converseren met de andere leden van haar groep. Ze zat naast Maarten en ze bespiedde hem – zou hij hetzelfde gevoel hebben als zij? Was hij misschien ook een beetje verbluft door de entourage? Opeens zag ze haar vader naast zich zitten en ze wist dat híj zich hier niet direct op zijn gemak zou voelen. Hij zou zich afvragen of hij hier wel hóórde te zijn.

Vanaf het moment dat de rode gordijnen langzaam open zoefden verkeerde Regien in een andere wereld. Een wereld die ze niet kende en die een onthulling voor haar was. De mensen op het podium hadden iets te vertéllen. En dan de manier waarop! Zang en dans en muziek – in één woord prachtig!

Af en toe gleed haar blik over de collega's. Ciska zat zich met open mond te verbazen over wat zich voor haar ogen afspeelde. Miranda zat als een ineengedoken vogeltje het verhaal te volgen alsof het eigenlijk verboden kost was. Marco's hals daarentegen was niet lang genoeg, hij genoot overduidelijk.

Regien trouwens zelf ook, al vond ze sommige passages ietwat gewaagd. Ze zou ze in het schoolhuis niet noemen. Fokke! Wat zou hij hiervan vinden? Ze zag hem al zitten: onbeweeglijk, met ogen die geen ogenblik het podium losliëten en een dunne glimlach om zijn mond. Ze had zin hem een kneepje in zijn hand te geven. Niks geen kneepjes, naast haar zat Maarten en hij zou vreemd opkijken.

Het applaus na afloop was daverend en Regien leverde net als haar collega's daarin een flinke bijdrage.

Een tijdje later stonden ze weer op straat. En weer op aarde. Het was elf uur en nog was er druk verkeer in nachtelijk Amsterdam. Er ontstond enige discussie: ergens nog wat drinken of rechtstreeks op huis aan? Het werd het laatste.

'Eh,' begon Maarten Beintema, 'nu moet ik bekennen dat ik niet alle ins en outs weet van de terugreis. Om eerlijk te zijn heb ik geen idee welke kant we nu uit moeten. Iemand van jullie misschien?'

'O, jawel hoor!' Dat was de lage stem van Ciska. 'Ik wil wel voorop rijden, ik ken Amsterdam wel zo'n beetje. Stap maar in, allemaal!'

Lag er niet wat triomfantelijks in haar mededeling? Haar gezicht glansde in elk geval in het licht van de straatlantaarns.

Daar gingen ze. Toch wel knap van die Ciska, zoals ze beide auto's door de Amsterdamse straten voerde, voorrang gevend aan wie daar recht op had maar stevig doorrijdend en op zijn tijd zelfbewust voorrang némend. Typerend, vond Regien, maar hield die mening voor zich.

Richting Alkmaar nam Ciska. Regien zag het op de helder verlichte blauwe borden en ze vroeg zich af of Ciska de route uit haar hoofd wist.

Toen, in een bocht, werden de remlichten van Ciska opeens felrood. Een piepend geluid van banden drong door tot in de wagen van Maarten, die hard op zijn rem moest trappen. Ze stonden stil. Deuren van beide auto's gingen open, collega's stapten uit en stonden even later bij Ciska. Ze stond met beide handen voor de mond naar haar rechter spatbord te kijken. 'O, o, wat erg!' bracht ze uit. 'O, verschrikkelijk!'

Achter hen klonk getoeter en Maarten zette zijn auto aan de kant, met de knipperlichten aan.

'Wat is er aan de hand?' vroeg hij Ciska.

Ze wees naar haar rechter spatbord. Flink ingedeukt, zag nu iedereen. 'Wat gebeurde er, Ciska?'

Met een dun stemmetje vertelde ze dat ze zich op de bocht verkeken had. 'Te scherp genomen,' zei ze, 'en ik heb dat paaltje nooit gezien.' Welk paaltje? O, dát! Ja maar, wie zet er nu paaltjes aan de kant van de weg, precies in een bocht? Dat is toch vragen om ongelukken? Mensen nog aan toe, zijn alle Amsterdammers soms dom? Verontwaardigde reacties stegen op, het gefoeter op de hoofdstedelingen was niet van de lucht. Niet zozeer om Publieke Werken van Amsterdam te krenken, maar veeleer om Ciska moreel te ondersteunen.

'Ik had het moeten zien,' bekende de chauffeuse, 'en het ergste is dat mijn wagen niet meer rijden wil, kijk maar.'

Het was zo, de rechter voorband zat klem. 'Waar is een garage? Wegenwacht bellen?' Allemaal goed bedoeld van de collega's, maar veel zoden zetten ze er niet mee aan de dijk.

'Wacht eens,' riep Maarten, 'als we nou met z'n allen stevig aan dat spatbord trekken, zou er dan geen mogelijkheid zijn...' Hij hoefde zijn voorstel niet af te maken, want twee, drie mensen maten hun krachten al met het verwrongen metaal. Het werd nog een zwaar karwei, waarbij vuile handen werden gemaakt. Maar uiteindelijk kregen de leerkrachten hun zin, al bestond hun triomf slechts uit een afstand van zo'n anderhalve centimeter.

Maar wat nou? Moest Ciska daarom huilen? Waarom die zakdoek telkens langs haar ogen?

'Het is toch klaar, Ciska?' vroeg Maarten met een troostende arm om haar schouder.

'Ik... ik vind jullie zulke goede mensen, zo'n goede club... ik... had het niet... ik...'

'Laat maar, Ciska,' baste Maarten hartelijk. 'Ik zou zeggen: stap maar in en leid ons naar huis. Jazeker, jij voorop, wat zullen we nou hebben?' Prachtig! dacht Regien. Wat loopt dit goed af. Wat een geluk bij een ongelukje!

In de auto zat ze weer naast Maarten Beintema. De buitenwereld was nu helemaal donker. Alleen de gedimde lichten schiepen helderheid,

evenals hier en daar het rustige schijnsel van straatlantaarns.
'Ik denk dat dit een nuttige middag is geweest,' ventileerde Maarten na een poos van zwijgen zijn oordeel. 'Ik geloof dat we dichter bij elkaar zijn gekomen.'
Daar stemden de andere twee inzittenden graag mee in.
'Was dat misschien ook de opzet, Regien?' vroeg Marco. Maarten was haar voor. 'Natuurlijk was dat het geval,' beklemtoonde hij zijn eerdere uitspraak. 'Dat het van nu af aan soepeler gaat lopen is een uitgemaakte zaak. Wat jij, Regien?'
'Ik had erop gehoopt...' Regiens verdere antwoord verzandde in een droge snik.

14

OP ZONDAG 3 MAART 1985 WAS ER ENIGE DEINING WAAR TE NEMEN IN DE
kerk. De dienst was nog niet begonnen, de mensen kwamen rustig
binnen, groetten hun medekerkgangers met een knikje en zochten hun
gewone plaatsen op. Niets bijzonders, zo ging het elke zondagmorgen.
Niks bijzonders? Vanwaar dan die beroering? Waarom keek iedereen
naar die bank, links vooraan? Aha, dát was het: vreemdelingen! Vijf
stuks nog wel, drie mannen en twee vrouwen. Duidelijk! Een hoorcommissie.
Zo zo, werd er jacht gemaakt op hun dominee, die zometeen voor zou gaan in de dienst! Een hele eer voor
de man, maar voor de gemeente minder plezierig. Hun predikant was
immers een prima kerel, die niet alleen boeiend kon preken, maar die
behalve leraar ook herder was. En nog een heel goede ook!
De kerkenraad kwam binnen, de ouderling van dienst leidde de voorganger naar de preekstoel, de dienst kon beginnen.
Was de dominee zich niet bewust van het bezoek? Hij liet zoals
gewoonlijk voordat hij groet en votum uitsprak zijn ogen dwalen over
het kerkvolk, maar zijn blik bleef niet haken bij de bewuste bank,
integendeel, die sloeg hij over.
Vóór de dienst op de hoogte gebracht door de koster, wisten zijn toehoorders.
Fokke wist er ook van, hij had van Regien, naast hem, een porretje
gekregen: kijk dáár eens!
'Een hoorcommissie,' stelde Fokke mompelend vast. 'Nou, nou.'
Regien was benieuwd. Waar mochten die lui wel vandaan komen? Tot
haar tevredenheid ontdekte ze dat het vrouwelijk element voldoende
vertegenwoordigd was. Het leek haar trouwens ook wel wat: op zondag een trip maken op zoek naar een nieuwe predikant.
De tekst die de dominee voor zijn preek had gekozen kwam uit het
boek Habakuk. Niet meteen een aansprekend gegeven, vond Regien.
Als de man geweten had wat nu de hele kerk wist, had hij vast wel een
bekender bijbelboek genomen.
Ze volgde hem nauwgezet en ontdekte dat zijn stem anders was dan
gewoon. Een lichte trilling verried emotie. Dus toch! Maar natuurlijk!

Hij was toch ook een mens? Waarom zou hij er minder om zijn als hij zijn spanning niet geheel en al kon verbergen? De preek pakte haar niet onmiddellijk. Hinderde niet, ze wist dat hij beter kon. Maar had de hoorcommissie dat ook in de gaten? Dat was nou het vervelende als je ergens op proef moest optreden: door de stress kwam je niet helemaal duidelijk uit de verf.

En zie nou eens, de dominee durfde zijn geschreven preek niet met zijn ogen los te laten. Hij keek wel telkens even op maar zag niemand. En dat, terwijl hij anders zo frank en vrij zijn toehoorders aankeek en slechts af en toe zijn papier raadpleegde. Regien kon met hem meevoelen. Ze wist soms met zichzelf ook geen raad als er bezoek achter in de klas zat. Wat had ze een hekel aan die inspecteur met zijn doordringende ogen en zijn strenge mond, die elk woord van haar lippen ving en elk gebaar controleerde. Jakkes! Trouwens, als schoolhoofd Beintema haar klas binnenkwam en onder een kort gesprekje spiedend om zich heen keek, voelde ze zich ook niet op haar gemak. Met de leden van de schoolcommissie was het van hetzelfde laken een pak. Was ze dan alleen maar zichzelf als ze gemoedelijk bezig was met haar eigen klas en door niemand op de handen werd gekeken?

Ja! stelde ze vast. En met overtuiging knikte ze zichzelf toe: Je bent op je best als je je eigen gang mag gaan, als je je eigen koers kunt bepalen, Regien!

Juist, maar hoe kon het dan zijn dat ze bekendstond als bemiddelaarster in conflicten? Als er onmin was kwamen de mensen toch vaak bij haar om raad en bijstand? Een raadsel?

Regien wist het antwoord wel: in zulke situaties vergat ze zichzelf. Dan draaide bij haar alles om de vraag: hoe kunnen we dit het best oplossen? Of, anders gezegd, dan bekeek ze om zo te zeggen de betrokkenen van een afstandje, zijzelf speelde dan geen rol. In dergelijke omstandigheden trad ze zelfs aardig zelfverzekerd op.

Een mens is een ingewikkeld wezen, bepeinsde ze. Kijk nou eens naar Fokke, hij had onafgebroken zijn aandacht bij de dominee, straks zou hij thuis de preek in grote lijnen kunnen navertellen. Zij niet, het léék er niet op, ze had veel meer naar de méns op de preekstoel gekeken.

Kortom, Fokke wist waar het in de preek om ging, zij besefte wat er in de predikant was omgegaan. Twee totaal verschillende individuen, die het toch heel goed met elkaar konden vinden. Beter gezegd: ze vulden elkaar aan en ze pasten bij elkaar.

Thuis, bij de koffie, merkte Fokke op dat hun dominee de gemeente een gedegen preek had voorgelegd, de mensen hadden er iets van mee kunnen nemen. 'Nee, het ging niet om een los praatje, er zat behoorlijk diepte in.' Hij zette een langspeelplaat met gewijde muziek op, zoals hij elke zondag na kerktijd deed. Want een mens van vaste gewoonten was hij ook.

'Een beetje nerveus was hij wel,' stelde Regien vast, 'hij was minder zeker van zichzelf dan anders.' Ze schonk koffie in. Dat deed ze elke zondagmorgen na kerktijd, maar ze zou er helemaal geen bezwaar tegen hebben gehad, als Fokke nu eens gezegd had dat hij deze keer wel voor de koffie en de zondagse koek zou zorgen. Maar dat kon ze op haar buik schrijven. Fokke die uit zichzelf zoiets voorstelde! De ervaring had haar zelfs geleerd dat hij, als ze wél iets in die richting zei, een grote verbazing kon uitstralen. Goed, hij deed dan wel wat ze vroeg, hij was wel van goede wil, maar er wat van leren, ho maar!

'Ik wou maar zeggen, hij maakt een grote kans op een beroep,' veronderstelde Fokke. 'Nou, we zijn benieuwd. Is er nog iets interessants op tv?'

'Hier is de gids, have a look,' antwoordde Regien. 'Maar liever niet opnieuw een kerkdienst, aan één per zondagmorgen heb ik genoeg.'

'Zou anders niet gek zijn,' oordeelde Fokke, 'dan zou ik wel kijken en dan kon jij mooi luisteren.'

Regien glimlachte. We hebben elkaar door, dacht ze. Gelukkig wel!

Het ging met een vaartje allemaal. Binnen een paar weken had de dominee een beroep op zak en na een fatsoenlijke beraadslaging van een dag of tien deelde hij eind maart de gemeente mee dat hij het beroep had aangenomen.

Er was dus werk aan de winkel, vooral voor de kerkenraad. In een vervroegde vergadering stelde voorzitter Arjen Bouma voor een beroepingscommissie te benoemen. Had iemand van de aanwezigen een idee over de bemensing van de te vormen hoorcommissie? Daar hadden de leden uiteraard al over nagedacht. Wie zou als eerste met een suggestie komen? Niemand wilde voor zijn beurt spreken, dus stond Arjen maar eens op om het licht aan te doen, de schemering had het daglicht al flink in het nauw gedreven. Het heldere licht verschafte de mensen in de consistorie mogelijk gespreksstof over dit onderwerp.

'Ikzelf had gedacht aan een zo breed mogelijke vertegenwoordiging van onze gemeente,' probeerde voorzitter Arjen het ijs te breken. 'Ik bedoel: man, vrouw, jeugd en ouderen, iedereen moet aan zijn trekken komen. En iemand moet de leiding nemen, er moet zeg maar een voorzitter komen.'

'Over die functie hoeven we het niet lang te hebben,' stelden een paar leden, 'dat moet jij zelf maar worden, Arjen.'

'Zo zo, hadden jullie dat aan mij toegedacht. Wel, dat vind ik een hele eer, goed, ik zal erover nadenken.' Arjen had niet in de gaten dat er een glans over zijn gezicht lag.

'Hoe lang duurt dat nadenken?' wilde iemand weten. 'We gunnen je een kwartiertje, niet langer.'

Goed, goed, Arjen wilde de functie wel aanvaarden. Zijn toon was bescheiden, maar zijn lichaamstaal verried dat hij helemaal geen kwartier nodig had.

Daarmee was de kerkenraad vertegenwoordigd. Wie verder? Verschillende namen kwamen op tafel, er werd gewikt, er werd gewogen, hoedanigheden en eigenschappen van geschikte gemeenteleden werden belicht.

Arjen zag het met genoegen aan. Dat hijzelf straks de leiding mocht hebben bij het opsporen van een predikant die bij deze gemeente paste deed hem deugd. Hij dacht aan wat zijn vrouw Emine hem vóór de bijeenkomst meegegeven had: 'Als ze in deze zaak een beroep op je doen moet je niet weigeren, hoor Arjen, het is een passende functie voor jou.'

Zoals meestal luisterde Arjen graag naar zijn vrouw. Toegegeven, ze plaatste zich niet meteen op de voorgrond, het was juist andersom, maar ze volgde de dingen van de dag in het dorp wel en ze hield er ook een eigen mening op na. En als ze een advies voor haar man voorhanden had kon hij er beter maar wel naar luisteren.

Jan van de Weerd, de scriba, tikte met zijn balpen tegen zijn kopje. 'Voorzitter, we hebben een stuk of wat namen de revue laten passeren en ik vind dat we nu maar spijkers met koppen moeten slaan, we hebben vanavond nog meer op onze agenda. Ik heb een stuk of wat namen opgeschreven en ik kom met een klinkklaar voorstel.'

Prima! De vergadering was benieuwd en Arjen gaf hem onmiddellijk het woord.

'Op mijn lijstje komen alle zopas genoemde categorieën aan hun trekken,' zei Van de Weerd.

'Ik had naast onze voorzitter gedacht aan Hessel Bolt, Jan Boersma, Froukje van der Meer en Fokke Bouma. De laatste omdat hij bij een bank werkt en dus zicht heeft op financiële toestanden en zo.'

Arjen schokte even alsof hij door een wesp was gestoken. Meteen schudde hij zijn hoofd. In het vale licht was duidelijk de rode gloed te zien die over zijn gezicht trok. Er viel een stilte rondom de tafel. Niemand nam een slokje van zijn koffie, niemand zocht in zijn zak om lucifers of een aansteker, niemand schuifelde met zijn voeten.

'Eh... die laatste persoon... ja, wat zal ik zeggen...' nam Arjen weifelend het woord, 'ik denk dat dat een probleem gaat worden. Twee broers in één commissie, daar is men in de regel niet echt op gebrand... Nee, ik geloof niet dat we daar verstandig aan zouden doen. Hoe denken jullie daarover?' Gaandeweg zijn antwoord klonk hij steeds overtuigender en bij zijn laatste vraag keek hij de leden vol aan.

Tja, daar zat wat in, vond de scriba en haalde er verder zijn rechterschouder even over op. 'Ikzelf zou er geen enkele moeite mee hebben, maar...' Ook hij strandde.

'En de anderen?' Arjen gunde zich nu rustig een slokje uit zijn kopje.

Er kwam voorlopig niet meer dan wat onderling gemompel. Arjen had het intussen begrepen, hij had het aan de gezichten wel gezien: ze wilden hem in zijn bezwaar volgen.

'En?' vroeg Arjen. 'Of moeten we er schriftelijk over stemmen?'

Nee, niet nodig, de algemene mening was nu dat Fokke niet bij de gegadigden hoorde.

Jan van de Weerd zat ietwat grimmig voor zich te kijken. 'Goed,' zei hij toen, 'er is dus nog één plaats open. Ik heb een voorstel: als Fokke het dan niet kan worden, dan nemen we toch zijn vrouw.' Of er moest iemand zijn die op háár wat tegen heeft.'

Regien! Opeens kwam er beweging in de kring. Knikkende hoofden en opgeluchte glimlachjes.

'Wat zegt onze voorzitter daarvan?' vroeg Van de Weerd neutraal. Arjen in verlegenheid! Opnieuw een voorstel afketsen, nee, dat ging niet, het zou hem niet in dank worden afgenomen. 'Regien dus,' zei hij, 'ik vind het best.'

Zijn woorden waren duidelijk in tegenspraak met zijn uitstraling. Hij schoof ongemakkelijk op zijn stoel heen en weer, verzette zijn lege kopje, leunde achterover en vermeed het de leden van zijn raad aan te kijken.

'Prima! Dat is dan besloten,' stelde de scriba vast. 'Nog één punt van orde, Arjen, wie nodigt de betrokkenen uit om in de commissie zitting te nemen? Doe ik als scriba dat of is het de taak van de voorzitter?'

'Dat wil ik zelf wel doen,' hield Arjen zich groot. Maar kortaf klonk het wel. 'Laten we ons bemoeien met het volgende punt van de agenda: het collecteren bij de uitgang na afloop van de dienst.' Op zijn voorhoofd waren doorzichtige pareltjes waar te nemen.

'Je kunt het beter meteen maar afhandelen, Arjen,' zei Emine toen haar man haar in het kort inlichtte over de in zijn ogen vervelende zaak. 'Voordat het morgen op straat komt te liggen, je weet hoe die dingen soms gaan.'

'Nu nog? Dat betekent nog vier telefoontjes, en het is al na tienen.' 'Ik zou het toch maar doen,' adviseerde ze ietwat dringend. 'Vooral omdat Regien erbij betrokken is.' Het laatste kwam er wat achteloos achteraan, maar Arjen verstond het heel duidelijk. Hij greep de telefoon.

'Met Bouma,' klonk het aan de andere kant.

'Ja, Fokke, met Arjen.'

Stilte. Dan: 'Wat is er?'

'Kan ik Regien even aan de telefoon krijgen?'

Opnieuw stilte. Alleen het ademen van Fokke kwam door.

'Wat wil je van Regien?' Toeschietelijk was Fokke duidelijk niet.
'Dat zal ik haar zelf vertellen.' Ook Arjen toonde niet direct bereidwilligheid. Hij hoorde trouwens op de achtergrond gemompel, ze waren onmiskenbaar aan het overleggen. Maar na een paar ogenblikken: 'Hier is Regien.' Heldere stem, maar niet een beetje koel en afwachtend?
Arjen legde de situatie uit: opdracht van de kerkenraad, weloverwogen voorstel en de bedoeling snel in de vacature te voorzien. 'En nu hebben ze mij gevraagd als voorzitter.'
'Ja, en?' Enige opwinding in haar toon te bespeuren?
'En ik als voorzitter vraag jou of je wel lid van de beroepingscommissie wilt worden.'
'O jawel!' riep Regien, en toen, gematigder: 'Ik bedoel, eh... ik wil er wel over denken... jij bent de voorzitter?'
'Dat zei ik toch?'
Duidelijk kwam het afkeurende gemompel van Fokke over, hij moest wel vlak in de buurt van de telefoon zijn.
'Net wat ik zeg, ik zal mij erover beraden,' zei Regien gedempt, alsof haar man haar niet zou horen.
'Hoe lang wil je daarover doen?' Arjen weer, nu bepaald kortaf.
'Morgenochtend bel ik je,' antwoordde Regien vastberaden, een beetje koel ook. Ze hing op, tenminste dat dacht ze, maar in haar agitatie legde ze de hoorn scheef. Zodoende had ze niet in de gaten dat Arjen haar uitval naar Fokke ook hoorde: 'Mag ik het zelf alsjeblieft beslissen? Ik kan me niet concentreren als jij daar met een boos gezicht...' Toen zag ze die scheve hoorn.

Het was maar goed dat Arjen een ruime wagen had. Drie op de achterbank en twee voor, het ging precies. Regien zat schuin achter Arjen, ze had al een paar keer zijn profiel in zich opgenomen. Nee, hij leek totaal niet op haar Fokke, vanbuiten niet en vanbinnen evenmin.
Arjen was forser uitgevallen dan zijn broer. Zijn schouders straalden kracht uit, zijn brede nek had iets onverzettelijks en zijn handen aan het stuur waren echte mannenknuisten. Betekende dat allemaal dat zijn innerlijk daarmee in overeenstemming was? Was hij onbuigzaam in de omgang?

Hij zat nu tegen zijn buurman, Hessel Bolt, een man van een jaar of vijftig, te praten over de eisen waaraan hun nieuwe predikant moest voldoen en keek af en toe opzij. 'Vinden jullie ook niet?' vroeg hij zijn achterbankpassagiers terwijl hij even omkeek.

Op dat moment zag Regien wat ze eigenlijk allang wist: hij was niet de inflexibele man zoals Fokke hem afschilderde, ze zag het aan zijn ogen, ze leidde het af uit zijn gezichtsuitdrukking en merkte het aan zijn hele uitstraling. Ze had dat wel vaker: soms, in een flits, kon ze iemands persoonlijkheid peilen en het gebeurde maar zelden dat ze ernaast zat. Nu ook weer. En het mooie was dat het in feite slechts een bevestiging was van wat ze eerder al gevoeld had.

'Inderdaad, we moeten rekening houden met de jeugd. De jongelui hebben graag een dominee die op hun niveau kan meedenken en meevoelen,' stemde Jan Boersma in. Hij stond bekend als een man met een brede visie, die in het maatschappelijk leven zijn steentje wel bijdroeg. Niet alleen als boer die zijn veeteeltbedrijf in bloei hield, maar ook als voorzitter van de schoolcommissie was hij een gezien persoon. Hij zat nu tussen Regien en Froukje van der Meer in. 'Lekker warm,' had hij in het begin van de reis al gesteld.

Regien was niet de jongste van de beroepingscommissie, dat was Froukje met haar vierentwintig jaar. Hoewel al getrouwd kon ze zich nog zeker wel onder de categorie jeugd scharen, die ze dan ook van harte wilde vertegenwoordigen.

En Regien? Voor welke groep zat zij in deze club? Ze wist het eigenlijk niet. Het was haar intussen wel bekend hoe ze erin gerold was: omdat Fokke niet mocht van Arjen.

Daar zat meteen ook het probleem. Regien dacht terug aan haar gesprek met Fokke, die er faliekant op tegen was dat ze met zijn broer in een en dezelfde commissie zou zitten. 'Jou neemt hij toch niet serieus,' was een van zijn uitspraken geweest. Nou, dat wist Regien nog zo net niet.

Ze had geen zin in een krachtmeting met Arjen, dat niet nee, maar ze had het gevoel dat haar zwager wel meeviel als je hem op de juiste manier benaderde. En dan was er nog wat: zou de kans erin zitten dat ze de beide broers wat dichter naar elkaar toe kon brengen? Bovendien, eerlijk is eerlijk, zo'n trip op zondagmorgen was toch ook niet onaardig?

Het aprillandschap gleed rustig voorbij, Arjen bestuurde de wagen kalm en toch voortvarend. Geen slakkengang, geen horten en stoten. Het was ook niet moeilijk, het grootste deel van het mensdom lág nog. 'Een dikke honderd kilometer en daarvan hebben we er al zeventig achter de rug,' meldde Arjen. Ze reden intussen op de Veluwe en genoten van het mooie jonge groen van de bossen. Wat een geluk dat de zon de wolken verdreven had, nu leek alles veel blijer.

Toen ze het dorp van hun bestemming, zeg maar dorpje, binnenreden, hoefden ze niet lang te zoeken. De kerk stond overduidelijk in het midden. Arjen parkeerde de auto op een pleintje.

Het groepje van vijf strekte de benen, ze keken eens om zich heen. Niemand te zien. Ook geen koster? Was er eigenlijk wel een dienst om halftien?

'Ik zou best zin hebben in een kop koffie,' maakte Hessel Bolt bekend. Ja, zo was het met de anderen ook, maar Regien had een probleem van hogere orde. 'Ik hoop maar dat er een toilet in die kerk is,' zei ze met een benauwd gezicht. Daar kon de rest van de groep in komen.

Daar stonden ze dan te staan. En ja hoor, eindelijk! Daar kwamen een paar oudere mensen aan, vermoedelijk kerkgangers. En verderop nog een stuk of wat.

Arjen sprak hen aan. 'Is hier straks om halftien een kerkdienst?' vroeg hij met een blik op zijn horloge.

Ja, ja, zo was het, knikten er een paar. Er kwamen nu meer mensen aan drentelen. Tot aan de kerkdeur kwamen ze, maar die was nog op slot. 'De koster is weer eens aan de late kant,' stelden ze vast, 'maar hij zal zometeen wel komen,' kwam er geruststellend achteraan.

Het was ook zo. Een beetje hijgend kwam de koster in beeld en knarsend ging de deur open.

In het voorportaal hing de geur van oud hout en er was niets dat op enige sanitaire voorziening duidde. De kerkzaal zelf was ongezellig kaal. Alleen het blije licht van de voorjaarszon door de hoge ramen fleurde het interieur wat op.

De groep van Arjen nam plaats achter in de kerk. Er liepen hen nu aardig wat mensen voorbij, met een nieuwsgierige, vragende of begrijpende blik in de ogen. Of met een uitdrukking van : Hé, vreemde eenden in de bijt! Het kerkje liep nog behoorlijk vol. Wel voornamelijk met ouderen, constateerde Regien. Waar bleef de jeugd? Het orgel zweeg opeens en de kerkenraad en predikant schreden naar voren. De dominee keek hen van opzij even aan en schrok. Duidelijk niet ingeseind door de nalatige koster. Hij verhaastte zijn tred naar de preekstoel. Simon! dacht Regien. Sprekend Simon Kremer. Dezelfde bruine ogen, dezelfde gestalte en dezelfde uitstraling. Zou hij soms een broer van Simon zijn? Maar nee, zijn naam was Van Riel, wist ze.

Even later, toen de voorganger zijn votum en groet uitsprak, hoorde ze dat zijn stem totaal anders was dan die van Simon – veel hoger, een beetje iel zelfs.

Ze wisselde snel een paar blikken met Froukje en ze begrepen elkaar. Deze man was ongeschikt voor hun gemeente en zéker voor de jongeren. Hun haast onmerkbaar hoofdschudden naar elkaar herhaalde zich onder de preek een paar keer. Nee, deze man kon niet beroepen worden.

Arjen, Hessel en Jan keken onbewogen voor zich uit, ze gunden de predikant slechts af en toe een blik.

Het werd dus een kwestie van het uitzitten van de dienst en dat betekende voor Regien afzien. Ze was dan ook blij dat de slotzang achter de rug was en dat ze mocht stáán. Bij het uitgaan keek dominee Van Riel hen vriendelijk en tegelijk verwachtingsvol aan en toen de gemeente naar buiten drentelde stond hij de vreemdelingen op te wachten.

'Een hoorcommissie, veronderstel ik. Jullie hebben misschien een hele reis achter de rug. Is het een idee om bij mij thuis een kopje koffie...'

'Graag!' riep Regien. 'U woont daar naast de kerk?'

Dat bleek inderdaad het geval. Hij ging hen alvast voor naar de pastorie. Daar troffen ze zijn jonge vrouw aan met een baby op haar arm.

'Vrouw en zoon,' stelde Van Riel hen voor en opnieuw drong zich bij Regien het beeld van Simon op, maar ze was alweer in de gang. Op zoek naar redding.

Opgelucht kwam ze weer binnen, hè, hè!

Maar ze miste Arjen. Waar zat hij?

'Even met iemand in gesprek,' wist Jan Boersma.

Dat was zo. Arjen was zijn zegsman op het spoor gekomen. De man van wie hij bijzonder prettige inlichtingen over deze dominee had gekregen. Hij bleek voorzitter van de kerkenraad te zijn en in het dagelijks leven onderwijzer. Bakker was zijn naam.

'Je moet hem even leren kénnen,' lichtte de man hem in. 'Dan blijkt hij een bijzonder aangenaam mens te zijn, die het beste met iedereen voor heeft en die trouw zijn huisbezoeken brengt. En een luisterend oor heeft hij ook nog!' De heer Bakker ratelde nog een tijdje door en gaf hoog op over de kwaliteiten van hun onvolprezen dominee.

Arjen had een vraag op zijn lippen, maar durfde het toch niet aan die te stellen. 'Bedankt voor de informatie,' zei hij bij wijze van afscheid en liep naar de pastorie.

Daar deden de predikant en zijn vrouw hun uiterste best om het hun bezoekers naar de zin te maken. Koffie en koek en hartelijke woorden! Ja, om eerlijk te zijn wilden ze wel kwijt dat ze dit dorp zo langzaamaan wel wilden verlaten, een mens is soms aan verandering toe, waar of niet?

Zo is het, vond de commissie, maar kom, het werd tijd voor de terugreis, hartelijk bedankt voor de ontvangst en voor het gebruik van de wc.

'Ach ja,' zei de predikant, 'ik heb al zo vaak aangedrongen op een toilet in de kerk, maar daarvoor moet je niet bij deze kerkenraad wezen.'

In de auto vertelde Arjen over zijn gesprek met ouderling Bakker en dat hij stellig de indruk had dat de mensen hier hun dominee liever kwijt dan rijk waren. Die man deed té duidelijk zijn best om hun predikant aan te prijzen. Regien kreeg opeens vreselijk medelijden met de man. En verder kon ze haar gedachten aan Simon Kremer maar niet afremmen. Wat was dat toch?

Van achter zijn stuur hield Arjen een klein referaat over het profiel van de predikant die ze wél zochten. Hij somde opnieuw de eigenschappen op die zij als commissie voor ogen hadden. En opeens keek hij achterom en vroeg over zijn schouder: 'Vind je ook niet, Regien?'

Ze wist niet wat ze hoorde.

Maar vanaf dat moment was haar dag goed.

Hun tweede visite gold een kandidaat-predikant die ergens in Noord-Holland op beroep preekte. Tja, wat kon je van een kandidaat verwachten? Niet dat hij bedreven was in het ambt, niet dat hij de mensen boeide met een goed doortimmerd verhaal, niet dat hij zich onmiddellijk constructief opstelde in het nagesprek – en dat bleek te kloppen. Of de gemeente waarin hij voorging hem ook beroepen had? De hoorcommissie had geen idee. De leden moesten naar huis met de boodschap: weer mislukt.

Het was intussen mei geworden toen Arjen voor de derde keer op zondagmorgen zijn auto startte. Deze keer naar een dorp in Drenthe. En opnieuw was het mooi weer.

Regien bleef het interessant vinden, in weerwil van het gesputter van Fokke. 'Besef je wel dat de hele zondag ermee gemoeid is? Kun je niet een ander vinden in jouw plaats?'

De werkelijke reden noemde hij niet, wist Regien. Dan had hij moeten zeggen: 'Altijd maar met Arjen eropuit, het lijkt wel of je het leuk vindt!'

En Regien vónd het leuk, maar dat wou ze niet aan Fokke kwijt, want dan zou ze van de regen in de drup komen. En het gekke was, dat hoe meer Fokke foeterde en mopperde, hoe meer zij ervan overtuigd raakte dat er met Arjen heus wel te praten viel. Dat wilde zeggen, hij richtte zich meer en meer naar haar, maar dat hield natuurlijk nog niet in dat de kloof tussen hem en zijn broer gedicht was.

In het kerkje van hun bestemming kwam ze naast Arjen te zitten. Vanuit haar ooghoeken nam ze hem af en toe op en zag dan een rustige man, die de dienst nauwlettend volgde. Een evenwichtig iemand, constateerde Regien voor de zoveelste keer, ze begon een gevoel van vertrouwen in hem te ontwikkelen. Ze moest zichzelf een paar keer dwingen haar aandacht bij de preek van de voorganger te houden.

Zomaar opeens keerde Arjen zich naar haar toe en fluisterde: 'Dat zegt hij goed, vind je ook niet?' Ja, ja, knikte Regien, maar ze wist even niet waar het over ging. Opletten dus.

Toen de man op de kansel plotseling even haperde en zijn tekst kwijt was, keek Arjen haar van terzijde aan en maakte een gebaar van: hindert niet, kan de beste overkomen. Hij wachtte tot zij met een voorzichtig bezwerend handgebaar duidelijk maakte dat ze het met hem eens was.

Het gesprek na de dienst in de pastorie was ongedwongen, levendig haast. Dominee Michel Brugman bleek een aardige, vrolijke man te zijn die nu en dan snedig uit de hoek kon komen. Regien zat naast mevrouw Brugman en voelde zich daar op haar gemak. Aardige vrouw, vond ze, van haar mocht het stel snel bij hen op het dorp komen wonen. Zag er ook leuk uit. Niet dat ze uitgesproken mooi was, maar charme had ze wel. Iets meisjesachtigs had ze ook nog, met haar blonde paardenstaart slingerend op haar rug. Een jaar of dertig, schatte Regien en daar zat haar man ook niet ver af. Een stel als Fokke en zijzelf – maar dan wel anders natuurlijk, vooral Fokke was niet te vergelijken met deze predikant. En zijzelf wel met zijn vrouw? In het diepst van haar hart wist Regien het antwoord: ja! Nou, tot op zekere hoogte dan, beperkte ze haar onuitgesproken gedachte.

Terug in de auto waren er niet veel woorden nodig om tot een unanieme mening te komen: Arjen moest maar gauw een rapport voor de kerkenraad op schrift stellen, waarin op niet mis te verstane wijze duidelijk werd gemaakt dat deze predikant voor hun gemeente uiterst geschikt was en dus beroepen kon worden. Dat laatste moest maar gauw gebeuren ook. De vogel vooral niet over het net laten vliegen!

Regien viel van de ene drukte in de andere. Haar reisjes op zondag waren leuk, maar de alledaagse zaken waren er ook nog. Op school liep de cursus op zijn eind. Dat betekende rapporten klaarmaken, extra ouderbezoeken regelen, twee avonden tien-minuten-gesprekken met de ouders van haar leerlingen houden. Het was elk jaar weer een tijd van jachten en jakkeren, vergadering zus, bijeenkomst zo. Alles moest voor de zomervakantie in kannen en kruiken zijn.

Daar kwam dit jaar de overstap naar de basisschool nog bij. Na ettelijke besprekingen van de mensen van de lagere school met die van de kleuterschool was met veel moeite het schoolwerkplan samengesteld. Minutieus waren alle doelen van de school opgesteld, waarbij de betrokkenheid van de ouders bij het schoolleven een veel grotere rol was toebedeeld dan tot nu toe.

Niet tot ieders genoegen trouwens. 'Wat is nou de meerwaarde van zo'n uitgebreid werkplan?' vroeg Maarten Beintema zich hardop af. 'Waarom is het leerplan, zoals we dat hadden, niet goed genoeg? Als je het mij vraagt...'

Maar niemand vroeg hem wat, zijn bedoeling kwam duidelijk genoeg over. Trouwens, als je op zijn uitspraak inging kon je frictie verwachten. De personeelsleden waren onderling nogal verdeeld over de noodzaak van de basisschool. 'Laten we het er maar niet meer over hebben,' was de algemene gedachte, 'er komt alleen maar narigheid van.'

'Tja, en toch zal het wel moeten,' zei Regien, 'we ontkomen er toch niet aan. Dan maar een keer schipperen en tussen de klippen door zeilen. Proberen samen tot een oplossing te komen.'

Moeilijk, hoor, vond ze. Gek eigenlijk, dat ze telkens weer de schakel vormde tussen de groepen, terwijl ze daar helemaal niet om vroeg – het kwam vanzelf zo. Thuis net zo goed overigens, het scheen bij haar wezen te horen.

Waar ze wél echt blij om werd? Dat was het bericht dat dominee Brugman en zijn vrouw Suzanne het beroep hadden aangenomen. Prachtig! Temeer omdat het bericht nog net voor de zomervakantie kwam.

15

ZE HADDEN HET GEZELLIG INGERICHT, DAAR IN DE PASTORIE. REGIEN voelde zich er op haar gemak, maar dat kwam ook door de hartelijke vriendelijkheid van de bewoners. Met name Suzanne, de vrouw des huizes, stelde zich openhartig op en was duidelijk geïnteresseerd in het wel en wee van de mensen om haar heen. En daar hoorde Regien ook algauw bij.

De contacten waren snel gelegd. Toen dominee Michel Brugman afgelopen september zijn intrede deed in de gemeente kende het domineesechtpaar nog niemand die tijdens de dienst op hun kindje van twee kon passen. Wat lag meer voor de hand dan een lid van de beroepingscommissie te vragen? Dat werd dus Regien en meteen klikte het tussen de beide dames. Ze waren zo ongeveer leeftijdsgenoten en bovendien leken ze wat op elkaar, althans van een afstand gezien. Dezelfde gestalte, fier, rechtop en een ietwat onbekommerde uitstraling. Allebei blond, Regien trouwens iets donkerder, en leuk om naar te kijken. Het grote verschil maakte evenwel de vrolijk slingerende paardenstaart van Suzanne. Echtgenoot Michel was trouwens ook heel aardig. Hij was gewiekst en kon geestig uit de hoek komen. Na de intrededienst verklaarde hij opgewekt dat hij het wel zag zitten op dit dorp. 'En hartelijk bedankt, Regien, dat je op onze kleine Stefan wilde passen. Ik hoop dat hij je het leven niet zuur heeft gemaakt, want dan zál ik hem, ha, ha!'

Ze verliet de pastorie met een uitnodiging voor een volgend bezoek op zak. 'Maar dan op een avond. En breng je man dan mee!'

Daar had Fokke in eerste instantie wat op tegen. 'Ik heb die lui nog maar één keer gezien. Tja, hij hield een goede preek, daar niet van, maar moeten we ons daar nu al presenteren? Ga jij eerst maar eens als wegbereider.'

Regien kon op sommige punten onverbiddelijk zijn. Dit was er zo eentje. 'Nee jongetje, wij gaan samen. Een uitnodiging wijs je niet zomaar van de hand.'

Het viel mee. Michel bleek te kunnen schaken. 'Nou ja, ik weet wat je met de stukken kunt doen, stel je er niet te veel van voor.' Bovendien toonde hij belangstelling voor de kaatssport. Na een kwartiertje had hij de ingewikkelde puntentelling al in grote lijnen in zijn hoofd, wat wilde je nog meer!

Ja, inderdaad, Fokke moest thuis toegeven dat het aardige mensen waren, het was hem meegevallen. 'En ze hebben een leuk jongetje en er is een nummer twee onderweg, als ik het goed gezien heb,' besloot hij.

Daar had je het weer. Regien ervoer zijn laatste opmerking als een voorzichtig verwijt. Meestal omzeilde ze het heikele onderwerp en zo ook nu: 'Misschien vind je ons gezinnetje ook niet onaardig.'

Na een paar visites over en weer kwamen er meer fundamentele zaken ter tafel. Over geloof en kerkgang, over het sociaal gemeenteleven en ook de persoonlijke beleving ervan bleef niet onbesproken. Opnieuw was Fokke tevreden.

Op een middag bij een kopje thee in de pastorie kwam het ervan: Regien legde een moeilijk punt in haar leven bloot. Ze zaten met z'n tweeën, Suzanne en zij, de herfstkleuren in de tuin te bewonderen. 'Gewoon prachtig!' vond Regien. 'Ik moet meteen denken aan het bos, feitelijk niet meer dan een groepje bomen, bij ons dorp, waar ik als klein meisje met mijn ouders liep en kastanjes zocht. Ik kan me nog het geluksgevoel te binnen brengen als ik alle zakken van pa vol mocht stoppen.' Ze wachtte even, zich niet bewust van de glimlach die om haar mond speelde. 'Maar ja, volkomen geluk bestaat voor volwassenen niet,' kwam er toen met een zachte zucht.

'Hoezo?' vroeg Suzanne onmiddellijk. Ze had het zuchtje gehoord.

Regien aarzelde met haar antwoord. 'Och,' zei ze, 'iedereen heeft weleens wat...'

Suzanne keek haar alleen maar vragend aan.

'Het zit niet goed tussen Fokke en zijn broer Arjen,' stootte Regien er opeens uit. 'En dan druk ik me ook nog vriendelijk uit. Je kunt beter spreken van een vete tussen die twee.'

Suzanne knikte begrijpend. 'Michel en ik weten er al van en ik wist ook dat jij ermee zit. Ik ben blij dat je ermee voor de dag komt.'

Toen had Regien voor een hele tijd het woord. Ze legde de geschiedenis van begin tot eind uit en zei toen: 'Ze zeggen dat ik goed ben als bemiddelaar, maar ik weet wel beter. Echt, ik heb mijn uiterste best gedaan om die jongens bij elkaar te brengen en dat geldt voor Emine ook, maar nee hoor.'

Suzanne stond op om opnieuw thee in te schenken. Bij het theetafeltje zei ze als terloops: 'Dat is voor jou ook geen doen.'

'Wát zei je?' Regien klonk geschrokken.

'Jij kunt heus wel bemiddelen, maar in deze zaak sta je er te dichtbij. Fokke is je man, begrijp je wel? Arjen zal daarom niet gauw iets met je voorstellen doen. Nee, Regien, hier zul je een ander voor moeten inschakelen, iemand die door beide partijen geaccepteerd wordt.'

Simon! flitste het door Regiens hoofd. Hij is een vriend van zowel Fokke als Arjen.

Dat ze dat zelf niet bedacht had! Hoe was het mogelijk!

Wat een geweldige vrouw trouwens, die Suzanne! Wat een inlevingsgevoel. En wat een visie!

'Grijpt het je aan? Ik zie een paar traantjes tevoorschijn komen,' constateerde Suzanne. 'Hier, een papieren zakdoekje doet vaak wonderen.' Losjesweg, met een vergoelijkende glimlach: 'Dacht je dat Michel en ik probleemvrije mensen waren? Nou, daar hebben we het dan nog weleens over. Maar niet nu, overbelasting is nooit goed. Maar om op de zaak terug te komen, heb je iemand in gedachten die met beide partijen goed overweg kan?'

'Jazéker!' riep Regien. 'Simon!'

'Simon Kremer van de jeugdcommissie?'

'Ja, die!'

'Dan zou je al een eind op weg zijn.'

De vriendschapsbanden werden snel steviger. Suzanne schonk Regien meer en meer inzage in het leven in de pastorie en wederzijdse ontboezemingen brachten de beide dames dichter bij elkaar. Het was alsof Regien even om een hoekje mocht kijken in het interne bestaan van het predikantsgezin. Het opmerkelijke was dat Michel en Suzanne ook maar gewone mensen bleken te zijn – iets wat ze in feite wel wist. Zij op haar beurt werd ook hoe langer hoe meer een open boek, althans

voor Suzanne. Zo bracht ze ook het wrijfpunt bij haar thuis ter sprake.
'Zeg nou zelf, is het te veel gevraagd voor Fokke om een tijdje te wachten met kinderen? Ik weet best dat hij een ideaalbeeld heeft van een groot gezin, maar mag ik ook om mezelf denken? Als ik het schoolwerk moet opgeven stoot ik daarmee een belangrijk deel van mijn leven af.'
'Het leven is volgens mij een kwestie van voortdurend afwegingen maken. En dat heeft iets leuks, zeg ik altijd maar. Want waar je nu de weegschaal naar links laat uitslaan kun je na een tijdje opeens aan rechts de voorkeur geven,' zei Suzanne bedachtzaam.
Wat bedoelde ze precies? Regien nam haar woorden mee naar huis, overdacht ze en kwam tot de conclusie dat Suzannes uitspraak een tikje cryptisch was. Een paar dagen later zag ze in dat dat helemaal niet het geval was. Zie je wel, dacht ze, het ene moment denk je zus en het andere zo – Suzanne kreeg ook op dat punt gelijk.
Intussen was er bij haar wel een gedachte aan het rijpen – een groene appel die langzaam op een fruitschaal rood of geel lag te worden.

Op een avond lagen ze vredig naast elkaar in bed te lezen, elk onder zijn eigen bedlampje. Hoewel? Lezen? Fokke had een schaakvraagstuk onderhanden en wreef zich voortdurend onder zijn neus; een teken dat zijn hersenactiviteit een tamelijk hoog peil bereikte.
Lezen? Regien las helemaal niet, ze sloeg geen bladzij om.
Opeens trok ze hem aan zijn kuif.
'Ja? Wat is er?' vroeg hij een tikkeltje verstoord. Intussen lieten zijn ogen het schaakprobleem niet los.
'Luister je even?' vroeg ze.
Hij knikte; ze zag tenminste zijn kuif op en neer gaan. Maar zijn lectuur bleef hem boeien.
'Wat zou je ervan vinden als we begonnen aan een kindje?'
Rats! Daar vloog zijn boekje met vraagstukken het bed uit. 'Wát zei je daar?'
'Ik bedoel, zouden we niet eens moeten gaan denken aan een baby?'
Het kwam eruit alsof ze het over een nieuwe bank had.
'Dat wil ik al lang!' riep hij. 'Dat wil ik al járen!' Meteen boog hij zich

over haar heen en vroeg hijgend: 'Hoe kan dat nou! Zo opeens! En je doet er helemaal niet opgewonden over!'

'Een kwestie van lang nadenken, Fokke,' antwoordde ze rustig.

Hij liet zich achterovervallen op zijn eigen kant en kwam een seconde later weer half over haar heen. 'Weet je wel hoe blij je me hiermee maakt? Ik ben er helemaal opgetogen van!'

Hij hijgde en ze merkte dat hij zich in bedwang moest houden om niet te dol te doen.

Opnieuw lag hij languit op zijn rug, dacht een paar tellen na en zei toen: 'Misschien hebben we over een jaar een kindje, ik kan er haast niet bij. Ik weet opeens wat moois: ik ga een karretje voor hem timmeren, waarmee hij rijden kan als hij wat groter wordt.'

'Of een wiegje waarin ze haar pop kan leggen,' zei Regien met een glimlach.

Die mogelijkheid was tot nog toe aan Fokke voorbijgegaan. Maar: 'Ik ben er heel blij mee, wat het ook wordt!' verzekerde hij.

'Verder moeten we alles afwachten, Fokke. Een kindje néém je niet, dat kríjg je.'

Ook met die uitspraak stemde hij in – nu ernstiger.

Maar een week daarna kwam hij toch thuis met een bouwdoos. 'Dan hebben we die maar alvast.'

De renovatie van het verenigingsgebouw was een succes geworden. Alle eer voor de inrichtingscommissie, maar ook het aannemersbedrijf mocht delen in de glorie. Toegegeven, het had al met al vrij lang geduurd voordat ze ermee van start waren gegaan – Arjen had om zo te zeggen pas in november van het vorige jaar de eerste paal geslagen – en in de wintermaanden had het werk tamelijk vaak stilgelegen, maar toen de laatste spijker geslagen was mocht het resultaat er zijn!

In de maand maart van 1985 kon het gebouw in gebruik worden genomen – de vlag kon uit!

En wie je ook trof, iedereen was vol lof. 'Eindelijk een onderkomen waar je als vereniging mee voor de dag kunt komen. In de stad kunnen ze er een punt aan zuigen. Zo zie je maar weer dat we een levendig dorp hebben, met een gedegen bouwbedrijf!' waren de reacties.

Maar het werd zomer en de deuren van het gebouw bleven veelal dicht: de verenigingen hielden hun zomerslaap.

Toen het vergaderseizoen al lang weer begonnen was vond het kerkbestuur dat er nu toch eens een officiële opening moest komen. Goed, dat was oké, daar was ieder het mee eens. Maar wie moest zo'n evenement organiseren? Niet moeilijk. Hoefde eigenlijk niet over gepraat te worden. Dat moest de inrichtingscommissie doen.

'Wil je wel weer voorzitter worden, Regien?' vroeg scriba Jan van de Weerd. 'Natuurlijk wel, hè? Ik doe ook weer mee.'

Regien aarzelde niet lang. 'Als we met dezelfde mensen mogen werken zie ik het wel zitten,' stelde ze vast. 'Wanneer moeten we klaar zijn met ons plan?'

Van de Weerd had al een datum in gedachten: 'Vrijdag 15 november Anno Domini 1985,' zei hij gemaakt plechtstatig. 'Mogen wij op uw medewerking rekenen?'

'Mallerd!' zei ze.

Die vrijdagmiddag was de inrichtingscommissie om een uur of vier voltallig aanwezig. Fokke was er ook. In eerste instantie had hij tegengesputterd: 'Hoor eens even, ik ben geen lid van die club, hè? Nee hoor, ik ben er vanavond wel, als de boel officieel geopend wordt.'

Regien meldde dat er geen problemen waren. 'Jan van de Weerd neemt zijn vrouw ook mee en zo zullen er wel meer zijn. Bovendien hebben we een stuk of wat helpende handen nodig. We gaan het gebouw gezellig maken én er moeten hapjes en drankjes klaargemaakt worden. Dus?'

Dus kwamen Fokke en Regien gezellig met z'n tweeën naar het gebouw. Samen onder Regiens paraplu, want het miezerde. Binnen was het schemerig en kaal, van een feesttooi was nog geen sprake. Alleen de ketel van de centrale verwarming bromde gemoedelijk.

De leden van de commissie begonnen vergenoegd aan hun taak. 'Laat het buiten maar snertweer zijn, we zullen het hier feestelijk maken,' beloofden ze elkaar. En daar kwamen de slingers, de lichtjes, de kleedjes op de tafels. Regien schikte in het keukentje bloemen in potjes en vazen en hield intussen Fokke in de gaten, die wat stuntelig met kopjes en schoteltjes ronddoolde. Er werd ook gezorgd voor hoge, ronde tafels waaraan de bezoekers die avond staande iets konden drinken.

Regien wierp tussen de bedrijven door af en toe een blik op haar A'4tje dat ze op een 'eigen' tafeltje in de keuken had gelegd. In stilte repeteerde ze haar openingstoespraak voor die avond. Ze had haar ideeën puntsgewijze opgeschreven, zich er goed van bewust dat ze niemand mocht vergeten te vermelden – het zou tot scheve gezichten kunnen leiden. Toen ze weer opkeek zag ze tot haar verbazing Arjen in de deur van de zaal staan.

Arjen? Oei!

Ze legde snel haar papier ergens onder en zocht met haar ogen Fokke. Daar stond hij, met een bosje bloemen in de hand. Onbeweeglijk, als bevroren. Zijn beschuldigende blik op Regien was hard en liet zich duidelijk vertalen als: 'Wat hebben we nu? Je had toch gezegd dat mijn broer er niet vóór de opening zou zijn?'

Regien schudde haar hoofd en haalde de schouders op. 'Ik kan er niets aan doen, dit gaat buiten mij om!' seinde ze terug.

En o wee, wie kwam daar naar binnen? Emine!

Ach ja, dacht Regien, hij als uitvoerder van de renovatie wil waarschijnlijk laten zien dat hij zich er zo bij betrokken voelt dat hij zelfs bij de voorbereiding van de opening wel een hand wil uitsteken. En Emine vindt dat ze eveneens verplicht is haar belangstelling te tonen.

Regien schuifelde richting Fokke en gaf hem een klein schopje tegen zijn been. 'Onvoorziene omstandigheden,' mompelde ze, 'maak je er niet druk om.'

Hij schokschouderde eventjes, keek om zich heen en vroeg: 'Wat kan ik nu even doen?' Zijn toon was niet te luid of te zacht, het klonk vrij normaal.

'Lepeltjes uitdelen,' adviseerde ze. Arjen was intussen aan de praat geraakt met Van de Weerd. Het ging over de plaatsing van de radiatoren. Stonden ze op de goede plek? En hadden ze voldoende vermogen om een vergadering bij winterkou van warmte te voorzien?

Regien schoot haar schoonzus aàn: 'Leuk dat je er bent. Lijkt het je wat?

Ja? Gelukkig maar, want er hangt veel van af. Zullen we anders even gaan zitten?'

Dat hoefde niet van Emine, ze was hier alleen maar om even te kijken, ze ging zo weer weg.

'Ach, blijf toch even,' drong Regien aan. Op hetzelfde moment bleef haar blik haken aan de open deur, waar weer iemand ongenood op de drempel stond.

Simon! O, maar dat is niet erg, flitste het door Regien heen. Simon botst met niemand, hij brengt alleen maar rust en zelfs vreugde.

Ze liep gauw op hem af en ze vóélde de ogen van Arjen en Fokke in haar rug.

'Ha, Simon! Kwam je ook eens even kijken? Nou, het schiet al op, hè?'

Hij gaf haar een tikje op de schouder en complimenteerde haar: 'Het wordt hier vast reusachtig gezellig, let maar op. Ja, ik wilde je nog bellen, maar je was al weg. Hierheen, begreep ik. Wat ik vragen wou, jij bent vanavond voorzitter, hè? Wil je voor mij ook een plaatsje op de sprekerslijst inruimen, want ik zou graag namens het jeugdwerk wat willen zeggen.'

Ze lachte. 'Die reis had je je kunnen besparen, Simon, je staat al als gewaardeerd spreker op mijn lijst. Maar nu je er toch bent zou je best even mee kunnen helpen bij het maken van hapjes. Goed?'

En dus stond de voorzitter van het jeugdwerk even later in de keuken bij het aanrecht met een vervaarlijk mes in zijn hand. 'Worst in plakjes snijden? Prima, ik geloof dat ik dat wel kan. Die schoteltjes daar moeten vol? Nou, daar gaan we dan!'

Hij deed het nog wel handig ook, oordeelde Regien. Ze stond een paar stappen achter hem en bewonderde hem voor de zoveelste keer om zijn rustige manier van doen.

Het duurde niet lang of Fokke kwam bij hem staan. 'Je bent een meester met het mes,' oordeelde hij met milde spot, 'nooit geweten dat je zulke keurige plakjes kunt snijden.'

Simon grinnikte. 'Heb jij hier al iets nuttigs verricht?' wilde hij weten en zwoegde verder met het afschillen van het plastic laagje dat om de worst zat. Met de punt van zijn scherpe mes trok hij een kerf in de lange lekkernij. 'Zie je?' zei hij tegen Fokke, 'zo doe je dat. Ik zei zopas nog tegen Regien...'

Op dat ogenblik schoot zijn mes uit, recht op zijn linkerhand af. Een fractie van een seconde daarna spoot er bloed uit zijn pols. En niet zo'n beetje ook. In golven kwam het naar buiten. De slagader! dacht Regien. Mensen, zijn slagader! 'Fokke!' gilde ze. 'Help!'

Fokke pakte snel zijn zakdoek en hield die op Simons pols. Hielp niet. De rode golven bleven komen. Toen gebeurde er een wonder. 'Arjen!' schreeuwde Fokke. 'Kom helpen!'

Arjen was er al. Hij keek een paar tellen naar Simon en zei: 'Afbinden die arm, Fokke. Handdoeken, Regien!'

Regien rukte een keukenkastje open. 'Theedoeken,' zei ze. 'Hier!'

Arjen trok Simon zijn colbertje uit, wat een nieuwe rode vloed veroorzaakte. Fokke bond met een theedoek zijn bovenarm af. Dat hielp, het bloeden werd minder heftig, maar Simon was intussen lijkbleek geworden, zijn hoofd knakte voorover. Een paar tellen later zeeg hij neer op een stoel waarmee Regien hem net op tijd kon opvangen. Ondertussen stond het keukentje vol met mensen die kreten van afgrijzen slaakten. Iedereen riep door elkaar en Jan van de Weerd kwam daar bovenuit met: 'Een dokter! Er moet een dokter komen!'

'Kan niet! Duurt te lang!' riep Regien. Ze nam het heft in handen met: 'Arjen, staat je auto voor de deur? Ja? Fokke, bind met je broekriem zijn arm af. Dat gaat beter dan met een doek. Arjen en Fokke, breng Simon naar de auto. Ondersteun hem goed, want straks...'

'... raakt hij bewusteloos!' wilde ze zeggen. De laatste woorden slikte ze in, want Simon keek haar aan.

'En dan, Regien?' vroeg Arjen, die al bezig was met Fokkes riem.

'Als de wiedeweerga naar het ziekenhuis! Ik blijf hier om met die lui daar te bellen en te zeggen dat jullie eraan komen!'

De beide broers liepen al. Met Simon tussen hen in. Of liepen? Sleuren was het en in het midden van de zaal zakte Simon in elkaar. Hij moest gedragen worden. Toch zag hij nog kans om te lispelen: 'Regien moet mee...'

Ze verstond hem. Direct vroeg ze Jan van de Weerd of hij het ziekenhuis per telefoon wilde informeren. 'Zeg maar dat we binnen vijf minuten voor de hoofddeur staan!'

Het lukte Arjen en Fokke de arme Simon op de achterbank te krijgen. Allebei schoven ze naast hem, elk aan een kant van de doodsbleke jongeman.

'Jij rijdt, Emine?' Regien zelf ging voorin naast haar zitten en zag achterom kijkend een tafereel dat ze nooit meer vergeten zou: de beide broers hadden hun armen in elkaar geslagen en beschermden Simon zo voor omvallen. Arjen hield de broekriem in de gaten. 'Die moet af en toe even los,' wist Regien, 'anders komen daar weer ongelukken van.' Arjen deed wat ze vroeg, maar liet het niet lang duren – de vloed was er al weer.

Emine reed wat ze kon, hard en safe. Het drong vaag tot Regien door dat ze dit nooit achter Emine had gezocht.

Simons hoofd viel opzij en kwam op de schouder van Fokke terecht. Meteen stopte Emine ook – ze waren er.

Vanaf dat moment ging alles met een razende vaart. Drie witgejaste mensen trokken Simon uit de wagen, legden hem op een brancard en verdwenen op een drafje door een zijdeur.

Het wachten duurde lang, althans voor hun gevoel. Ze keken een beduimeld tijdschrift in, hielden zich bezig met een puzzel, strekten hun benen even, maar hielden voortdurend de deur van de wachtkamer in de gaten. Hoorden ze nog geen voetstappen in de gang? Jawel, telkens wel, maar steeds gingen de stappen aan hun deur voorbij.

Hoe zou het nu in het gebouw zijn? Iedereen al naar huis misschien, om na een uurtje terug te komen? En zouden zij, de beide families Bouma, er nog aan toekomen de feestavond mee te maken?

Eindelijk zoefde hun deur open. Een dokter!

'Het is even spannend geweest,' stak hij van wal, 'maar uw vriend ligt nu op Intensive Care. Het zal niet erg lang duren, hoor, de operatie was niet zwaar. Maar toch...'

'Ja?' vroeg Regien.

'Hij heeft veel bloed verloren,' ging de man verder, 'te veel eigenlijk. Het was me dan ook een gapende wond! Maar we hebben hem dicht en ik geloof niet dat er sprake is geweest van een zuurstoftekort. Goed, hij zal hier een poosje moeten blijven, maar het komt allemaal goed. Alleen moeten we waken voor ontstekingen.'

De vier in de wachtkamer zuchtten van opluchting.

De man tegenover hen lachte. 'Ik wil graag nog opmerken dat jullie uitstekend hebben gehandeld. Misschien is het wel levensreddend geweest.'

Drie van de vier keken naar Regien, die in een strijd gewikkeld was met traanvocht. De dokter volgde de blikken en nam toen ook Regien op de korrel. Hij stond op, ging voor haar staan en zei: 'Goed gedaan. Gefeliciteerd!'

Regien verloor – ze snikte.

Opeens kregen ze haast. 'Eerst bellen met het gebouw,' stelde Fokke voor. 'Iedereen is ongerust, natuurlijk. Arjen, zoek jij even een telefoon?'

Arjen was al onderweg, maar Regien riep door haar tranen heen: 'Je moet Simons moeder ook bellen. En Anita!'

Het lukte allemaal. Op de terugweg was het in de auto merkwaardig stil. Het was donker geworden, de koplampen boorden hun lichtende banen door de duisternis. De motor zoemde en de ruitenwissers zwiepten.

Arjen stopte bij het huis van Fokke en Regien. 'Wat zullen we zeggen?' vroeg hij. 'Tot vanavond? Want Regien zal toch haar speech moeten houden, is het niet zo?'

Och ja, die speech! Een klein krampje trok door Regiens maag. Maar zei zei: 'Voor acht uur zijn we er weer, hè Fokke? En jullie toch ook, hè?'

'Natuurlijk,' zei Emine.

Het werd een vreemde avond. Goed, Regien had bij haar toespraak het vel papier in de hand, maar er kwam bij haar heel wat anders uit dan wat ze op schrift had. Ze vertelde voornamelijk over hun wedervaren in het ziekenhuis. Daarna pas kwam de agenda aan de orde. Ze werd door de overvolle zaal beloond met een geweldig applaus.

'Dat komt niet alleen doordat je zo goed gesproken hebt, hoor Regien!' stelde Van de Weerd vast. 'Je begrijpt het wel hè?'

Regien was er niet echt bij. O ja, ze praatte wel, lachte wel, nam een hapje en een drankje zoals iedereen, maar had intussen wel te maken met een vervelende spanning. De hele avond drong zich de vraag bij haar op: hoe gaat het straks na afloop? Gaan dan de beide broers hun eigen weg weer? Ieder naar zijn eigen huis? Dat moet niet, er zal iets afgemaakt moeten worden.

Ze wist dat ze nu tot een uitgemaakte zaak moesten komen. Bovendien besefte ze dat het beter was dat het initiatief daarvoor nu net niet door háár genomen moest worden. Afwachten dus.

Er was nog iets wat haar bezighield. Opnieuw een vraag: waarom wilde Simon dat zij, Regien, meeging naar het ziekenhuis?

Toen de bijeenkomst afgelopen was en Jan van de Weerd een dankwoord had gesproken en ieder in de hal met zijn jas of paraplu bezig was, stond de familie Bouma vreemd bedremmeld bij elkaar. Regien met de lippen stijf opeen, wat ze zelf niet in de gaten had maar wat door de andere drie wel begrepen werd.

Arjen kuchte en schraapte zijn keel. 'Wat ik nog zeggen wilde, zou het goed zijn om samen nog even na te praten? Bij een borreltje of iets anders?' Hij keek zowaar ietwat verlegen naar de vloer.

'Een uitstekend idee!' riep Fokke iets te luidruchtig. Meteen was hij bezig met zijn jack en dat van Regien. Hij aarzelde even en nam toen ook Emines jas en kwam na nog een seconde aanzetten met het jack van Arjen.

Gelukt! dacht Regien opgelucht.

Samen reden ze naar Arjens huis. Op de achterbank lag een reisdeken. Want daaronder lagen bloedvlekken, heel veel.

Het was Simon geweest die de beide broers bij elkaar had gebracht, al had hij dat zelf niet in de gaten! Die gedachte maakte Regien zo blij! Zodra het ook maar even kan ga ik het hem vertellen, dacht ze verder. En dan wil ik ook graag horen waarom hij mij mee wilde hebben.

Dat hoorde ze pas na een paar weken, toen Simon al een tijdje weer thuis was. Hij wist niet meer dat hij het gezegd had. 'Maar ik geloof het direct,' zei hij, 'want ik heb altijd een apart gevoel voor jou gehad. Een gevoel van kameraadschap én van vertrouwen.'

Regien glimlachte. Ze realiseerde zich dat zulke vriendschappen zeldzaam waren, maar niet opwogen tegen de liefde tussen haar en Fokke. Het rotsvaste vertrouwen in elkaar was wat hun huwelijk zo bijzonder maakte. Daar moesten ze zuinig op zijn, vooral nu ze over een maand of zeven hun eerste kind verwachtten. Regien was gelukkig.